我们都是旅行家

胡卉文 著

廣東旅游出版社
GUANGDONG TRAVEL & TOURISM PRESS
悦读书·悦旅行·悦享人生
中国·广州

图书在版编目（CIP）数据

我们都是旅行家 / 胡卉文著. — 广州 : 广东旅游出版社, 2017.8
ISBN 978-7-5570-0920-5

I. ①我… II. ①胡… III. ①游记—作品集—中国—当代 IV. ①I267.4

中国版本图书馆CIP数据核字(2017)第081475号

出 版 人：刘志松
策划编辑：彭　超
特约策划：神州华章（上海）文化发展有限公司
责任编辑：彭　超
特约编辑：宁莉莉
内文设计：刘云霞
责任技编：刘振华
责任校对：李瑞苑

我们都是旅行家
Women Doushi Lüxingjia

出版发行：广东旅游出版社出版发行
（广州市越秀区环市东路338号银政大厦西楼12楼 邮编：510060）
印　　刷：广州家联印刷有限公司
（广州市天河区吉山村坑尾路自编3-2号）
电　　话：020-87348243
网　　址：www.tourpress.cn
开　　本：787毫米×1092毫米 1/16
印　　张：15
字　　数：230千字
版　　次：2017年8月第1版第1次印刷
定　　价：48.00元

目录 Contents

序

你与风景恋爱，我与人群交心。

很久以前，我曾在朋友中说过这样一段话：“一直以来，我都是个讲故事的人，讲他人的故事，讲自己的故事，旁观着他人的悲欢离合，经历着自己的匆匆那年。而现在，我想做一个写故事的人。”希望你们可以通过这些故事，认识我以及我的朋友们，并且找到那个曾经的你。这本书的主角不是我；是你，是人海茫茫中，千千万万的你。

不论你正处舞象妙龄之期，还是即将迈入四十不惑之年，相信你都曾呐喊过：我要环游世界，我要诗与远方！然而理想很丰满，现实很骨感，大多数人最终还是成为社会碾压的牺牲品，归于平淡。我从来都没有觉得平淡有什么过错，也一直认为不管过往如何，待到垂暮之年都将成为前尘往事，过眼云烟，最终归于大千世界的泥土尘埃。然而我也希望，我的平凡生活是自己选择的，而不是被迫接受的。

“梦想如果只是想的话，那么永远都只是个梦”，于是在毕业实习前期我开始了自己的间隔年。在前前后后差不多两年的时间里，通过志工、实习、游学、工作、旅行穿行在亚洲、美洲、欧洲与中东。当我离开伊斯坦布尔，准备回国时，我曾问我的好友们，我到底是归去，还是离去？熟悉的街道，居住过的公寓，成群的好友，于我而言都是家。新朋友变成老友，老友又变成新朋友。

我并非出身于富贵之家，即便是，我也坚信，自己的梦想该由自己买单，于是在大学念书期间，做兼职、省钱、存钱几乎贯穿了我的整个学生生涯，多的时候，一天5份兼职，几乎没有任何周末，也鲜少与同学朋友聚会踏青，还曾经长期将自己一天的饮食开销控制在7元以内。实话说，现在的我并不赞同这种做法。以前我觉得，只要愿意，只要能忍，就一定可以克服。而近来，我发现过早透支自己的身体，会让很多事情力不从心。但不管如何，存下的将近一万元人民币成为我游走他国的第一桶金。

于很多人而言，签证永远都是出国的第一个门槛，由于既没有工作工资流水证明，也没有家庭存款作保障金，我的第一站选择了俄罗斯。因为俄罗斯与我国交好，出签容易，并不需要过多资料。后来去美国实习，由于对方政府提供了资料证明，自己只用提供照片、护照等最基本材料，于是也顺利拿到J-1签证。后期土耳其的签证也并不需要过多材料，在土耳其工作后，由于拥有居住证以及工作证明，也顺利拿到欧洲的签证。

其中细枝末节我就不过多介绍了，我只是想说，纵使你一无所有，也没有关系，一步步来，慢慢走。就像巴西作家保罗•科埃略说过的，当你真心渴望某件事时，全宇宙都会联合起来帮助你。

回国后，我怀揣着身上的6000元人民币只身前往上海工作。由于租金高昂，所以我在自己的单身公寓开了一个旅行者沙龙活动，并在Couchsurfing（沙发客）网站上更新自己的档案：

愿意接待来自世界各地的旅行者

然而并不完全免费接待

你可以选择给我讲述一段有趣的人生经历

倘若比我的故事好，免费提供住宿与旅行指南

若不够精彩，则10美元每晚

《我们都是旅行家》是一本通过顺叙、倒叙、插叙、时空转换等不同方式讲述来自全球15个不同国家背包客行走在30多国的纪实旅行故事，希望通过他们的故事帮你掀起世界的面纱，找到属于你的，旅行的意义。

于我而言，世界并不仅仅是一张地图。也愿你有梦为马，随处可栖。

2016年3月7日

胡卉文（Maymay）

① **众里寻“她”千百度（芙拉达与埃斯特班）**/见Part1

我从未料想过会在这里遇见人生的另一半，开始一段分离长达一千多个日日夜夜，相距半个地球的异国异地恋

② **记忆中的你是这样的** /见Part4

丛林里除了奇特景观、蛇虫鼠蚁外也有不少河流小溪，大多不算太深，有的刚到腰部，有的则至头部以下、脖颈以上

③ **冬日里的托木斯克小镇** /见Part1

古老的托木斯克隐藏在重重茂林之中，像极了神秘瀑布小镇

④ **一眼地狱，一眼天堂** /见Part6

街道上满是叫喊着的人们，买东西的，卖东西的，好不热闹；出租车更是横冲直撞，毫无规章制度可言。黄包车、摩托车、汽车、动物还有人交织在一起，简直凌乱不堪

⑤ **恰同学少年** /见Part5

我们时常会举办不同国家的文化展，也时常约着一起烧烤、爬山、溜冰等等，大家就像一家人一样，会在遇到困难的时候互相倾力帮助

⑥ **桑给巴尔，只为遇见你** /见Part2

桑给巴尔经历过黑奴贩卖的历史，被锁链禁锢的地下洞里曾流过黑人的眼泪

⑦ **路过你的世界（苏珊娜于恒河之上）**/见Part6

这一眼的天堂，一眼的地狱，还好，我路过你的世界

4

5

6

7

异国行者 / 见Part3

有一天晚上，我独自站在一片空地上，完全地沉浸在灵魂的升华中，感觉自己与整个宇宙融为一体。远处光影闪烁，我站在那里，感受着世间万物的灵动

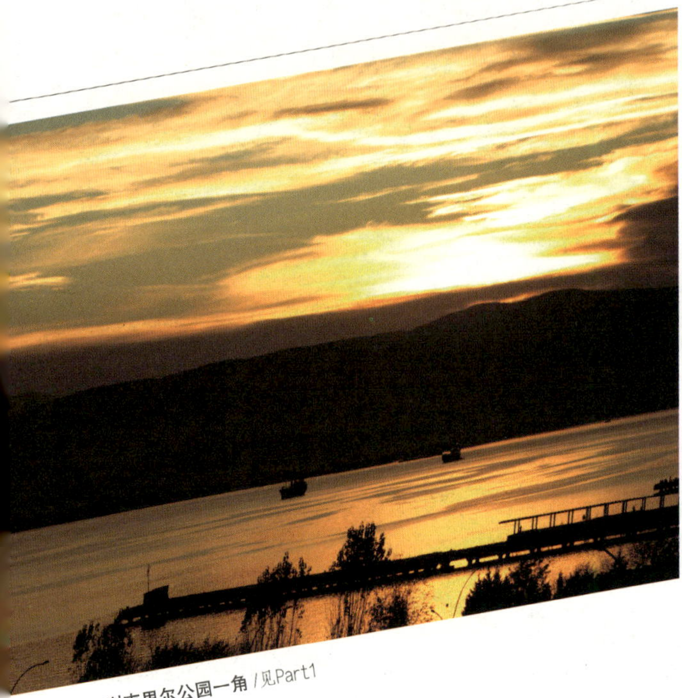

谢克里尔公园一角 / 见Part1

冰与火之歌 / 见Part5

我不禁感叹照片中青烟缭绕，将严寒与炽热、高山与荒野、熔岩与海洋奇妙地交织在一起的冰火之国的美景，原来命运这么巧

最熟悉的陌生人 /见Part5

我们，将是彼此在异国最亲的人，遇到困难时第一个求助的对象，也是看到别人有困难时第一个伸手帮助的人

她与她的故事（多惠、敏正） /见Part5

原来世界这么小，原来命运这么巧

不知天命 /见Part2

后会有期，众山之国的星辰（“晨”）里，你是人间四月天

孤独的行者 /见Part12

象群之舞 /见Part2

我能把握的坦桑尼亚就到这里了，一个人的力量有时候也只能浅入民间

夕阳西下的陆晨与一群挚友 /见Part2

那时我们所有人都在，那一刻，似乎岁月真的静好

与死神抗争的印度老人 /见Part6
有的快去世的人就在恒河旁边的屋子里等待死亡的降临

陆晨与她的“放牛班” /见Part2
也许是上帝的恩赐，非洲的孩子似乎天生就有一种魔性，他们眼睛里的纯净会让你着魔、难以抗拒。所以在非洲我最喜欢，也是最经常拍摄的就是孩子们的眼睛

安塔利亚老城区的天使们 /见Part13
旅行就是不断遇见的过程，致曾经的自己

胡里节 /见Part5
人们用气体、液体、固体的颜料来演绎节日，要涂抹眼前每一个会动的东西三次以上

Part 1

有一个地方，我们都知道

他，来自哥斯达黎加，这里全年温和多雨，绚烂如画

她，来自俄国，这里寒冷干燥，漫天雪花

三年里，他们用时间谱写着一段异国异地传奇爱恋

你所不知道的木屋之都

托木斯克Tomsk

你好，我叫埃斯特班，来自哥斯达黎加，这里全年温和多雨，绚烂如画；你好，我叫芙拉达，来自俄罗斯，这里寒冷干燥，漫天雪花。

在距离新西伯利亚城不到1000公里处，有座叫“托木斯克Tomsk”的小城，据说那里曾是地球上最冷的城镇，进入冬季，气温往往从零下30℃陡然降到接近零下60℃。数字是不是精准，我就不大清楚了，但据一位友人说，在他的记忆里，那里最低曾到过零下48℃。无论如何，显而易见的是，那应该是个较为严寒的城镇，尤其对我——一个来自哥斯达黎加的拉美男性而言。

下了飞机，填完入境单、过完海关后，我看到了早早就在出境口等待我的老友罗曼。探望老友是我前来俄罗斯的目的之一，但我更为重要的目的是参加另外一个城市——托木斯克的公益项目，希望对当地青少年的成长发展能够有所帮助。作为一个未来的飞行机师，我总是渴望了解我抵达的每个城市的一切——自然风光、人文历史，我都有着极大的好奇心与兴趣。

在罗曼的帮助下，我兑换完货币，坐上了前往市区车站的机场大巴。一路上老友向我介绍俄罗斯的风土人情，途经鄂毕河时更是不忘提醒我。抵达新西伯利亚市区后，罗曼便带我去了一家他所熟识的餐厅，那里灯光柔和，格调浪漫优雅，处处洋溢着俄罗斯风情，有别于窗外幽暗阴霾的天色以及漫天飞舞的雪花，橙色色调使整个餐厅暖起来，长途飞行所带来的倦意也在餐厅中被一扫而光。路人行色匆匆，而自己那颗对未来忐忑的心跳动得也未见得比这些脚步慢多少。当然，我从未料想过会在这里遇见人生的另一半，开始一段分离长达一千多个日日夜夜，相距半个地球的异国异地恋。

饭后，老友送我到车站中心，不一会儿我便坐上了去托木斯克的大巴。大巴开了多久，我已经不能记得很清楚了，五六小时吧。一路上都是白茫茫的深厚积雪，以及不时呼啸而过的白桦林。那条路仿佛是一条看不到终点的路，唯有由亮渐暗的天色提醒我时光的流逝。

中途大巴短休，于是我便下车去了一家，也是深山大雪里唯一一家便利店，寻找洗手间。积雪深厚漫过小腿，几乎覆盖住长靴，直逼膝盖。想必到过北国的人都知道，北方缺水气，雪多为干雪，呈粉末状，比较蓬松不容易捏团，所以我走路时一脚一个雪坑，难以加快步伐。此时道路两端的车辆纷纷停了下来，我环顾四周，并未发现类似红绿灯的任何信号。正在疑惑踌躇之际，一位头戴貂皮帽的中年男子从车窗探出头来，做着手势并喊道：“请。”想着让众多车辆等待自己先行也怪不好意思，于是我喊道：“没事儿，先生们，你们先行。”

只见两边车主纷纷善意地摇头，微笑着坚持让我先行，方才忆起，自己曾在书中看到过，在某些国家，是车让人，不论有多少车辆，多么焦急，若是看见行人，必先停下，待行人离开，方才前行。此情此景让我对这个冰雪王国增添了不少的好感。

古老的托木斯克隐藏在重重茂林之中，只见当时遇见的一个中国女生May惊呼像极了《吸血鬼日记》中的神秘瀑布小镇。我倒是没有看过这部剧，但是如果说托木斯克像一个荒野神秘小镇，我也觉得再适合不过了。

托木斯克因其大量多彩的木屋而闻名于世，具体数量我也说不清，但是看起来给人的感觉是，全市一半以上的建筑都是木头做成的。有别于传统木屋的黑棕色，这里的木屋颜色繁多，粉色的、蓝色的、紫色的、绿色的、橙色的等等，绚丽夺目。木屋大多都是用白桦、槐树或冷杉做成，防腐效果极好。而托木斯克人认为，树木会呼吸，住在木屋里冬天很温暖、干燥，夏天则凉爽又清新。木屋的构建也非常有意思，时不时便可看见雕刻在屋檐上的猫头鹰，人们也十分喜爱用花草装饰窗沿。总之，它可以满足你对童话小镇的所有幻想，仿佛世间所有精致木屋都汇聚于此。

抵达小城时已大约晚上九点，在严寒的西伯利亚已不算太早。我坐在终点站等了好一会儿，也未见前来接应我的男生格列布，不免有些沮丧。与我相反的是，前来接应我旁边的中国女生的人倒是来了不少，有三四人。只见她在那边拉拉扯扯，犹犹豫豫不肯离开，直到对方准确无误地说出她的详细信息后才放下警戒，活蹦乱跳。是的，用“活蹦乱跳”形容一点儿也不为过，我想她大概很年轻，否则一般成年人都不会行为如此，怎么说呢，不稳重。

“接你的人呢？”只见她在迈出门口的一刹那又回过头来问了一句，“顺便自我介绍一下，我叫May，来自中国。”

“你好，我也不大清楚，可能有什么事儿耽误了吧，我再等等。对了，我叫埃斯特班，来自哥斯达黎加。”

“哪里？”

“哥斯达黎加的圣何塞市。”我又重复了一次。

“嗯嗯……我回去谷歌一下。”她若有所思地说了句，“算了，你也不要等了，天这么冷，又没有网络，要不你直接跟我们一起走算了？先找个地方歇一晚再联系你的朋友。”

“这个……”

“我跟你说，”只见她把我拉到一边，“这里荒无人烟的，天色又晚，说不定还没等到你的朋友，你就先被冻死了。我们做个伙伴，一起走，万一他们是坏人我们还可以一起逃跑。嘘！千万不要告诉他们我跟你说了这个！”话音刚落，只见她对其中的一个俄罗斯女孩嘀咕了些什么。

“你好，我叫芙拉达，听说前来接应你的朋友没有来，是吗？”只见一个有着亚麻栗色长卷发的俄罗斯女孩慢慢走向我，褐色的眼睛深邃得像一湖清水，再配上白得耀眼的皮肤，看起来很像芭比娃娃。难怪人们都说斯拉夫女孩是世界上最漂亮的姑娘。

“是的。”我礼貌地回应她。

“那你知道你朋友的电话号码吗？这是我的手机，你可以用它试着联系你的朋友。”她十分友善地说道。

“那真的太感谢你了！”说完我便开始拨打格列布的电话号码。“等等，你看！”我把手机递给芙拉达，手机上显示出快速拨号，原来前来接应我的男生也正好是她的朋友。

“真的太巧了！”说完，她便开始帮我联系格列布，只见电话一直处于关机状态。“今晚的雪下得非常厉害，有可能他被堵在路上，手机也刚好没电，要不你先跟我们一起走，一会儿我给格列布留言？”她试探地问道。

“没问题，真的非常感谢你。”

于是我们拖上行李，搭乘出租车去了我们的临时住所。May借居在了娜塔莎家，我也跟着芙拉达去了她的住所。

当哥斯达黎加先生遇见俄罗斯小姐

来到公寓前，走进电梯，不禁感叹，没想到这种年代久远，最多只能容纳三四人的电梯，依然存在于世上。电梯轿厢四周发黄，许多广告宣传单印在铜色蒙皮上，仿佛好久未擦拭，留下泥痕、指痕还有封存久远的灰尘，铜色蒙皮反射出微微亮光，将人脸映在铜壁上，说实话，不能说感觉非常好，但是也觉得颇为新鲜。

芙拉达的公寓非常温馨、精致。木质的地板，翡翠绿的毛绒沙发，宝蓝色的窗帘，墙上挂着来自世界各地的特色装饰物——中国云南的吞口娃娃、土耳其的蓝眼睛、日本的晴天娃娃、荷兰阿姆斯特丹的木屐等等，让人感觉身处一个小型的文化博物馆。对了，还有一只白色的小猫。

“第一天感觉怎样？”芙拉达递给我一杯水，“是不是觉得‘一种前所未有的兴奋感与期待，对于一个来自拉丁美洲的男孩而言，俄罗斯仿佛就是世界另一端，未知、神秘而又具有诱惑感’？哈哈。”

“等等，你怎么知道？”我惊讶地问道。

“你看！”说完她俏皮地朝我笑了笑，随手把电脑转过来，原来她正在浏览我刚刚在Facebook（脸书）上发的一条状态。

“你为什么选择来俄罗斯做公益项目？毕竟这里离哥斯达黎加还是相当遥远的。”芙拉达问道。

“因为俄罗斯美女在世界上非常有名，为了俄罗斯的美女，再远我也会来的。”我开玩笑似的回答道。

“那你真的太幸运了，今天住到了最美的俄罗斯姑娘家里！”芙拉达也戏谑地回应道。

尽管整天的飞行早已让我疲惫不堪，然而我竟不知不觉与芙拉达聊到凌晨三点还意犹未尽。为了次日的工作，我与芙拉达互道晚安，并相约在接下来的日子共游托木斯克。

走在托木斯克大街上，很少看见男性，女性倒是非常多。一类是俄罗斯大婶，体态臃肿却不失风雅，永远都涂抹着深红色的浓浓口红，裹一身貂皮行装，拎着优雅的小包，头顶貂皮小帽，有一种岁月沉淀的雍容贵气，以及犹存的风韵。第二类就是时尚摩登的俄罗斯中年女性，浑身散发着成熟的气息，纵使在零下十几摄氏度的环境里，依然穿着展现魅力的短裙。最后一类当然就是俄罗斯少女，浑身散发着青春的气息，让这个常年冰封的冰雪国度充满浓浓的春意。说美女是俄罗斯的财富一点儿也不为过。

……

那还是2012年12月的时候，我与几个好友相约去机场接May，却未曾料想遇见一位来自哥斯达黎加的男生埃斯特班，虽说只有二十来岁，却非常博学，谈吐也很是幽默，更巧的是，各种机缘巧合让他临时住进了我的公寓。

芙拉达与埃斯特班

与大多数斯拉夫男孩不同的是，埃斯特班非常随和、热情而又幽默，说实话，某种程度上我被他吸引了，希望了解更多与他有关的故事。意识到这些，两人独处的气氛顿时让我觉得尴尬不已，甚至有些不知所措，于是我随意问了他一句：“第一天感觉怎样？”而恰巧我又正好在浏览他的个人主页，为了缓和尴尬的气氛，也为了掩饰自己的紧张与不安，于是顺便加了句，“是不是觉得‘一种前所未有的兴奋感与期待，对于一个来自拉丁美洲的男孩而言，俄罗斯仿佛就是世界另一端，未知、神秘而又具有诱惑感’？哈哈。”

随着交谈的进一步深入，我们的相处也愈加自然，少了初识时的局促，更像一个久别重逢的老友。我们聊文化，谈政治，一起跟随音乐跳俄罗斯传统舞蹈和拉美热舞，也一起坐在沙发上看电影，好像有聊不完的话题——我们如此相似却又如此不同。突然，莉莎，我的白色猫咪跳到了覆盖我双膝的毛毯上。

“你的白色猫咪真漂亮！”埃斯特班对我说道，“我在哥斯达黎加也养了猫和小狗。”

“真的吗？看来我们都挺喜欢小动物的。”我一边说着，一边抚摸着莉莎柔软的皮毛。

“你最喜欢什么电影？”埃斯特班一边抚摸着莉莎的头，一边抬头看着我问道。

“《乱世佳人》《辛德勒名单》……嗯，对了，还有《禁闭岛》，都是非常不错的电影，看完后感触都比较深刻。你呢？”话音还未落，只见埃斯特班的手已慢慢从莉莎的身上移到我的手上，所以某种程度上可以说，莉莎是我们的小红娘。

橘色的台灯散发出柔和的灯光，我抬头看着埃斯特班笑了笑，问道：“拉美男生都是像你这样热情而又直接吗？”

“要看你怎么定义‘热情’与‘直接’。某种程度上是……”埃斯特班意味深长地对我笑了笑，“俄罗斯女孩都是像你这样，怎么说呢，问得这么直接的吗？”

“不是，但并不包括我，哈。对了，你没有女朋友吗？”我试探性地问道。

“嗨，你真懂得破坏气氛，哈哈。”埃斯特班笑了笑，“当然没有。有过三次正式的交往，以及不记得多少次的不正式交往。当然，如果你同意的话，那么就有四次正式交往了。”

“可是你只会在俄罗斯待两个月左右……你真觉得我们适合交往吗？什么都做不了。”我反问道。

“那我们可以做两个月的男女朋友，谁说什么都做不了，比如现在，我们可以接吻……”

“哈哈，说的好像挺有道理的……”我若有所思地看着他，然后说道，“但是你想得，想得真的太美了！哈哈。对了，赶了一天一夜的飞机，你不累吗？格列布刚刚给我消息，明天清早见你，还不快去休息。晚安！”说完，我便起身向卧室走去。

末了，我回头说了一句：“对了，明天晚上的约会不要迟到，我们在托木斯克国立大学门口见！”

“好，明晚见，晚安！哦，不，应该是早安！”

……

第二天晚上七点左右，我们准时相约在托木斯克国立大学门口。寂静的夜空中，漫天飞舞的雪花美丽极了。两旁的白桦树上结着冰晶，像倒挂着的水晶灯。一些瘦小的枝丫经不起沉甸甸的雪，逐渐弯曲起来，实在支撑不起的便“咯吱”一声，跟随着雪球坠落下来。黑棕色的大树，银装素裹的大地，时不时出现在我们面前的彩色木屋以及漫天飞舞的雪花——是的，有一个地方我们都知道。偶尔呼呼吹起的迎面寒风，掀起密集的碎雪，轻轻拍打在我们肩上、脸上，软软的，很是舒服。芙拉达挽着我的右手，我们就这样沉默着，一步一步地在雪夜里走了好久，奇怪的是也并不觉得冷，偶尔看见木屋窗户透出的橘色暖光更是让我们心间淌过一股股暖流。我们享受着雪夜带来的寂静，也聆听着寒风偶尔带来的乐章，仿佛不用言语，我们就知道彼此心中所想、所念。有别于过去的交往经历，我生平第一次感受到，我们是彼此的灵魂伴侣。回到家后，我突然想起一句话，于是在Facebook上@芙拉达：And suddenly, all the love songs were about you（突然间，仿佛所有情歌只为你而唱）。

1314天，跨越半个地球的异国恋

同所有恋爱男女初识时那样，白天他们散坐在人群里，偶尔交流数句；夜里相聚于派对上，半醉在朋友圈里，当然也少不了不经意间，若有若无对对方的试探。渐渐地，多人聚会变为两人相聚，白天堆砌雪人、参观博物馆、探讨艺术，夜里漫步于漫天飞舞的雪花里，有烛光，还有晚会。1月27日，也就是他们相识一个多月后，两人正式确定为交往中。2月中旬，由于公益项目结束，新学期开始，埃斯特班返回哥斯达黎加。

“亲爱的，项目结束，我要回国了。”同第一天初识时一样，还是同样的翡翠绿沙发，同样的橘色灯光，同一只白色的猫咪。

“嗯，知道了……明天我送你去机场。”芙拉达装作毫不介意地笑着说道，“像我们这样，认识没多久，也没有深厚的感情基础，跨越半个地球的异地恋确实不大现实，但不管怎么说，我们都还是好朋友。”

“当然，可能以后再也找不到像你这样懂我的人了，不一定能成为走到最后的恋人，但一定可以成为天长地久的友人。哦，对了，亲爱的芙拉达，进入新恋情的速度不要太快，这么快就忘掉我会让我有深深的挫败感的，哈哈。”埃斯特班用着玩笑似的口吻说道。

“啊，不好意思，‘你叫什么名字？’对了，刚刚还有人约我明晚喝咖啡呢！”芙拉达也戏谑地回应道。

以前就有人说过，机场、火车站都是人间最浪漫的地方。每天都有很多人带着美美的行李去迎接、相聚，也有无数人拖着沉甸甸的行李转到下一个未知的目的地。它充满着人情冷暖，欣喜与悲伤。

“我会想你的，芙拉达。”

“我也会想你的，埃斯特班，还等什么，快点！”芙拉达微笑着张开双臂对埃斯特班说道，“还不快给我一个拥抱。”

埃斯特班慢慢走上前，在芙拉达的额头上轻轻一吻，然后给了她一个大大的拥抱。

“我会记得这个拥抱的，温暖又结实。”芙拉达说道，“再见！”

“你一定会幸福的，再见，亲爱的芙拉达，你是最好的。”

站在机场外，芙拉达抬头看了看天空中划过的飞机以及留下的航迹云——嗨，你在那儿，你好，埃斯特班。

坐在客舱里的埃斯特班扭头望了望窗外下方的风景——在那成千上万的房屋中，涌动的人潮里，肯定有一个是她——再见了，芙拉达。

……

下飞机后，看到家人的一刹那，埃斯特班觉得异常欣喜，有种久别重逢的亲切感；然而到了深夜，躺在床上时，埃斯特班心头莫名涌出一股悲伤，原来回国并未如想象般愉快。

从机场回到家的芙拉达就如同被抽空一样，默默躺在沙发上，不想说话，也不想做任何事，心里很难受却又哭不出来，就这样想着想着慢慢进入了梦乡，待到醒来时，枕巾湿了一片。“一切都会好的，时间会治愈一切！”芙拉达对自己说道。

整整两周，俩人都在试图通过各种方式遗忘对方，约会、泡酒吧、与朋友旅行、参加各种聚会，但是心中的苦涩唯有自己明白。

“好久不见，你还好吗？”思度良久，埃斯特班还是发出这句话。

半夜手机突然闪现的银光让原本浅眠的芙拉达顿时睡意全无，拿起手机一看，原来是埃斯特班的讯息。

“好久不见，我还不错，你呢？”想了许久，芙拉达回复道。

“有没有想过来一场异国异地的远距离恋爱？”埃斯特班问道。

“不考虑前景，不考虑未来，只是单纯因为喜欢而在一起，因为不爱而分手的，顺其自然发展的恋爱吗？”芙拉达笑着问道。

“是的。”

“这种未知感不错，那好，我同意。”

看着芙拉达的回复，埃斯特班笑了。

就这样，他们通过邮件、短信、Skype（即时通讯软件）的方式往来了解着对方的一切——对方的朋友以及周围发生着的一切。

在分离五个多月后，芙拉达于当年的7月12日飞往哥斯达黎加，两人于圣何塞重聚。

“亲爱的，终于又见到你啦。”芙拉达飞奔过去，给前来接机的埃斯特班一个大大的、久别重逢的拥抱。

“我每天都在期待着这一天赶快到来！”埃斯特班给了芙拉达一个长长的、深情的吻。

在这两个多月里，他们一起去海边，去沙滩，去风光无限的景点，去拜访埃斯特班的老友、家人。他们一起看落日朝阳，听潮起潮落，走遍埃斯特班读过的每一所学校，走过的每一条小路。

9月多，暑期结束，芙拉达返回俄罗斯，再次上演机场离别的一幕。

三个月后，当年12月寒假，埃斯特班再次前往俄罗斯数周，与芙拉达相聚。

次年6月，也就是2014年6月，埃斯特班第三次飞往俄罗斯，彼时身在纽约的我得知，他们已于7月拜访双方家人，并正式在俄罗斯宣布订婚。

12月，芙拉达重回哥斯达黎加，并且以未婚妻身份迁入哥斯达黎加，或者说正式在这片新的国度安家。

今年早些时候，大概三四月的时候，忽见两人漫游欧洲。经打听方才得知，埃斯特班如今已成为一名飞行员，因为工作原因飞往欧洲，并且停留数周，芙拉达于是前往欧洲和未婚夫提前蜜月旅行。

有一日，忽见埃斯特班在Instagram（照片共享应用）上分享一张照片，并写道：Well, everything is ready, more nervous than ever before（好吧，一切都准备就绪，从

未如此紧张过）！经询问，俩人将于三个月后步入婚姻殿堂。

我给埃斯特班私信：嗨，埃斯特班，实话说我们当初并不看好你们，然而经过这么多的风风雨雨，你们最终还是走到了一起。三年多的异地异国恋并不容易，你们难道没有吵闹、争执，或者想过放弃对方吗？

埃斯特班回复道：嗨，May，好久不见。当然，我们当然有过无数的矛盾，无数次的争吵以及无数的分歧，我们也曾多次尝试过放弃对方，并且和周围的其他人约会，然而每次到最后，我们都发现无法忘记对方。我们认定彼此就是今生的唯一。所以呢，我们双方都为了一棵树，放弃了整片的森林，哈哈，也希望你可以找到你的那棵树。

按《有一个地方只有我们知道》里面的电影台词来说，没有在一起的，就是不对的人，对的人，你是不会失去他的。我于是谷歌：什么是爱情？维基百科道：爱情是一种与爱相关的，被强烈吸引的一种有表现力而快乐的情感。不禁笑道，我爱美食，被强烈吸引，且感到无限快乐，这是爱情吗？于我而言，对爱情最好的诠释当是Carl Jung（卡尔·荣格）的“The meeting of two personalities is like the contact of two chemical substances: if there is any reaction, both are transformed（双方的相遇就如同两种化学物质：一旦发生反应，双方都将得到升华）。”

I didn't fall in love with you

我并非同你坠入情网

I walked into love with you

而是与你携手步入爱河

With my eyes wide open

我睁大双眼

Choosing to take

选择这条漫漫长路

Every step along the way

每一步都那么小心谨慎

I do believe in fate and destiny

我相信姻缘与宿命

But I also believe

也同样深信

We are only fated

我们就是命中注定

To do the things

去追逐那些

That we'd choose to do

我们渴望的

In a hundred lifetimes

千百次的轮回

In a hundred worlds

无数的重生

In any version of reality

无论现实以何种面貌展现

I'd find you

我都会找到你

And I'd choose you

因为你是我唯一的选择

我想这段话形容他俩再适合不过了。关于具体的争吵、质疑、误会的细节，我就不得而知了，但是最终，他们依然确定对方无可替代。原来，语言、时间、距离真的都不是问题，只是有些爱情不如他们爱得传奇。

新闻里时常滚动着安卡拉爆炸事件，难民四处流亡的消息。在此情此景下，又有多少有情人将天各一方，被迫分离。我想这种爱情大概可以被称为霍乱时期的爱情吧。我不是三毛，所以没有荷西。但是套用一句俗语：期待还是要有的，万一哪天真的遇见了呢。

当保加利亚爱上埃及

不知道大家对黑客的印象是怎样的？是的，今天我要讲的是一个与黑客有关的爱情故事。

仿佛是一个规律，每次抵达一个新的国度，我的电脑就一定会在两周内出现故障，而且是那种比较麻烦的电脑故障。初到土耳其伊兹密特时也是，某日正在讲课，电脑突然乱码，由蓝色变成深红色并且无法开机。由于不懂当地语言，也没有找到熟识的电脑维修师，于是想到了隔壁一对新搬过来的情侣——男的来自埃及，名叫穆罕默德；女的来自保加利亚，名叫波莉——因为大致曾听说过穆罕默德是一位电脑工程师，于是便寻思着是否该找他帮忙。

“我也不能确定是否能修得好，”穆罕默德说道，“但是我可以尝试。”

话音刚落，只见他似笑非笑地看着波莉说道：“亲爱的，你说我们是该把电脑放进冰箱里还是扔进微波炉里？”

“什么？”我惊讶地大喊起来，“Laptop is my husband（笔记本是我的老公）！”

波莉微笑地看着我宽慰道：“放心吧，他一定可以修好的。”然后回头看了看穆罕默德，说道：“亲爱的，不要吓唬May，快点修好！”

只见穆罕默德拿出菜刀和圆珠笔，一下子分解了我的整个电脑，看得我心情降到冰点，万分后悔找他帮忙的主意。半小时后，当我再次来到他们家时，电脑已经完好无损地摆放在桌子上，所有资料、系统均与电脑毁坏前一模一样。我不禁大呼“大神！”

直到很久以后，我才了解到，原来穆罕默德是一个资深的埃及黑客，有次为了收我为徒，现场向我展示10秒钟如何黑进一个意大利五星级酒店，并且盗取了所有房客的信用卡号及密码。整个过程看得我目瞪口呆，想不到往日里在美剧中看到的情节竟然在我眼前一幕幕真实上演。虽然新鲜刺激，但我还是以对电脑领域不感兴趣为由婉言谢绝。此后，他又多次向我展示其他黑客高端技术，见我实在无意，才放弃收我为徒的想法。

“你们一个来自埃及，一个来自保加利亚，然而却放弃原本的生活，来到一个语言不通、文化各异的第三国定居，确实有趣。你们是在埃及或者保加利亚相识的吗？”我接过波莉递过来的土耳其红茶，小啜一口后便好奇地问道。

“不不不，我们其实是网恋。”波莉赶紧说道，“我们最初相识于网上，后来又通过Skype陆陆续续了解到对方的一切，一年后，我们决定见面。”

“因为土耳其处于埃及与保加利亚之间，于是我们便相约于伊斯坦布尔见面，波莉还因此失去了她人生中最好的朋友之一。”穆罕默德看了一眼波莉补充道。

“在决定与穆罕默德于伊斯坦布尔见面后，我告诉了我的亲朋好友们我的想法，他们都觉得我疯了，并且坚决反对。”波莉说道，“但我不想永远与我的男朋友隔着电脑见面，隔着电脑谈恋爱，所以我采取绝食的方式向家人抗议。”

“所以后来你抗议成功了？”我微笑着问波莉。

“不不不，并没有。直到飞机起飞的前一晚，我的家人一句话也没有和我说过。但无论如何我都没有放弃过我的想法，当时的我什么都顾不上了，只想赶快飞到伊斯坦布尔与我的男友见面。在我收拾行装时，我的最好朋友之一维克托娃敲响了我的房门。”

“‘嗨，波莉，你还好吗？听说你好久没吃东西了，赶紧吃点儿吧。’维克托娃对我说道。”

“‘嗨，维克托娃，亲爱的，见到你真的太高兴了！明天我就要去伊斯坦布尔了，我的男朋友就在那里等我。’”波莉补充道，“尽管当时的我因父母反对不大高兴，但是一想到可以马上见到穆罕默德，心里还是非常兴奋的。”

“‘你疯了吗？你真的要为了一个陌生的男人放弃你的家人、你的工作，还有我们的友谊吗？’”

“‘维克托娃，他不是陌生人，他是我的男朋友！’”

“‘可是你所有的了解都建立在网络上，你怎么判断他不是坏人？你了解真实的他吗？他是个埃及人，而且你们还要在一个言语不通、环境不熟的地方见面，这真的太疯狂了！波莉，放弃这个想法吧。我们都很爱你，也很担心你，请答应我，不要去好吗？’”

“‘身为最好的朋友，不应该是无条件支持对方的吗？维克托娃，我对你太失望了，这就是你来找我的目的吗？’”

“‘波莉，如果你依然这么固执的话，我们以后就不再是朋友了！’”

“‘那好，我们就绝交吧，从此以后，我们不再是朋友了。’我很失望地对维克托娃说道。”

“她也是为了你好，只是做了一个朋友该做的。那么，你们最后和好了吗？”我打断波莉的回忆，焦急地问道。

“并没有。从此以后，我最好的朋友从两位变成了一位。我依然觉得，朋友就该是无条件支持你的人。”

“维克托娃离开后，我躺在床上抱头痛哭，因为家人与朋友的不理解觉得非常绝望。正在这时，我的父亲走了进来，并对我说道：‘波莉，如果你坚持明天去伊斯坦布尔的话，我可以同意，但是我必须和你一同去。’”

“我非常高兴父亲最后还是同意了我的决定，然而我们的见面并没有想象中的那般容易。”波莉笑着看了看穆罕默德，然后对我说，“我的飞机晚点了很久，等我抵达时，早已超过了我们约定的时间，手机信号又不通。但是我突然想起穆罕默德曾对我说过入住酒店的名字，所以我和我的父亲赶紧坐上了出租车，前往他所说的酒店。”

“然而当我告诉出租司机酒店名的时候，司机告诉我这是伊斯坦布尔非常有名的酒店，在伊斯坦布尔总共有五家连锁，问我想去的是哪一家。我想：天哪，我不记得，也不知道穆罕默德具体入住的是哪个区域，所以我随便指了一家，希望可以碰碰运气，就这样过了好久，终于抵达了那家酒店。”

“其实那天对我而言也不容易……”穆罕默德打断波莉的话，对我说，“那天我刚好提前抵达伊斯坦布尔，然后在约定的地方等待波莉。等了好久也一直未见波莉，这时我摸摸口袋，突然发现自己护照不见了。我当时心想，天哪！我的女朋友放我鸽子，护照也不见了，我根本无法返回埃及。于是我开始四处寻找是否有人看见过我的护照。你知道的，土耳其人根本就不讲英语，问了好久，也没有任何头绪，当时心里感觉糟糕透了。”

“后来呢？”我赶紧问道，“你一直就在那里等吗？”

“哦，没有。我突然想起自己刚刚办理土耳其手机号码时用过护照，所以我想过去碰碰运气。正在这时，对方营业员拿着一本护照对我招手，我赶紧过去一看，是我的名字！所以非常开心地找回了护照。后来我又跑回我们原本约定的地点等待波莉，等了好久也没有看见她，心想，我大概被人骗了。于是打车去了之前预订的酒店。等我出去吃完饭，再次回到酒店时，看见了一个身影很像波莉的姑娘。”

“当时我正拿着他的照片问酒店的前台是否见过照片中的男子。”波莉对我说，“当听到前台回答见过时，我整个人真的高兴极啦！没想到他真的住在这家酒店。于是我赶紧问前台穆罕默德在哪里。”波莉停顿了一下，继续说道，“前台对我说，就在你身后。”

这时我回过头，发现穆罕默德也正在看着我，我们俩人真的高兴坏了，当然还有我的爸爸。我们三人一起聊了很久，非常愉快，我的爸爸也非常喜欢他，所以第二天就和我告别，先回了保加利亚。

“你知道他爸爸在临走时对我说了什么吗？”穆罕默德与波莉坏笑着看着我，“他爸爸说，千万不要对我女儿干坏事哦！”

“我当时心想，噢噢，我们昨晚就已经在一起了，哈哈！”穆罕默德接着说道，“就像小时候你妈妈告诉你不要偷吃巧克力一样，其实你早就已经把它吃完了！”

“那次以后，我们又陆陆续续在伊斯坦布尔见过三次面，最终双方决定迁往土耳其，并且定居在伊兹密特。这里物价便宜，生活环境也非常好，开窗就可以看见大海，距离伊斯坦布尔也只有两小时左右车程。所以我们就迁居到了这里，开始了新的生活，也因此和你成了邻居。你看！这是土耳其教材，我们已经报了语言学校，准备学习土耳其语呢。”波莉边说着边把她的教材递给我。

当时的我与我的加拿大室友法比安娜羡慕不已，也十分佩服他们勇于放弃一切、为了彼此而来到一个全新的国度开始新生活的勇气。然而浪漫的开端并不意味着美满的结局。

不是所有的浪漫都有美好的结局

由于大家都是以外国人的身份迁居到这里，没有亲人，也没有熟识的朋友，因此我与法比安娜也时常前往他们家做客，更是一度成为他们的朋友。直到有一天，我突然收到穆罕默德的一条简讯：“May，我真的很喜欢你。”还额外发了几个爱心符号。于是我拉着法比安娜一起讨论，到底是我们想多了，还是对方真的没有我们想象的那般忠诚？

“May，说句实话，你到底觉得他们怎样？”法比安娜认真地看着我说，“这不属于背后说人坏话，只是我们好姐妹单纯聊聊天而已。”

“嗯，怎么说呢？其实我挺喜欢波莉的，她长得漂亮，对人也十分热情，只是某种程度上，我觉得她对穆罕默德的爱有点丧失理智，让她很多时候无法理性地看待问题。至于穆罕默德，我承认他是个电脑天才，至于其他的嘛，说句实话，与他在一起的时候，我感觉并不太舒服，有时他的行为过于亲昵——并不是因为我来自中国，而是我觉得我们还没有要好到那个份儿上。你呢？”

“实话说，我不太喜欢波莉的生活方式。你看，她与你同样的年纪，却一直依靠穆罕默德的经济支撑来生活，为什么她不去自己找一份工作呢？我觉得女性就应该有一份独立的事业。其次，和你一样，我也觉得某种程度上穆罕默德控制了她，甚至改变了她的人生价值观。”

就这样，在两个女生八卦完之后，我们决定依然与他们相交，只不过是保持一定距离的友好邻里相交。

不久以后，有一次在咖啡馆，我碰见穆罕默德身着西装，正与一个穿着时髦的土耳其女性谈笑风生。于是我也友好地过去打了个招呼，顺便在旁边的一个桌旁坐下等待朋友。

“你很风趣幽默，也非常英俊，只是我真的不太喜欢一夜情这种东西。既然你和你的女友是因为相爱来到这里，为什么不和你的女友好好生活呢？”

“理解，我非常理解。”穆罕默德焦急而又尴尬地说。可能是因为我在附近，怕我听到传到波莉那里。

“其实我挺喜欢你的，觉得你非常博学，你要知道我拒绝你不是因为你不好——你很优秀——而是我真的不喜欢这样。希望我们以后依然可以像朋友一样相交。我们还是朋友对吗？”那位土耳其女人继续说道。

“当然，当然，我非常理解，我们当然还是好朋友。”穆罕默德匆匆地转移话题，“你有没有去过谢克尔公园？”

就这样零零散散听他们碎叨了好一会儿，直到友人准时赴约，我们才相伴离开。临走前我还装作若无其事，什么都不知道似的笑着跟他打了个招呼。我对天发誓，我并不是故意偷听他们的对话，只是相隔太近，不自觉地就飘进了我的耳朵里。

此后我又曾多次看见穆罕默德十分亲昵地与不同女性走在街上，或者相会在咖啡公园。也不知道怎么这么不凑巧，每次刚好被我撞见。穆罕默德倒是看起来十分自然，而我却显得尴尬不已，备受良心的谴责，犹豫着该不该告诉波莉。

有一天，因为朋友急需一笔钱来开资金证明，问我是否有认识的人可以帮忙，思来想去，最后我想到了穆罕默德。

“当然可以。但是你也知道，没有付出就没有回报。如果我没有尝到任何好处，为什么要帮助你的朋友呢？”穆罕默德回复道。

我友好地给他发了一个再见的表情，并表示谢谢，已经不再需要他的帮助了。

我将事情的所有经过原原本本地告诉了我的一个波兰同事。“May，你应该告诉你的朋友，她的男友是个骗子，不值得为了他放弃一切来到这里。她有权知道真相！”

“但是她一定不会相信我的，对此我深信不疑。”我犹豫地回答。

“即使如此，我觉得你还是应该告诉她！哪怕你们以后再也无法成为朋友！”我的波兰同事坚持道。

数日后，我给波莉截图，并且告诉她我所了解的一切：亲爱的波莉，很抱歉让你不开心，但是你有权知道一切。

好一会儿，波莉回复道：“谢谢你，但是我100%信任我的男朋友。可能你来自中国，比较传统，不理解我们的表达方式。还有，我们都是曾经帮助过你的人，我们待你如此友好，你却冤枉穆罕默德背叛我，到底是我们有问题，还是你有问题？以后，我希望不要再听到与穆罕默德不忠有关的任何话题。因为我们深爱彼此，并且无比信任对方。”

我想了很久，然后默默给波莉回复了一句：对不起，也许你是对的。

忽然想起两年前的自己，总是喜欢与人争个青红皂白，万事都想辩个对错，弄清孰是孰非，也时常会因为别人的不理解悲伤不已，甚至暴跳如雷。现在这样，倒不是因为变得冷漠了，而是走过更远的路，见过更多的人，经历过更多的事之后，学会了不要去干扰别人的幸福，哪怕是虚幻伪装下的幸福。还有，并不是所有人都愿意被打扰。

Part 2

众山之国的星辰（“晨”）里，你是人间四月天

陆晨与星之，一个柔情似水；一个绚如夏花

她们一前一后驰骋在非洲这片土壤

向我讲述着属于她们的美丽传说

非洲到底是怎样的？怎么说呢，反正它与你想象中的不一样。这是不久前我在某个报刊上读过的一段对话，我不禁莞尔。你好，星之/陆晨，众山之国的星辰（“晨”）里，你是人间四月天。

陆晨与星之，一个柔情似水，一个绚如夏花。她们未曾谋面，素不相识，却一前一后在同一片大陆上驰骋着自己的青春与理想，嘘，你听见来自非洲的声音了吗？

两个陌生女人的来信

Dear May，

你好May，我是星之。在乌干达已经两个月了，生活愈发显得孤寂而又苦闷，我无以形容我现在正在经历着的生活，只能说已经来了，就得继续下去。刚来时候的恐惧与忐忑依旧时常笼罩在心头，街边角落不时会涌出潜藏的危险，在这种紧张的氛围中出行，既刺激又让人害怕。好在乌干达的天气不冷也不热，让我少了一分不适，多了一丝宽慰。而天空看起来这么近，又那么远，云的姿态颜色也散发出旷古的味道，未曾见过的树讲述着古老的传说，仿佛与自然通着神明。每晚望着漫天的星空和亮得耀眼的月亮，聆听着来自狼群的野性呼唤，感觉好像就要和小时候最喜欢的辛巴生活在一起了……我时常埋怨这片土地所带来的一切不安，也一次一次告诉自己，学会爱上它。

坎帕拉，一座十分嘈杂喧嚣的城市，我必须忍受着这座城的一切缺点和它所带来的令我震惊的生活方式。穿梭于坎帕拉大街小巷的各式报废小车排放出的尾气，让人觉得呼吸都有些困难，也正是这种窒息感时刻提醒着我，我在非洲。

记得初到住所时，周围多得惊人的大小蚂蚁，以及各种叫不出名字的虫子着实让我受到不少惊吓，只想待在床上，哪里都不去，哪儿都不碰。而如今，我们已经可以相当和谐地生活在一起了，时不时我还会欺负一下趴在盘子上跟我抢饭吃的蚂蚁。不瞒你说刚刚吃完口味蚂蚱，我正期待着下一顿的白蚁大餐！

我着实佩服这群能在大热天穿着羽绒服乱跑，也能在大冬天洗冷水澡的人们。房子里的浴室厕所是不带门锁的，于是我每天都要在惶恐中尽快解决洗冷水澡和上厕所的问题。上次我洗澡正洗到一半，一哥们就开心地走了进来，还好我心理素质好，很快从尴尬中恢复过来。

周围街边形形色色的人们让我实实在在地感受到了生命的鲜活：光着屁股宛如黑巧克力般的孩子们每天在铁轨旁乱跑着，玩着破旧的轮胎；非洲大姐时不时会顶着一大筐绿香蕉从你身旁悠然走过；臭水沟旁的大角牛们几个星期都还在原地吃草；火车就这样在人堆和垃圾堆里慢吞吞地呼呼而过。

中国在这的影响是无处不在的。超市里几乎每样必需品都会印着"中国制造"，每一段小路上都会有中国的工厂或公司，走在街上也可以随处看到印着中国字的文化衫，有时甚至可以看到黑妹子穿着旗袍以非洲风格优雅走过。

当然，倘若你要问我自己在这儿的最大收获是什么，那大概就是练就了与自己聊天、玩耍，关心教育自己，享受着自己独角戏的本领。

这两个月我被偷过钱，也生过一场如疟疾般突如其来摧枯拉朽的病，终于体会到了无助又不得不自助的苦难了。即使上吐下泻发烧胃疼的时候，也只能自己坐着小摩的风驰电掣穿越尾气沙尘去医院，也得用半条命去坚持洗冷水澡。乌干达是个出金刚的地方，我也间接变成了女金刚。当生活变成了生存，一切都严肃了起来，我明白在这里，能依靠的只有我自己。好在我没放弃，还是挺了过来，于是提笔给你写了这封信。

Yours,

星之

Dear May，

早安，May。近来可好？我是陆晨。刚刚抵达公寓，整理完行李，现在正准备提笔给你写信。到达达累斯萨拉姆的时候，一下飞机，瞬间感受到的就是一股湿腻的炎热和满眼黑皮肤的工作人员。有人说过，在达累斯萨拉姆生活就是慢慢适应你永远都会觉得身体连着呼吸的一种生活。而这种入眼全是黑肤色的差异感差不多让我花了一周时间才逐渐适应。

倘若你要问我是否欣喜异常——终于来到心心念叨的梦想地，我想我的答案是否定的，甚至有些消极，我埋怨着我不远万里前来帮助的人们如此对待我，也思考着自己是否做了一个错误的决定。

依稀记得，经过第一天十几个小时的航班后，隔天一早四点多我便出门转乘前往姆万扎的大巴。大巴六点左右发车，中途在大草原上的公路上抛锚停靠，两三个小时后才重新启程，所以到达姆万扎的时候已经凌晨两点多。大巴很是破旧，坐满了各式的黑人，他们用好奇而又算不上友好的眼光注视着我，让我忐忑不安——毕竟路途那么遥远，而我又是唯一的外国人。由于连续地奔波，一上车我就陷入了断断续续地睡眠中。下午五点左右，睡眼蒙眬中的我准备再次跟接待人员确认位置的时候才发现握在手中的手机不见了。我瞬间惊醒，向周围的人手舞足蹈地表述着我手机被偷的境况，为了安抚我，乘务员告诉我下车便会帮我找到。

就这样，在这茫茫的非洲大陆上，在这个被黑人包围的大巴里，我正式失联也孤立无援了，甚至在一定程度上可以说我在这辆车上连最基本的沟通和表达自己的能力都失去了。在困倦中我焦急地等待着，失联的我无法给自己定位，也根本不知道自己到了哪里，唯一的期盼便是能安全抵达姆万扎并且和负责人对接上。看着时间越来越晚，我心里愈发焦急，开始不断地和司机确认是否到了。直到凌晨一点多时，司机告诉我已抵达目的地。

没有找到手机，无法与外界联系的我坚持着不下车，希望可以找回手机，而司机与乘务员又要匆忙赶去下一站，就这样在拉拉扯扯中，我坐在了司机座位旁的发动机盖子上，不让他发动。这样的骚乱把车站的管理员引到了车上。一顿询问后，管理员还是劝解我下车去警察局，那一刻，深深的无奈与绝望在心间流淌。

“Luchen？”这时一个裹着床单、身材高大的黑人对我说了一句。“Victor？”

他深深地点了一下头。我向Victor解释了我所面临的困境，只见他眉毛深深一皱，拍拍我的肩，转身用斯瓦希里语对全车人说了一大段。后来我才得知，他告诉车里的人，这个女孩不远万里来到我们的国家帮助我们的孩子，却在到达这里的第一天，遇到了这样的事情，这个女孩会如何看待这个国家？

虽然最后我的手机依旧没有找回来，可负责人在车站一直地等待以及大家因为愧疚在车内一瞬间的安静，多多少少让我有些欣慰。你不能否认这世间一直存在着在某一刻被欲望驱使的人，但你也不能否认在这世上也有很多坚持着自己善意和价值的人。所以我选择继续相信。

Yours,

陆晨

Dear May,

May，最近过得怎样？Kampala Diplomatic School，这就是我所工作的地方，一个国际学校，43个学生，12个来自不同国家的老师，英、美、苏丹、菲律宾、利比亚……学生则是各种非洲“富二代”，不是某学生的父母现居伦敦，就是某学生突然退学移居加拿大。学校也潜藏着各种惊喜，教室里时不时惊现架子鼓、电子琴这些高端国际化的教学用具，老师们也是气度非凡，有来自美国的节奏配乐制作人地理老师；也有来自英国的喜欢每天研究植物、抓小动物收藏在家的“怪蜀黍”英语老师。但是，在这些“富二代”学生身上，看不到纯朴，他们捣蛋叛逆脆弱懒惰，而且暴力倾向严重，在我面前，他们展现着孩子最邪恶放肆的一面。想必我是遇到了位于赤道的“放牛班”，所以每天撑到放学时刻，我都已经被弄得身心俱残。

想起刚来的时候，我每天都要步行一小时从宿舍一路坎坷爬上山，来到学校。路过简陋的小学时，看到里面的学生在绿树包裹着的土房子里打鼓、跳舞、追逐，好不快活，这一切的一切时常让我思考良久，也许幸福真的与金钱无关。《乌干达天空下》这部电影像极了我现在的生活，里面的地方都是我曾到访过的。我也是乌干达的孩子了，电影中的自己，自己的电影，在天空下，战舞。

我相信，我们的音乐源自灵魂。坎帕拉蕴藏着很多文化艺术上的惊喜。民间高手云集，纯粹、自由、远古、嘻哈，街上随便一个非乐器发出的节奏或者吆喝声，都是完美又辽远的原生态音乐元素，听着这些声音，我像是又听到了Deep Forest（黑森林）曾震撼过我的新世纪音乐。上星期我看了一场霹雳舞对决，见识了乌干达的街舞水平，顿感黑人都是活生生的说唱高手。爆发的黑人舞者帅极了，激烈霸气，Krumping（街舞）中似乎都能听到铁链在火焰里撞击、火花四溅的声音。没有舞房没有镜子的“舞蹈棚”，到处都是分享自由式的青年们，我可以清晰感受到血液在血管里沸腾、奔跑。

工作期间，我一个人去了很多地方，观看了各种活动，艺术的、文化的、精神的，踩着前人的脚印，披着漫天的星光，继续做一个行走他乡的毅行者。坎帕拉的角落逐渐被我的视网膜串联起来。坎帕拉，你是慢热的，那就慢慢热。

Yours，

星之

乞力马扎罗，我与你的距离刚刚好

Dear May,

May，好久不见。圣诞节快到了，提前祝你圣诞快乐！也正是得益于此，我迎来了二十五天的假期。长久憋在坎帕拉的生活都快让我发霉了，终于可以暂时逃离它。我想是时候拜访拜访坦桑尼亚了。二十五天，三座城，一群的兄弟姐妹，满是笑颜。坦桑国的风中夹杂着热浪和欣喜，夏季热烘烘的赤道感冲刷着每寸感官。这儿明亮鲜艳，耀眼热烈，海风轻抚，坎帕拉街边的黄土到了坦桑尼亚就变成了白沙。坦桑尼亚别具特色，是一个热情又激情的，属于东非的、特别的国。

达累斯萨拉姆，一个既现代又传统，既非洲又不非洲的城市，在坦桑尼亚的地位超过了首都Dodoma（多多马），也是我认为史上堵车最为壮烈的城——没见过的人根本无法想象车辆竟能从一个国家的村东头堵到另一个国家的村西头，并且地老天荒似的保持着一动不动。坦桑尼亚的黑人是浅巧克力色的，比乌干达、苏丹的显得白很多，脸型更为轮廓分明，路上很少有女孩身着牛仔背心装，大多都是一身带有浓郁的民族特色服装。小贩们喜欢在堵到“惨不忍睹”的路间穿梭，戴着棉质帽子发出奇怪的声音，就是那种类似你亲吻空气的打啵儿声。刚开始我还以为是窗外嚷嚷的知了之类的小虫子，后来经询问才知道原来这是小贩们特有的叫卖方式。直到很久以后，这种叫卖声还久久地在脑海中回荡。

在达累斯萨拉姆的两个星期我停留在一个名叫“Art In Tanzania（坦桑尼亚艺术之魂）”的NGO（非政府组织）内。这是由一位芬兰大叔和他的非洲舞蹈家妻子共同创办的，招揽世界各地的志愿者做教育、医疗、音乐、传统手工艺等等关于艺术的志愿项目的组织。“Art In Tanzania”的志愿者小屋是个海边的大草棚，草棚的装饰美妙融合了坦桑尼亚和非洲渔村的“草裙”风情，墙上有各色的装饰，还有到处定格的小蜥蜴，阳光下时不时变换色彩装点着艺术，草棚里还收藏了很多非洲画师留下的作品，树、鼓、马赛人。大草棚的边缘下倒挂了一圈包裹着坦桑尼亚国旗色彩的塑料瓶，桌子、凳子全都漆得花花绿绿，一看就是从动物们身上得到的灵感。旁边的酒吧、小卖部每天清晨放着广播、电台音乐和敲击灵魂的鼓点。

每天都有一群志愿者，在这样的绿树阳光里，来来去去。在这里你会爱上绿色，死心塌地、彻彻底底。

非洲舞池派对的风格是电臀和贴身热舞，而沙滩派对上则有各类疯狂的姑娘小伙，随意就能搭配成功。对了，有一次有个来自巴基斯坦的高富帅前来搭讪，我们坐在海边畅聊了好久，当然最后什么都没有发生。

音乐志愿者的项目是陪着一个传统非洲歌舞表演队一起排练、演出，同时考察这里的音乐制作项目，与非洲音乐人交流、相互学习。记得第一天来到乐队排练的地方，眼前的场景陌生又简陋——一位大爷热得光着膀子坐在地上，乐器破败慵懒地瘫在一边等待，眼前的一切似乎都很山寨，直到排练时大家才展现出应有的风貌——艺术家们只有在舞台上才会自由散发光芒，在碰触乐器的一刻，在翩翩起舞的一刻。他们对音乐的理解不是“做音乐搞音乐玩音乐”，而是音乐是由灵魂而来的东西，还未靠近就已心生景仰。音乐——生命流淌的声音，唯有非洲这一脉最悠远，最能透入到人心里，也唯有非洲的鼓声能让你回到初始，回到天地开辟之时，做一个最初始的聆听者——一部录音机和我自己。

前几天在中石化的表演结束后，我跟着这群黑人朋友悄悄消失在黑暗中，然后就遇上了史上最倾情的大堵车。醒了又睡，睡了又醒之后我发现车还在原处，而一路的司机几乎已经全部跳出驾驶座开始寒暄。很晚之后，我决定跟着跳舞的姐姐采取其他方式回家，一眼回望去，马路上的大车小车堵到看不见尽头。我们一路耗时六小时，辗转使用六种交通工具，面包车、摩托、大巴、小面的、公交、三轮车，三更半夜穿梭在路上，形形色色的人在午夜街边居然也显得更加生动，时不时还有醉汉拽住我的手。

回到志愿者小屋时已是凌晨三点，虽困倦不已，但依旧无法入睡。愿你安好。

Yours,

星之

Dear May，

我是陆晨，一个从乞力马扎罗山活着走回来的陆晨。过去的一段时间里手机再次被偷，所以好久没有与外界联系了，望你不要挂念。尽管现实境况并不算太好，但是我攀登乞力马扎罗山的信念却愈发坚定了。如果非要用一句话来形容我的这次经历，那大概就是六天五夜的跌倒与爬起来。

陆晨攀登乞力马扎罗山（非洲第一峰，海拔5950米）

我记得，攀登乞力马扎罗这个非洲之巅的最后一天，也是我生命里第一次接近死亡的一天，那个没有疼痛，没有不安，只有越来越深的困倦的攀登之夜，却会是我一辈子都不能忘记的夜晚。

在最终攀登顶峰的路上，我一次又一次向向导乞求休息和睡几分钟，但他总是用最大的力量把我拉起，把我掐醒，尽管被我无数次愤怒地吼叫，却从未放弃过我。直到下山后我才明白，我所以为的“休息”就是最终的长眠——高原缺氧的死亡可能就是永远地昏睡过去。

记忆中有一幕像极了《辛德勒的名单》里最后的结尾，那是一块石碑，它就像那个小女孩一样，在我黑白的记忆力里，红如血液。当时的我因为筋疲力尽与缺氧瘫软在路上，意识一点点逐渐离我远去，向导愤怒地将我拉到一块墓碑前面。那时的我早已因缺氧开始眼神模糊，忘记了具体的细节，只记得那块石碑中间镌刻着两段数字，

攀登乞力马扎罗山时的向导与挑夫

落尾的那段数字是“2015”。这是一个去年在这里逝去的生命所留下的墓碑。攀爬的前几天，总会在沿途看见各种堆积的石堆，向导告诉我，那些是在这里逝去的生命。那时我在想哪有这么夸张，可是当第一次如此接近乞力马扎罗所带来的死亡时，我发现其实这并不夸张。

在不经意间，带走你生命的也许就是那清晨第一缕阳光，你阻挡得了寒夜的冷涩，却阻挡不了清晨第一缕阳光带来的暖意所产生的慵倦睡意，而从此昏睡然后死去。突然在想，惯例形成的午夜开始攀爬的习惯也许不仅仅只是为了拍摄日出，更多的也许是因为寒冷可以使我们更加清醒。醒悟的那一刻我由衷地感谢上帝，也感谢乞力马扎罗的神明，更加感谢我的向导，感谢他让我更加懂得敬畏生命，也更加懂得保重自己的生命。也许只有真的接近过死亡的人，才能真的明白“生命”的脆弱和“活着”的珍重，才能知晓人在天地间何其渺小。

Yours,

陆晨

Dear May,

听闻你已生病数周，依然坚持前往立陶宛，不知境况是否有所好转？像我们这样的人啊，时常会因为一时心动，就决定跨越千山万水，有时想想也挺累的，何必呢？但终究还是拗不过自己的内心。

不知道你是否听说过Zanzibar（桑给巴尔），传说这里有一片只有在梦中才可以看见的大海。为这一片海，我硬撑着因为发烧过敏而昏沉的身体在烈日海风中航游，终于抵达了这片桃花源。风景很美，但病痛的折磨着实让我无心欣赏。内分泌失调、拉肚子、发烧、荨麻疹、过敏简直让我丢了半条命，好在遇见了中国在桑给巴尔的医疗队，状况才略有好转。

跨年这天是在岛上北部最美的海滩度过的，从白昼蓝海到夜晚星辰，我穿着山寨版阿迪球裤四处游荡，在一群身着比基尼的女子军团中显得怪异无比。当中国2014年的钟声敲响时，桑岛的红日正沉在海面上，像团烈火欲坠入海底，一切静止在海的那头，红日下我的世界变成剪影，清晰透彻。

坦桑尼亚的零点是在喧闹激情的跨年大派对中度过的，舞池里形形色色的人贴身热舞着，拥吻着——我只能说，非洲文化将生殖崇拜这部分完全融进了DJ劲舞里。我与一帮黑人在桑岛古堡切磋了一整天，然后共同闹腾着度过了跨年夜。我们占领了舞池，跳破了桌子，躁起来一大片人，索吻而被我拒绝的青年远远注视着不敢靠近。一个微醉而脸颊晕红的加拿大姑娘在我耳边轻轻留下一吻，青春应该就是自由荡漾的，在放肆而纯净的灵魂中。

2014的跨年派对从夕阳流火持续到朝阳万丈，我看到星空下流沙边紧紧相拥的老人，也看到黎明时一袭黑色长袍的年轻人。穿梭在石头城里，走过有着百年历史的非洲穆斯林巷子尽头，看着忽闪着的罗敷魅影，心中泛出一些复杂的情绪。桑给巴尔经历过黑奴贩卖的历史，被锁链锢住的地下洞里曾流过黑人的眼泪。真爱这里，有石门般的古老故事，沧海又桑田。

来莫希是为了这非洲第一峰——乞力马扎罗山，一个心中的非洲梦。她像是一束文学的光芒指引我靠近，带着执着，又那么稳重。她不同于喜马拉雅散发着佛域神韵，却特殊神奇——她的味道里有生命起初的原始召唤，不羁的魂魄。闭上眼睛，你能听到远处角马在奔跑，象群扇着耳朵前行，豹子在树上小憩凝视远方。你那么热爱自由与生灵，相信你也一定会喜欢。我在山脚下读懂了《乞力马扎罗的雪》，那山，那雪，叫永恒。虽没去花巨资登顶，但对我而言，和它的距离刚刚好。

我在莫希山脚下修身养性了几日，看着乞力马扎罗被不同颜色的云层包裹，每天都不一样，就这样在山下漫步，冥想着自己的人生，直到日落西海。

莫希的非洲农家也是明亮安逸的，在雨林中听着泉水流向身后远方，在香蕉树田穿梭，摘一片热带大叶子做遮挡，有种被全世界的绿色包围的感觉。时不时地我还跟着农民大叔在田间丛林同唱斯瓦希里歌。东非国酿造的香蕉酒，又甜又水灵的非洲木瓜菠萝，散发着奶醇香的鳄梨，要用最原始的手抓法狼吞虎咽的来自“苍蝇鱼市”里的西红柿鱼汁饭等等，都让人十分怀念。

有一次我还在沙漠小路边遇见一只从动物园潜逃的驴，一只雪白、孤独的驴，呼啸跑过时伴随着延伸到远处天边、隐约又清晰的嘶吼，还留下一个青烟尘土直上云霄的背影。这样神奇的瞬间大概一辈子也只能碰到一次。希望那只雪白的、在阳光下闪闪发光的驴，最终可以变成它自己心中的白马，找到属于它自己的心中的梦想地。

这是我在坦桑尼亚的最后一站，虽只有三个地方，却深度感受了坦桑尼亚人民的生活。我能把握的坦桑尼亚就到这里了，一个人的力量有时候也只能浅入民间。也愿你的行程安然顺利，一路不再孤单。

Yours,

星之

说好的再见，就一定会再见

Dear May,

记得你曾经跟我说过，眼因多流泪而愈益清明，心因饱经忧患而愈益温厚，对我们这样的人而言，旅行是探索，更是一种锤炼，经历越多，看世界的眼光越温和。

在西乌干达时我遇见了一个叫Batwa（巴特瓦）的矮人族，这个族群常出没于深山，过着原始的生活。从朋友口中了解到，当地一些人认为与Batwa人结合就能让艾滋病消失，结果大多数Batwa人染上了艾滋病。乌干达政府不承认Batwa族是乌干达人民，不予任何政府性支持，刚果也不接纳他们，可想而知这一族的人们生活有多艰苦。

可即便如此，他们也少不了歌舞，我有幸欣赏到了这个族群的西部舞。传说中的矮人就比我矮一个头，大概更矮的生活在深山里不易接近。矮人们披着原始的草毡布，围成一个大圆弧，唱唱跳跳。这里的原生态舞者让我对舞蹈有了接近本源的理解——跳舞就是跳着飞舞。岁数很大的老太太们也卖力弹跳，动作矫健，跳得那么肆无忌惮。对非洲人来说，跳舞有时就是生活的希望。上天用舞蹈告诉这群人，生命是幸福的存在。世界虽有差异，不同的人生活方式也是极不相同，但共通的是人类感受幸福的能力。舞蹈便是生命里的冲动，是喜悦的表达方式，“言之不足，舞之蹈之”。

离开矮人族后，我又拜访了一个直饮牛血的原始民族，又或者说是一个喜爱裸奔的Karamojong（卡拉莫琼）民族。

那日碰巧去Moroto（莫罗托）的班车又是凌晨四点发车，于是在凌晨两点我一个人晃荡在Bugolobi（布勾落比）小区。昏暗的光线下，一条土狗耷拉着脑袋匆匆而过；傍晚时热闹的夜市小吃摊，这时候寂静冷清，地上全是大堆的垃圾和油水，过去一天的黯淡萧条裸露眼前；三两个摩托车司机在夜幕里窃窃私语，其中一个还在我附近撒着尿，这境况着实让我受了不少惊吓。

终于，我坐的巴士准点离开，在空荡荡的街道上驰骋。慢慢地，柏油路变成上下颠簸呼啸的小土路，风景却越来越好，非洲自然流露的一切都会给心灵带来最为丰富的灵感：草房子是千万年非洲的精神，那些浓重立体的云像是因你而来，随视线移动。

车子在草丛中间的窄土路上穿行，驶出荒郊野外。慢慢地视野中出现了传说中的原始人。原始人三两成群，还有拿着土武器的弓箭手，他们身穿超短裤或者直接没穿裤子，小朋友则是全裸的，抡着小棍儿，看到坐在副驾驶座上的我，激动得欲扑上来。草丛中这一片儿的黑人是真黑，反光的黑，阳光下远远就能看见晃动的小黑条，也不知道他们跑向何处。经过的这一路旱得厉害，河川也干裂了，因此无论怎样的水坑都会吸引“勤劳”的人们前来洗澡。

驱车深入Karamojong原始村，从高处看，村落庞大有规模。随行导游说村子几百年都没变，只是大家慢慢遮上了衣服。Karamojong人喜欢饮牛血配牛奶，据说味道不错。他们的长相带着嗜血的腥气，眼睛干黄，舌头颜色鲜红，一些人脸上额头上刺有排列均匀又密集凸起的包，以此作为面容的装饰。

临别时，在黑暗里，跟我短暂的亲人拥抱告别，我突然体会到，这才是真正的一转身就是一辈子吧。我的这一路，感受了风景，收获了友谊，体会了爱。生命走一遭，寻到一些故事，然后唱起：

“我从远方赶来，恰巧你们也在；我从远方赶来，赴你一面之约……”

Yours,

星之

Dear May,

我是陆晨，人生若只如初见，该是多好，那样就没有离别，没有伤感。不知道你是否还记得我曾在朋友圈发布的一组照片，那是一组我们坐在宿舍院子墙边看夕阳的相片。那时所有的成员都在，那时我还处于没有手机骚扰的时代，那时我们所有人坐在墙边面对着维多利亚湖看太阳慢慢落下，那一刻，岁月似乎真的静好。

离开前，团队里的巴西生物学小哥在屋内搞了个生物降解项目，专门找来了几个桶，在桶上贴上纸，要求我们所有人把未被烹调过的食材垃圾都丢在这个桶里，然后他在院子里挖了一个大坑，把这些垃圾埋在土里。他走之前在某一个已经满了的、被掩埋的坑上种了一棵木瓜树，他说这地的肥料铁定够了，希望等他回来时，木瓜树已经长大。

不管我们曾经多么讨厌这个地方，不管我们曾经有过多少埋怨，现在我们深爱着这片土地，正是因为有太多的缺憾，所以我们能做的也就更多。今天我也要离开了，但是离开是为了更好地归来。坦桑尼亚，说好的再见，就一定会再见。

Yours，

陆晨

Dear May，

非洲的时光已然匆匆而过，但回忆仍然清晰明了，时不时会被突闪而过的记忆刺激得思绪万千。记得初来时的胆怯、陌生、惧怕，和所有听到“非洲”这两个字眼的人一样，略惊恐又觉得神秘无比因而充满期待好奇。在乌干达时，生活有种回到几十年前的感觉，小房子周围是绿树杂草，还有卖杂货零食的小卖部，有时可以看到儿时才吃过的小零食，身边不时出现鸡鸭牛狗，和谐得很。住的地方经常停水断电，于是很长一段时间里我都过着打水看星星的生活。然而并不是每个在非洲的生活细节都那么复古有趣。乌干达的气温不高，像国内的春末或秋初，比较凉快，所以每天洗自来水澡时只能咬着牙，一桶凉水浇下的感觉真是无法言说。我住的地方离实习学校挺远，每天翻山越岭一小时才能到达学校，路上有一大拨赶去上班的风风火火的路人，我也融入其中，变成了当地人。

世界就是这样，有时让你厌恶，有时让你感动。我还记得非洲大角牛被送去屠宰场的路上，迎着阳光流泪发红的眼睛；那个吃着香蕉皮，卷带一股风走在街上的黑人流浪汉；破衣破裤光脚乱跑，无家可归还好奇地冲着我笑的贫民窟小黑孩；身上缠着、头上顶着自认为流行的大花秋裤，努力卖衣服的街头青年；聊天时对我说多去教堂祷告，就一定能找到好工作的自信大学生；还有从摩的上摔下来、坐在马路中间仰望天空的我……生命在各处都在真诚地活着。那些故事，原来那么精彩。

哦，对了，忘了向你推荐一部关于乌干达Breaking（霹雳舞）的街舞纪录片——*Bouncing Cats*。故事里的人都是我熟悉的好哥们，我曾和他们共同在Breakdance Project Uganda（乌干达霹雳舞项目）里共舞共喜怒共哀乐，我的整个乌干达生活都有这些人的陪伴。我逐渐从初始的悲伤孤独中一点点跳出，变得坚韧又快乐，在非洲对艺术产生的激情和梦想都源于这群爱跳舞的姑娘小子。我所感动的歌与舞在这儿，我所爱的乌干达因他们而始，即便周围被说成是破旧、荒蛮、穷困潦倒、疾病漫天也不能打破他们心中对生命的热爱。世界的梦是一样的，故事充满能量。

他们的努力和给我的感动是前所未有的，那是一种舞出自己、忘记所有的力量。我和影片里的这群人一起，走过很多坎帕拉的角落，在露天场地里跳舞训练，在贫民窟里表演，一起笑一起疯癫。其中有一个来自乌干达的好大哥，他是乌干达顶尖的说唱歌手，领导着一群一流的非洲街舞少年，他的霹雳舞棒棒的，他告诉我：Battle your life（舞出你的人生）！他叫Abramz。

现在回忆起这一幕幕，我依然觉得有些难以置信，我曾经那么勇敢、无畏、执着，钻进非洲这片土地，和一切融为一体。所以我心里留了个情结，Once Africa, Always Africa（非洲一瞥，我心永恒）！愿你也能看见我曾看见的风景，遇见我曾遇见的人们，早日实现你的非洲梦。

Yours,

星之

后 记

Dear星之/陆晨，

我是May，好久不见。You call it Africa, I call it home（这个被众人称之为非洲的地方，在我眼里它是家），这是经历了多少，流下了多少的眼泪才能发出的歇斯底里的呼喊。纵使经历过那么多次离别，然而我们依旧学不会好好告别。人们常说马赛人是一世的浪人，少年游走，青年闯荡，壮年归家，胸有征服狮子的勇气。佩刀的马赛人，荣光在身上，在脚下，在心里。你们的灵魂里又何尝不是住着一个马赛人？有多少人为了梦想而坠落，坠落在生命绚烂之时，与其苟延残喘，不如从容燃烧。相信终有一天，你们也会变成自己心中那匹闪闪发光的白马。后会有期，众山之国的星辰（“晨”）里，你是人间四月天。

Yours，

May

Part 3
异国行者

二十多年前的车祸，让这位美国大叔命运轨迹突变
十多年前的偶遇，让他踏上了寻宿征程
他古怪、敏感，却从未放弃过重新书写自己的人生

异国行者的文化沙龙

2016年3月，我刚回国不久，只身前往上海工作。由于本身没有多少积蓄，上海房租也着实太贵，加之所租赁的复式公寓简约雅致，不忍浪费，于是我想出一个“异国旅行者”文化沙龙的主意，一来可以给生活增些情趣，添点乐子；二来也可相对减轻自己的生活压力负担；当然最重要的还是，我们都是旅行者。于是我便更新了自己在Couchsurfing（沙发客）上的个人档案：

愿意接待来自世界各地的旅行者
然而并不完全免费接待
你可以选择给我讲述一段有趣的人生经历
倘若比我的故事好，免费提供住宿与旅行指南
若不够精彩，则10美元每晚

不到两天便收到了来自多个国家旅行者的私信，其中有位叫作格雷格•拜勒的大叔让我印象尤为深刻，倒不是因为他大篇幅的留言，而是从他的留言中，我可以感受到拜勒大叔认真阅读过我的每一条信息，与当时为了骗取免费住宿，而盲目大肆复制粘贴群发消息的不良做法形成鲜明的对比。于是在接下来的周末，我与拜勒大叔相约，一同探寻田子坊。

“你是根据什么来决定生活的？”拜勒大叔一见面便问道。

“什么？”

“我是指，你是根据什么来决定你生活的导向？有人是根据兴趣，有人是根据生活利益风险评估，而你，你是根据什么选择生活的导向？”

我伸出左手腕，给他看了看那年我在伊兹密特文的炭黑字母文身，“Destiny（命

“Destiny”伊兹密特炭黑字母文身

运）”。我是无神论者，也没有任何宗教信仰，但我相信命运的安排。这个信念并非毫无根据。我们时常告诫自己，靠自己的努力去改变自己的命运，但我们所有的努力都是在既定命运的大环境下做出的。比如说，你想出国留学深造，然而由于资金不够，你可能选择先工作存钱，然后再实现自己的梦想。然而在工作的过程中，你可能会遇到自己的终身伴侣或人生伯乐，最终放弃出国深造的想法，走上另外一条路。你所有的后期遇见、选择都是在最初无法出国的大背景下进行的，而这个大背景并非是你靠意念可以决定的，它就是你的命运安排。所以我常想，不一样的路会有不一样的风景，命运的安排就是最好的安排。

“Omens or intuition，”也就是征兆或者直觉，拜勒大叔说道，“我是根据生活中出现的征兆，以及自己的直觉安排自己下一步生活的走向。”

于是我们找了家雅致的咖啡厅谈起各自过往。悠扬的钢琴声、温暖的阳光穿梭于百叶窗的微隙之间，舒畅、温暖、恰好。

那还是几十年前，我们一家都居住在新泽西，过着跟所有美国家庭一样的生活。对了，我还有两个姐姐，我们家是一个比较和谐美满的大家庭。那时我刚好十九岁，有着所有少年的不羁与张狂。“你要知道，美国少年的叛逆不羁与中国少年的叛逆不羁绝对不是同一个层面的意思。”拜勒大叔强调道。“哈哈，当然，从未怀疑。”我回应道，恰巧曾与一群美国人在密西西比大丛林经历过Death hike——死亡探险，所以多多少少对他们还是有些了解。

珍奈儿，我的二姐，和我尤为要好，也是整个家庭里与我关系最为亲近的一个。有一日我们外出，一辆卡车飞驰而过，伴随着汽车紧急的刹车声、路人的惊呼声，她就那样倒在了血泊里。“你知道，就是那样，‘嘭’的一声，整个人就没了。”

“我明白。”看着拜勒大叔痛苦的神色，我回应道。

“不，你无法明白。这种事情除非亲身经历过，否则真的难以感同身受。我当时就在想，为什么会是她？为什么是珍奈儿，我的二姐？她是如此善良、美丽、富有朝气。”

“所以你希望是别人的二姐咯？”为了让拜勒大叔从回忆里悲伤的情绪中走出来，我打趣道。

“不，不，不，没有这样的事……好吧，我承认有那么一瞬间，我确实这样想过。”拜勒大叔愧疚地苦笑道。

珍奈儿的去世让我的整个人生陷入了极度的悲痛之中，我曾尝试过运动、瑜伽、心理医生，然而整整一年，这些对我没起过丝毫作用。悲痛甚至曾一度让我丧失活下去的意念。就这样浑浑噩噩，在二十岁的时候，我迈入了大学。

那时我非常热爱棒球，也是一个很好的选手，然而在珍奈儿去世后，我得了严重的抑郁症与狂躁症，它们让我无法与周围人很好地相处。在后来的一次群架中，我的手腕严重损伤，从此，我再也无法打棒球了。所以理所当然地，我退学了。退学后，父母让我去经营珍奈儿留下的店铺。

“对了，我忘了告诉你，珍奈儿生前经营着一家店铺。”拜勒大叔补充道。

想到这样的人生，我很绝望，于是对我的父母说：“我想去欧洲待上一段时间，然后再回美国经营珍奈儿所留下的店铺。”父母很高兴地应允了，他们觉得这样可能多多少少会让我的精神状况好转。

于是我到了欧洲，去了很多的国家，情绪上确实有了很大的改变。后来在法国的一间青旅，我遇见了一位德国女生安雅，还有一个澳大利亚小伙斯蒂夫。我们性情相投，聊得非常愉快，也一起自驾游欧洲，度过了一段非常美好的时光。

“美国是个非常有意思的国家，我很感兴趣，估计不久便会去。”分别时，斯蒂夫说道。

“那太好了！到时一定要联系我，你可以住在我家！”年轻时的拜勒大叔回应道，同时留下了双方的联系方式。

“待我完成欧洲之旅回到美国，已经是一年以后的事了。”拜勒大叔对我说道。

“那你回到美国后有没有再见到斯蒂夫？他来找过你吗？”我满怀好奇地问。

“没有，在此后的两年里，我都没有接到过斯蒂夫的电话，所以有一天我打电话给了他的妈妈。”

那时斯蒂夫刚好出差，他妈妈告诉我，在我与斯蒂夫分别后不久，他的钱包与笔记本被偷，遗失了一切我的联系方式。这也就是为什么他没有联系我的原因。

欧洲老友于美利坚重逢

“然而有一天，我走在大街上碰见了一个人，你知道是谁吗？”拜勒大叔兴奋地问我。

“谁？”

“安雅！就是当时与我和斯蒂夫一起旅行的德国女孩！”拜勒大叔说道，“难以置信，对吧？我们就这样在大街上遇见了。”

所以，我很自然地招待了她，并且让她住在我家。后来恰好我有一个星期的假期，于是安雅提议自驾游美国。我当然毫不犹豫地应允了。

待打点好一切行装，我们锁上公寓的门，准备出发。正准备下楼时，公寓电话响了。

“通常这个时候我是不会去接电话的。”拜勒大叔说道，“所以我想了想，下了楼。然而下楼后，我还是觉得不对劲儿，又走回到楼上。”电话铃依然在响，于是我拿起电话。

“嗨，老兄！最近还好吗？我是斯蒂夫！”

“什么？真的是你！太难以置信了，我正准备离开一段时间去旅行，和安雅！也许你不相信，我没等到你，居然等到了安雅！”

“这个世界真的太奇妙了！我收到了我母亲的留言，于是立刻给你回了电话。对了，拜勒，来澳大利亚吧，现在就是最好的时机！”

“什么？去澳大利亚？这可不是件小事”

“真的，来吧。没有比现在更好的时机！我可以给你找份工作，你也可以住在我家。”

“我得好好想想，毕竟我现在经营着一家店铺，不是想关就随时可以关闭的……”

“不用再想了，老兄。你一定得来啊！”

……

后来我回到车上，告诉安雅刚刚发生的一切，以及斯蒂夫邀请我去澳大利亚的事。

“斯蒂夫说得很对，你应该去的，拜勒！”

“可是安雅……你要知道……”

“不要再犹犹豫豫了，拜勒。还记得我们以前在欧洲的日子吗？这样的生活不属于你，现在坐在我面前的人也不是我印象里的拜勒！上帝为什么安排你与斯蒂夫现在重逢？不是过去，也不是未来，刚好是一切准备就绪的时候。你应该去的，拜勒，这就是你生活的引导。”

在接下来的一星期里，我与安雅边旅行，边谈心。一路上，安雅从未放弃过说服我去澳大利亚的想法。

“后来你去了吗？”我问道。

“去了。旅行一结束，我就立刻做出决定，我想去澳大利亚。然而我没有想到的是，接下来发生的一切竟然改变了我的整个人生。即便对我而言，现在回忆起来也并不容易……真的非常令人难以置信，这是我人生里一件非常恐怖的事儿，上帝保佑。”

“难道你见鬼了？”我打趣道。

“不，不，不，并没有，但是是同样可怕的事情。我知道你们中国人是无神论者，不相信牛鬼蛇神，也不相信灵婆占卜。但是我希望你可以严肃对待我接下来告诉你的故事。不管你相信与否，它都曾经真实地发生在我身上。”

“当然，我并非一个传统的中国女人，虽不敢保证完全相信，但是起码的尊重与对文化的包容还是有的。”

与安雅旅行结束回来后，我告诉了父母我的想法。

“他们应该没有太大反应吧？据我所知美国的父母还是非常开明的，很尊重孩子的个体性与自由。”我问道。

“哦，不。我父母当时并不同意，对我非常生气，他们不理解为什么我要打破这好不容易恢复的平静生活。尽管如此，我最后还是去了。”

就那样，我整理了部分衣物，带上自己这两年的存款，买上机票与安雅告别，到了澳大利亚。我一下飞机，就看到前来接机的斯蒂夫。我们非常高兴见到彼此，大致了解了这两年我们各自的生活变化。

“所以你就在澳大利亚安定下来了吗？澳大利亚怎么样？”

“可以说基本安定下来了，斯蒂夫带我认识了很多朋友，我有了新工作，也有了住处，澳大利亚是个非常棒的国家！可是……”

拜勒大叔喝了口咖啡。

“可是什么？”我问道。

“可是这并不是我想要的，我的直觉告诉我有什么地方不对劲儿，虽然我并不清楚具体是哪里。所以我辞职了，离开了斯蒂夫的家里。”

他“偷走”了我的灵魂

我开着车，准备一路从墨尔本到堪培拉，再到悉尼。可是我真是个傻瓜，竟然走了相反的方向。

“哈哈，所以你又折返回来了吗？”

“哦，不，并没有。既然所有计划都没有用了，我打算来一场没有任何规划，走到哪儿就是哪儿的旅行，所以我开着车，漫无目的地向前走。”

后来我来到了一个小镇，当然背着我的吉他。这是个名副其实的小镇，大约一千多人，麻雀虽小却五脏俱全，加油站、商店、邮局、旅馆、俱乐部等等，该有的都有。途经一个小酒吧，我下了车，准备稍作休整，喝喝冰啤酒之类的，看看有什么新鲜玩意儿。你知道的，反正也是一场没有任何规划的行程，所以也不着急赶路。

于是我走进这间小酒吧，要了杯冰啤酒，和周围的人闲聊起来。

“嗨，你好！”

“嗨，你好！”

“你是哪里人？到这里来干吗的？”其中一个中年人问道，他身材高大魁梧，但看上去还是非常亲和、热情的。

“美国人，自驾游，开着开着就走到这里来了。”

“你要是再晚几天到就好了，再过四天我们隔壁小镇有个盛大的音乐节，到时会非常有趣。看你背着吉他，应该会比较感兴趣吧。”

“真的吗？那我也可以多待上几天！”

所以为了那个音乐节，我又多留了四天。四天后，偶然一次走在路上，碰见一个女孩。当时我正茫然接下来该去哪儿。

只见她盯着我的双眼，直直地朝我走来，没有丝毫犹豫。“我们一起去旅行吧！”她对我说道，不是询问，而是直接要求。

“为什么不？”我笑道。直到现在我也很惊讶为什么当时想都没想就答应了。后来她告诉我，她叫艾米丽，四天前碰巧她也在那个酒吧，于是才贸然与我搭话。

因为她有些事情要处理，于是我又等了两天。两天后，我们就开着车上路了。

我们就这样漫无目的地开着车，直到有一天早上醒来，我们惊然发现自己居然在沙漠！这下我们慌神了，不敢有丝毫懈怠，互相交换着开车，直到抵达沙漠的另一端——珀斯，这座世界最孤独的城市。

我们在那儿捎上了艾米丽的男朋友。当时她男朋友刚好在珀斯度假，于是我们两人的旅行变成了仨人结伴。老实说，我与艾米丽的男朋友相处得并不愉快，他看起来不大喜欢我。

“为什么？你做了什么事惹他不痛快了吗？”我问道。

“那倒没有。我前前后后也思量过几次，后来终于搞清楚了。”

“是什么原因？”

“想想也知道，我与他女朋友孤男寡女一起上路旅行这么久，作为男朋友他肯定不太高兴。”

“哈哈，那倒也说得通。”我哈哈大笑。

后来在旅途中，我们借住在艾米丽男友的好哥们儿家里。你知道的，作为一个局外人，尤其是一个不大受欢迎的局外人，日子一定是不大痛快的。几次矛盾后，我与他们告别，又重新开始了新的旅程。

“哦，对了。与他们告别之前曾发生过一个故事，想想真可怕！”拜勒大叔接着说道。

“什么故事？”我禁不住好奇心追问道。

那时我们还没有抵达艾米丽男友的朋友家里，途经一片十分荒凉的地方。真可以说得上是前不着村，后不着店。实话说，我们开车开得有点绝望，感觉就像是沿着一条没有尽头的轨道在走，人也疲惫不堪。

突然间，我们看到一间不大的木屋，虽然算不上华丽，但是对于路过的旅人而言，简直就是天堂。于是我上前敲了敲门，看看里面是否有人可以让我们停下来休整一晚。

“砰”的一声，大门被推开。只见一个物体冲上来，抓住我的衣领吼道：“我是迈克，我是迈克，我是迈……克……你是谁？”

“嘿，嘿，嘿，放松点，老兄，我们并没有恶意。”我用尽量平和友善的口气回应道，尽管当时的我的确被惊吓到了。

“我叫格雷格•拜勒，来自美国。这两位分别是艾米丽和她的男朋友。他们俩都是澳大利亚本土人。我们旅行经过这里，不知道是否可以借住一晚，如果不打扰你的话。”

“没有什么大问题，请进，呵呵呵。”迈克用很诡异的声音回应道。直到现在我都忘不了他诡异的笑容。

“他的头发非常杂乱，也很长，大概长到腰部，就是那种黑色与银色夹杂在一起，好像常年没有梳理过的样子。眼睛是深凹进去的，衣服很像那种破烂的袍子。”拜勒停顿了下，又点了一杯咖啡，外加一份甜点。

“他的指甲非常长，让人看起来不大自在，然而更让人不自在的是他接下来说的一句话。”

迈克突然凑到我的耳边，轻轻说了一句，“我被人强奸过……”

“什么？”我惊呼道，“他是男的对吧？”

“是的，迈克是男的，后来他又强奸了我，该死的疯子，去死吧！”拜勒大叔恨恨地说道。

由于关系到对方的隐私，不好多问，我欲言又止。

“等等，May。我说的‘他又强奸了我’并不是你想象的样子，不要误会。至于迈克，我就不知道了。”拜勒大叔赶紧解释道。

“好吧，我的大脑都有些混乱了，后来到底发生了什么事儿？”

尽管感觉非常不舒服，但是别无选择，我们见到迈克的时候都临近夜晚了。于是我们最终还是选择与迈克一同进了他的木屋。木屋有两个房间，理所当然地，艾米丽和她的男友用了一间，我与这个疯子共用一间。

进了房间后，我就找了个地方坐了下来，紧接着迈克也走了进来。看了我一眼后，走到我的身边，也坐了下来，是那种紧挨着地坐着。我觉得非常不自在，但又没有其他地方可以去，更重要的是我不想太无礼。

“你知道那种感觉吗？四周静悄悄的，没有一点儿声音，感觉时间都凝固了，一秒就像一年那么漫长。”

“就像考试拿成绩单时候的心情吗？哈哈。”我笑道。

“也许吧，总之就是尴尬至极。”

大约过了半小时，我指半小时毫无交流的情况下，他突然盯着我开始说话。

“他说了什么？”我问道。

“不知道，那不是英语，我也听不出来是什么语言，总之就是叽里咕噜地开始说起来。”拜勒大叔说道，“我当时害怕极了，于是赶紧远离他，坐到了另一端，还好他没有继续跟过来。”

“只见迈克突然举起双手，就像这个样子念叨起来。”说完拜勒大叔摆出手势给我看。

怎么说呢，我个人觉得看起来很像神话里太上老君炼丹的样子，当然你们也可以自己去想象。

就这样，迈克叽里咕噜、神叨叨地念了好久，终于停了下来，又恢复到最初一动不动的样子。

我想，再这样继续下去，我肯定会疯的！于是走到冰箱那里，准备拿瓶啤酒。当时我就在想，要不要问问迈克是否也想来一瓶，毕竟氛围实在太诡异了。

“我不需要。”迈克突然回答道。

“你知道吗？我根本就没有开口问他，只是在脑海里想想，他居然知道并且回答我了！”

“我倒是觉得这是可以理解的，毕竟很多时候，我们都会邀请别人的，所以他可能知道你会邀请他，所以直接回答了呢？”我试探性地说道。

“好吧，就算你说得通，那么如何解释后面发生的一切呢？”拜勒大叔有些不开心地反驳道。

后来我在想，到底迈克是怎么知道我正在犹豫是否想邀请他的呢？想着想着，突然迈克又冒出一句：“你是不是在想为什么我会知道你在犹豫是否邀请我？”

天哪，我当时整个人都不好了，感觉头皮发紧。这个人“强占”了我的大脑，正掠夺着我的思维！在后来的几个小时里，不论我脑海里思考着什么，他都会一口说出。

“真的吗？这个真的有点难以置信了，这个实在太……”我用略微怀疑的口吻说道。

“May，我在一开头就说过，这些故事是真实地发生在我身上的，不管你相信不相信。我想告诉你，这是我人生中非常可怕的一次遭遇，我并没有撒谎或者刻意去编造！这真的是非常可怕的一件事情！你必须明白这一点！”

“对不起，如果我的语气令您有些不开心，希望您不要误会。我并没有冒犯的意思，只是觉得，你知道的，不是很能让人接受……”我用抱歉的口吻解释道。怎么说呢，一半解释，一半懊悔。很多时候，我们往往习惯用自己的世界观去评判真假、对错，殊不知，来自不同文化、不同背景的人身上往往带有属于那个时代以及所处文化的烙印。那些在我们眼里匪夷所思的事，在别人眼里却稀松平常，而我们所缺少的却正是对彼此的包容、理解与尊重。

沉默几分钟后，拜勒大叔说道：“没有关系。”然后就继续讲述之前的故事。

“我不知道那一晚是怎么度过的，只记得迈克看着我，不停地说出我大脑里正在思考的问题。我感觉自己的脑神经正被人拉扯着，头皮发麻、发疼，恐惧感也一点点侵蚀着我。你要知道，那是在深夜，房里只有我和他两个人，我甚至都不确定是否还可以支配自己的神经。”拜勒大叔脸色变得极为难看。

“但不管怎么说，你现在依然活得好好的啊！而且后面还有一段奇妙的人生体验。”我宽慰道。

“那倒也是。我已经不记得后半夜是怎样度过的了，或者说我从未真正知道过……但无论如何，第二天一早我们就离开了。接着就到了艾米丽男友的朋友家里，然后就发生了之前我曾告诉过你的故事，我离开了他们，又重新开始了一段旅程。”也许是结束了这段痛苦的回忆，拜勒大叔的脸色渐缓，又要了一杯咖啡。

偶遇占卜师，误入土著部落

我继续着我的旅行，直到遇见罗斯安妮。

“罗斯安妮？也是一个澳大利亚女孩吗？”

“不，她是个半土著人。她的父母中有一个是土著人，一个是非土著人。”拜勒大叔解释道。

在接下来的几天里，我与罗斯安妮一起参加了很多当地的活动，她介绍了很多朋友给我认识，我们相处得非常愉快。直到有一天，罗斯安妮带了几个女孩过来。

“嗨，拜勒。这些都是我的朋友，要不我们一起去骑马吧！你会骑马吗？”罗斯安妮问道。

“当然，我从小就开始学骑马，而且骑得非常棒！”年轻时的拜勒对罗斯安妮说道。

拜勒大叔莫名其妙地笑了笑，对我说道：“我会骑马，是没错，但是……并没有我说的那么夸张。我看到那几个女孩非常漂亮，于是想逞能一下，故意把自己说得非常厉害，听起来好像非常专业似的。”

“哈哈，别说从前，就是现在，很多男生也都爱这样显摆显摆！这又没有什么过错！”我说道。

“是没有什么错，但是不久我就为此付出了惨痛的代价。”拜勒大叔继续道，“因为我把自己夸得非常厉害，所以她们给我挑选了一匹非常烈的马，那匹马真的很难驾驭。”

我们开始在乡间骑马、兜风。景色宜人，大家的心情也非常愉悦。起初倒也非常有意思，没出什么问题。突然，我们到了一个路口，一个向左，一个向右。我们本来约好向左走，结果马非常不听话，选了右边。

“我当时正得意洋洋，因为我比她们骑得快，根本没意识到马走了右边，于是一边回头吹口哨，一边得意地跟她们比划着。”拜勒大叔继续道，“她们也跟我瞎比划着，好像说着什么，但我完全没有听清。”

接着“砰”的一声，我的脑袋撞到树干上。那是一棵非常高大的百年大树，枝丫非常粗壮、繁茂。由于没有看前方的路，马又在飞速奔驰着，所以我一头撞在上面之后就不省人事了。

当再次醒来的时候，我正在医院，罗斯安妮一个劲地在哭。

“你终于醒了，拜勒！我差点就被你吓死了，你还好吗？”罗斯安妮问道。

“我很好，你不用担心，我为什么会在医院？”我问道。

“我们一起出门赛马，然后你不小心撞到了树上，接着就倒了下来，不省人事。感谢上帝，你终于醒了，还好没事儿！真的差点把我吓死了！”

“我为什么会在医院？”年轻时的拜勒大叔又问道。

“我们一起出门赛马，然后你不小心撞到了树上，接着就倒了下来，不省人事。我刚刚不是告诉过你了吗？”罗斯安妮惊诧地问道。

“我为什么会在医院？”年轻时的拜勒大叔第三次问道。

顿时罗斯安妮慌了，知道我并非像看起来的那样健康，于是跑去叫来医生，哭得比之前更厉害了。

“你是故意逗她玩的吗？”我半确定地问拜勒大叔。

“不，不，不，并没有。我当时出现了短期失忆。我知道我是谁，在哪里，也知道所有其他人的名字，但是却不记得自己刚刚说了什么。所以在接下来的半小时内，我一遍又一遍地重复着自己刚刚才说过的话，而自己却丝毫没有意识到问题。”拜勒大叔解释道，“不过幸好只是暂时的，我很快就恢复了健康。”

出院后不久，罗斯安妮依然不放心我，于是告诉我，她认识的一个女人刚好有空房间，这段时间我可以去那边休养。于是罗斯安妮带我见了米兰达。

“米兰达是一个地地道道的土著人。她不仅仅是土著人，还是他们部落中的‘智者’、占卜师。所谓智者就是帮助族人解答各种问题，参加各种祭祀以及重要活动的人。她在她的族人当中拥有非常高的地位。”拜勒大叔兴奋地告诉我。

“那你真的是非常幸运！”我惊叹道。

“然而更令人难以置信的是，她居然精确地说出了我的过去、现在还有将来！”

“她可以算命？”我疑问道。

“请不要那样叫她！在那里我们都称她为‘智者’，我不知道我的未来是怎样的，但是她确实精确地说出了我的过去，当时所面临的状况、心理状态以及我后面的生活。”拜勒大叔又不悦地回答道，“对此我深信不疑——她是位非常厉害、能力超强的女人。”

“那么后来呢？”我问道。

“我与她大概相处了一个多星期，之后她给了我一些联系方式与指导。通过她给予我的那些信息，我来到了一个原始的土著部落。”

“那你是怎么与他们沟通的呢？他们会说英文吗？”我有点惊讶地问道。

“部分会，不过非常少，大多数还是不会英语的。这是一个比较传统的土著部落，他们拥有自己的海域，并且一直生活在那里。这在现在的土著人群中还是非常少见的。怎么说呢，其实在澳大利亚已经有不少土著部落慢慢与文明社会接轨了。不过我去的那个部落还是比较原始的。”拜勒大叔想了想回答道。

“他们有着非常丰富的身体装饰物与身体刻痕，就像文身那样的。比如，用不同颜色的绘身，像红、白、黄之类的颜色。他们时常会在袋鼠皮制成的行囊里放上一些有颜色的矿土，平时就在脸颊、肩膀、胸口等等部位涂上几笔，有的人甚至在嘴唇、牙齿上也涂上颜色。”拜勒大叔接着说道。

“那两个多月里，我和他们同吃、同住，一起参加各种活动，真的是一种完全脱离现代社会，与大自然融合在一起的生活，感觉非常棒！当然只是两个月还好，如果要我长期那样生活，恐怕还是比较困难的。”拜勒大叔补充道。

“那你们吃的什么呢？”

“狩猎、捕鱼、采集野果子之类的。记得有一次我与他们一起到海边捕鱼，结果捉到一只超级大的海龟。”拜勒大叔兴奋地说，“那是我这辈子见过的最大的海龟！于是我们一起坐在沙滩上吃了那只海龟。这真的是一次改变人生的经历，后来我的世界观、人生观都发生了很大的改变！”

“这些故事光是听下来就觉得非常神奇，比我的故事有意思多啦！”我感叹道。

“那时我在澳大利亚差不多已经待了一年，所以我又回了美国，中途在马来西亚停留了十二天。在马来西亚时，刚好我住的青旅在一座岛上，所以当时我时常去放空自己。”

有一天晚上，我独自坐在一片空地上，突然感觉整个人好像被抽空一样，完全地沉浸在灵魂的升华中，我觉得自己与整个宇宙融为一体，任何人或者事物都无法干扰到我。远处光影闪烁，好像有些人群，我一个人坐在那里，感受着世间万物的灵动。突然一个满脸皱纹的盲女弯下腰，对我微笑，唱了一首非常美妙的歌曲，然后慢慢离开，直到消失不见。我想，我唯一能够清晰记住的，就是那时的感觉。

“就这样，我又回到了美国，中间在西班牙待过四年，接着又重返美国，待了九年。”拜勒大叔说道，“从去年开始，我又背上了我的吉他，开始了新的旅程。一个星期前我还在摩洛哥，紧接着又来到了中国。如果一切顺利的话，我想我可能会在中国待上两年。对了，我自己还录制了一张专辑，就快完成了！”

May于上海街角

“有机会一定要听你弹唱！上海的街头有不少弹唱的艺人，也许不像欧洲那么多，但是可以试试，还有酒吧，一定都很有意思！”我说道。

游完田子坊后，夜色愈加浓厚了，我看了看手表，对拜勒大叔说道：“时间不早了，我住的公寓比较远，得先回去了，有空再聚！”

“非常感谢你的帮助，May。等我安定下来，咱们可以约上一些朋友再聚聚，到时你一定要来听我的弹唱！”

“一定的，再见！”

看着拜勒大叔渐行渐远的身影，我也慢慢走向地铁站。夜色朦胧的上海比白天增添了不少神秘感与肃静感。这还是初春，夜里的上海略显湿冷。我不知道该如何去形容拜勒大叔，他与我平日里接触到的美国人，怎么说呢，有些不一样，感觉可能会更加“神经兮兮”些，有时甚至有些过激的反应。当然，也有可能是我阅历较浅，包容度不够，无法体会到当事人那种浓烈的情感。但不管怎么说，这是一位非常鲜活的人物，他曾经历过世界上95%的人都未曾经历过的事，并且从未放弃过重新书写自己的人生。

倘若有一天，你在大街上，又或是在酒吧里，看见一个身形偏瘦、中等身材、抱着吉他弹唱的大叔，而碰巧他又叫格雷格•拜勒，你可以走过去问问他：“你是否认识一个叫Maymay的中国女孩？”如果他恰好也认识，有可能他就是“异国行者”里的拜勒大叔，请代我向他问声好。

Part 4

密西西比河上的黄昏

此后她每到一个城市，每翻越一座山脉，每经过一条河流
都会多看一眼那里的树
因为远在千里之外，有棵树与她同名

我眼里的密西西比

一入境，卡西先生就给了我一个大大的拥抱并说道："我的公主，早就迫不及待地想要见到你了！"这位四十多、年近五十，身着宽松衬衣的金发蓝眼大叔就是我即将工作地方的执行总裁——卡西先生。实话说，当时我的状况并不太好——两小时的武汉飞上海，十三小时的上海飞纽约，六小时的纽约飞休斯敦，再加上一小时的休斯敦飞杰克逊，早已让我疲惫不堪。不仅仅是时差上的反应，还有耳鸣带来的哄哄声、胀痛感都让我难以集中注意力去思考卡西先生所说的话。换句话说，我只能单纯地去接收信息，而无法对信息进行理解并做出反应。

夏日的密西西比州是十分炎热的，不记得是湿热还是干热，总之就是热起来让人觉得呼吸都有些困难。但与此同时，它如画的风景也是非常难得一见的。一路上，弯弯的小河，静静的村庄，浩瀚的蓝天，悠悠的白云，清新的空气构成一幅十分富有诗意的山水画。不管是圆尖屋顶的红色，还是栅栏的乳白，又或是马匹的深褐色，每种颜色都清晰鲜明，赏心悦目。有别于路易斯安那州到处都是广袤的平原，密西西比州是随处可见参天大树、树林群、森林群的。卡西先生告诉我，因为全州地势低洼——就连最高点的东北部丘陵地带的伍达尔山，海拔也只有246米——所以易发涝灾，尤其是在过去历史上，密西西比州曾数次因洪涝差点遭受灭州之难，政府遂发令广泛种植树木，防患于未然。

米尔夫人与莫莉

抵达Warner-Tully（沃伦-托利）时已是临近黄昏，按照卡西先生的话来说，因为怕我不适应，开始先让我在Warner-Tully 这个营地适应适应新环境，感受下美国的氛围。他邀我参加夜晚的篝火晚会，但是由于我实在困倦，筋疲力尽，所以婉言拒绝，相约改日再参加。

"May，你在哪里？我是米尔。"当时正在洗澡的我，着实被这突然传来的女音惊吓到了。出来后，只见米尔夫人已经帮我整理好床铺等各种用品，而她身边还站着一位挺着大肚、非常漂亮的女性。

“嗨，亲爱的May，你终于出来了。我是米尔，Warner-Tully 这片区域的负责人。这是我的女儿莫莉，她怀孕七个月啦！”米尔夫人对我说道。

“嗨，你好，见到你们真的太高兴啦！”我打量着她们回应道。米尔夫人有着典型美国女人的外表：及腰的金色长发盘成一个发髻，蓝色的眼睛配上白皙的皮肤显得五官异常精致，此外蒂芙尼蓝色的半长连衣裙让她看起来格外优雅。值得一提的是，不知道为什么身为美国人的米尔夫人却操着一口颇为性感的英伦口音。而旁边那位叫作莫莉的女人则更是与我往日里见到的孕妇格外不同，显得活力异常：褐色的眼睛配上当时最为流行的阴阳头发型，看起来非常像那种玩爵士乐或是街舞的女子。所谓阴阳头，就是一边留着飘逸的长发，而另一边几乎剃光的发型，这种发型在中国是比较少见的，可在美国却十分流行。

“你大概飞了多久，亲爱的？”米尔夫人问道。

“嗯……怎么说呢？从中国到美国其实只需要十三小时左右，但从我的城市到这座城市，哇，大约二十二小时的样子！”我用略微夸张的口气回答道。

“那你怎么还会这么精力充沛？”莫莉微笑着打趣道。

“因为十二生肖里，我属马。”我也戏谑地回应道，“其实是时差还没有倒过来啦，在中国现在是上午十一点的样子。”

“在我的印象里，亚洲人都不怎么爱讲话，很少看见可以像你这样说个不停的姑娘。记得我们学校之前有个日本女孩，我几乎都没有见她开过口！对了，猜猜我肚子里面是男孩还是女孩？”莫莉兴奋地问道。

“男孩？”我接着问道，“你们可以在孩子出生前就知道孩子的性别吗？因为在我的印象里，我们国家好像是不允许的，当然也有句俗语叫作‘有钱能使鬼推磨’，大概就是说，虽然法律上可能并不允许，但是通过非法手段还是有办法知道的，哈。”

“聪明的姑娘。对啦，是个男孩！可是为什么你们国家不允许在孩子出生前查询他们的性别？”莫莉十分惊讶地问道。

“听老人们说，好像是因为重男轻女的思想导致的。在中国，尤其是过去的传统中国，家族里都认为生男孩、延续家族的香火是非常重要的。而女孩，她们通常被当作‘外人’，因为迟早有一天她们要嫁给其他人，成为别人家的儿媳。所以，很多父母会根据孩子的性别、家庭环境做出取舍。”我回答道。

“做出取舍？你的意思是把女孩子送给别人吗？”米尔夫人也饶有兴趣地问道。

“部分是，但是更多的人会选择在孩子出生前做流产手术。”我平静地回答道，因为平日里经常在电视或广告上听到类似信息，所以并没有觉得有什么问题，未曾料想莫莉惊呼起来。

“人流手术？在我们的文化和宗教里是不允许这样的。只有极少数人才会这样做，即便如此，他们通常也是秘密进行，倘若被人知道，大家都会鄙视、瞧不起他们，让他们很难在社区生活下去的。美国是个性极为开放的国家，但是我们也非常尊重生命，重视人权。”说完，莫莉摸了摸自己的肚子，说道，“宝贝儿，即使你在中国，也会是安全的！”

就这样，我们一直聊着，直到晚上十一点左右，莫莉与米尔夫人离开了Warner-Tully，驱车前往维克斯堡，而我也在我的小木屋里，渐渐进入梦乡。夜半时分，睡眼蒙眬中，好似有人开灯，接着又轻轻离去。后来得知原来是山姆与艾莉森。卡西先生担心我害怕，又或者在美国的第一晚睡不好，于是让山姆和艾莉森过来陪我睡。见我一切安好，他们便轻声离去。在我从前的概念里，美国人都比较粗枝大叶，他们如此细心地照料确实让我很惊讶。

美国孩子，原来你是这样的

数天赏花剪草、看落日朝阳、数漫天繁星、于吊床间嬉戏阅读的日子后，我正式迎来了第一天的工作。

“嗨，我叫罗拉，今年七岁！你会说英文吗？你来自哪里？”

“嗯，会一些，不过以后还要你教我才行，这样我才能说得更好。你愿意当我的小老师吗？对了，我是中国人！”看着这位有着如同小王子般金色卷发的姑娘，我微笑着回答道。

“Made in China（中国制造）！”罗拉惊呼道，“我所有的东西都是中国制造，我的玩具、铅笔、本子、衣服等等，都是中国制造的！”罗拉一边说着一边翻着她的行李包，一件件拿出她的宝贝，然后一个个指给我看，“你看，上面都写着‘中国制造’这几个字！”

罗拉话音刚落，旁边一位有着栗红卷发、浅褐色眼睛的小姑娘——梅茜拉着我的手说道：“看，我的这件裙子不是中国制造！上面写着‘Made in Beijing（北京制造）’！”

看着这个有着无邪笑容，看起来像洋娃娃的小姑娘，我哈哈大笑：“宝贝儿，北京是中国的首都，所以它还是中国制造的！”

午饭过后，只见餐桌上有几个小姑娘拉扯着抹布争吵起来。过去一问才知道，她们因为抢抹布、抢着清理餐桌而争吵起来。只见其中一个小姑娘拿着抹布擦桌子，另外一个姑娘偷偷抢过去，也十分卖力地擦起来。实话说，这着实让我有些意外，因为往日里我时常看见的是因为推脱，不愿意打扫做家务而吵闹，很少看见因为抢着干活儿而争执起来的场面。

“因为美国是一个崇尚强者的国家，如果你做得比别人多，比别人好，大家就会认为你的能力更强，也会得到更多人的尊重与喜爱。相反的，我们不怎么喜欢那些轻言放弃，或者经常哭鼻子的人，我们会觉得这种人是懦夫、胆小鬼。”托莉——我的搭档解释说。

回国后，当我再次回忆托莉的解释时，又想起了后来发生的一个故事。

那时天色较晚，夜间活动结束，正值篝火晚会。爱希伦，一个十岁的小姑娘偷偷跑回自己的木屋宿舍准备洗澡换衣。却未曾料想她上铺的姑娘忘记清理自己的钓鱼竿与其他用具，鱼钩正好挂落在爱希伦的床上。当时慌慌张张的爱希伦只想着洗澡换衣，也未曾过多注意，于是就直接坐了上去，整个鱼钩恰巧嵌入了她的大腿。

“哇”的一声，爱希伦大哭起来，嵌入大腿的鱼钩也让她无法动弹。她本想自己把鱼钩拔出来，却发现愈加疼得厉害。大家都该知道，鱼钩头是弧形弯曲的，一旦嵌入血肉，并非像拔根针那般容易，任何不小心的拿取都可能导致拉扯掉整块肉。

“你能动或者走路吗？”同宿舍的凯蒂焦急地问道。

“不能，一动就拉扯得非常厉害，非常疼！”爱希伦啜泣着回答道。

话音刚落，凯蒂就小心翼翼抱起爱希伦，走向医务室。那时天色较晚，营地离市区也颇远，医务室里又没有任何麻醉药与专门的手术刀，实施这个虽然不大的手术其实也并非易事。

“May，请拨打爱希伦父母的电话，让她与父母通话，好转移她的注意力，这时我便会把鱼钩从她大腿里取出来……”护士阿姨悄声对我说道。

“嗯，好的。”说着我便紧握爱希伦的手，并宽慰说道，她的父母想跟她聊天。

就在爱希伦与父母交谈之际，护士阿姨用剪刀迅速取出鱼钩，记得当时爱希伦流了不少血，裤子上大腿部位鲜红一片。

半小时后，我走到医务室去探望爱希伦：“宝贝儿，你真勇敢！那么疼，居然只哭了一下，要是我，估计要哭上个好几天呢！”我边说着，边把莫莉之前送给我的糖果盒给了爱希伦。

“哇，好多的糖果，谢谢你，May小姐！没事儿，只有一点疼痛，我可以忍住的！”爱希伦边说着边给了我一个大大的拥抱，“好了，May小姐，我已经没事啦。我现在想回到木屋，和我的朋友们待在一起。你可以陪我一起过去吗？”

“可是你的腿才包扎好，现在就要下床了吗？”我颇为忧虑地问道。

“你看，真的没事儿。这点小伤算不上什么！”刚说完，爱希伦就从床上走下来，还单脚转了一圈给我看。

看着好像确实并无大碍，我便拉着爱希伦的手一同走向她的木屋。

“May小姐，你有没有男朋友？”爱希伦好奇地问道。

“还没有呢。”

“什么？你居然没有男朋友？我都交往过五个男生啦。汤姆、斯蒂芬、马特、吉米还有艾伦！我在八岁的时候就接吻啦，下个星期我就会跟艾伦分手——已经很厌烦他啦。”爱希伦骄傲地跟我说道。

“可你才十岁呢，你父母赞同吗？对了，你为什么要跟艾伦分手？”我饶有兴趣地问道。

“因为他的雀斑，我不喜欢雀斑，哈哈。当然，我的父母当然允许我和男生交往，你的父母不同意吗？为什么？”爱希伦好奇地问道。

“呵呵，那可是一个很长的故事呢。你真可爱，我的小公主！”我摸了摸爱希伦的头说道。

“那当然，在学校同学们都喜欢我，除了我的牙齿。你看，我的牙齿长得不怎么齐，我还在换牙呢。”爱希伦有些恼怒地说道。

就在这种有一句没一句的对话中，我目送着爱希伦走向了她的床铺。月色朦胧，密西西比的夜晚总是让人爱不完。

与毒虫扁虱的欧美奇缘

不知道你是否曾去丛林探险过，密西西比州的大丛林颇有原始的味道。各种千姿百态的古木奇树映入眼帘，令人目不暇接。到处都是高耸入云的参天大树，有的树干、树枝上发出的气生根从半空扎到地里，渐渐变粗，成为支撑树冠的支柱根，形成了独木成林的奇特景观。

特定的气候，会让林子里潜伏着各种奇异或危险的动物，我就曾经看到过狼与鹿。那里有着大量传播疾病的昆虫，植物上总是爬满了咬人的大蚂蚁。因此每次去丛林时，我都会换上长长的牛仔裤，用来保护自己不被叮咬。实话说，被大蚂蚁叮咬的滋味儿确实不好受，曾经有好几次我都被蜇得乱蹦乱跳。

扁虱，不知道你是否曾听说过这种虫子，它在美国南方非常多见，尤其盛行于树木繁茂之地。扁虱身形很小，大概如同芝麻大小，看上去像一只很小的蜘蛛，一旦它咬住人，便会往人皮肤里面钻——我的意思是，它会真的钻到你的皮肤里去吸血，而且让人无法察觉。如果不幸被它叮咬，则要迅速在二十四小时内将它连头拔起，否则很可能感染莱姆病。据闻莱姆病通常被叮咬后一至两周便会有症状表现，两个月内便会病发，有时会导致神经麻痹甚至瘫痪。

当然，扁虱虫子也分很多种，有些没毒，有些有毒，具体的要结合你自身的反应来看。我并非学医的，也无法做出专业的解释。总之，这些都是事后我查询资料才了解到的。

“May，你听说过扁虱吗？一种虫子。”米尔夫人对我笑道，“如果没有，那你会在美国看见很多呢。我们都是从小被扁虱叮咬长大的。从丛林出来后，洗澡时多检查一下就没事啦。”

“扁虱？真的没见过呢！那你到时一定要给我看看！”我好奇地说道。

说着，米尔夫人便找来几只扁虱展示给我看：“你看，它们会一头钻入到你的皮肤里，你只需要连头拔出就可以啦。”

当时我并不知道扁虱是有毒的，所谓无知者无畏，因此也时常捉扁虱给我的朋友们看，来确保自己找到的是真的扁虱，就如同捉知了般玩耍，更是熟练地学会了从皮肤里拔扁虱。

直到很久以后，那时我在波兰，与台湾女生Ching是室友，某日一同逛街试衣服，Ching突然喊我过去，说是好像有虫子钻入腋下，让我帮忙查看。我一看原来正是扁虱。随行的波兰女生告诉我们，扁虱毒性就如同毒蛇般，那时我才知道原来扁虱是有毒的，同时这个信息也把Ching搅得颇为心神不宁。

但那时正逢周末傍晚，着实找不到诊所，我们便回到公寓。

“Ching，你不用太担心啦，也没有宝拉说的那样严重，我在美国时就经常被咬，只要拔出来就好了。”我宽慰她道。

“那你能不能帮我拔出来？”Ching略微忧心地问道。

“当然没有问题！”说完，我便找来酒精、棉签和夹剪。

就这样，开始了我人生的第一场小手术。由于Ching被叮咬的部位在腋窝，扁虱露出皮肤的部分已完全被损毁，只剩残留在皮肤里面的头部，想要拔出，实在不易，在后来长达半小时的努力中，我也只将扁虱头的一部分挑出，Ching也被针尖扎得哇哇大叫，叮咬之处血肉模糊。好在第二天清早，遇见一个颇有经验的老郎中，顺利将残余部分清理干净。事实证明，我并没有当医生的天分。

倘若你问我有没有被扁虱叮咬过，我会告诉你——很多次。N-1次里我都在二十四小时内成功将它连头拔出，直到一年后的某日里，我在波兰舞蹈室做伸展运动，突然看见自己大腿上多了一点“黑痣”，用手一挤，竟然是只风干变硬的扁虱，于是赶紧在Facebook上给艾莉森留言。

“亲爱的艾莉森，我刚刚从大腿处挤出一只扁虱！我居然把它从美国带到了波兰！”

“哈哈，幸运的扁虱，只要挤出来就好啦。”艾莉森说道。

“那我会不会死掉？”我焦急地问道。

“不会的。”

“真的不会？”

“真的不会。都过了一年多啦，你还健健康康活着，没有任何症状，所以应该没有问题。对了，你不记得我们都是消过毒的吗？”

突然回忆起每次丛林探险回来后，大家都会跳进一艘装满水的木舟，坐在里面拍打自己，当时我误以为大家是为了好玩而进行的木舟游戏，于是每次也不知所以然地跟着大家跳进去，直到现在才知道木舟里面都是混合消毒药水，可以很好地杀死我们身上所有不干净或者有毒的寄生物，我也就因此误打误撞地救了自己一命。

那些无法打败你的东西使你愈加坚强

记得有一日跟着大家去丛林探险，也就是“Death hike”，死亡之旅——我在“异国行者”里曾经提到过——一路上翻山越岭、渡河、滚坡。

丛林里除了奇特景观、蛇虫鼠蚁外也有不少河流小溪，大多不算太深，有的刚到腰部，有的则至头部以下、脖颈以上。对我这种不会游泳的人而言，可能是整个丛林探险里第二讨厌的事，至于第一嘛，你马上就会知道。

当时正处“大姨妈”最后两日，便借口大姨妈来了，不愿渡河。帕特里克误以为我是因为怕蛇不敢渡河。

“没事的，快点下来，May，里面没有蛇的。”帕特里克喊道。之前我跟帕特里克提过，我人生的两大软肋，一个是恐高，一个是怕蛇。对了，忘了告诉你，米尔夫人养了四条大蛇作为宠物，有一段时间我住在她女儿莫莉家，而碰巧有条蛇突然不见了，着实让我惊吓了一段日子。

“不是的，我刚好生理期，不能下水。”我解释道。

“没关系的，May，我也生理期，你看我照样在水里扑腾呢！”艾莉森走在最前头，并大笑着招呼我。

由于不愿落后于人，显得自己过于矫情，于是我也硬着头皮在生理期开始涉水。当泥水慢慢没过胸口时，步行愈加困难，加之河水底部淤泥深陷，一踩一个坑，脚也不停打滑，多亏了克里斯数次搀扶，我才顺利抵达河流的另一边。

“太好啦，终于走完这条河了。要说丛林里我最讨厌什么，赤脚渡河肯定算得上一个！”我开心地喊道。

“哈哈，May，不要高兴得太早，前面还有好几条河呢！”克里斯颇为幸灾乐祸地说道，“你居然不会游泳？你可能是我们这辈子认识的唯一一个不会游泳的人了！在美国，我们刚学会走路便开始练习游泳，这几乎就是家常便饭。”

“你知道日托中心吗？”帕特里克补充道，“在美国，十二岁以下的小孩是不能单独一个人在家的，如果不在学校就必须送去托管中心，否则父母就属于违法，会遭到很严重的惩罚，类似于虐待儿童！”

“真的吗？我从很小的时候就开始一个人在家啦，我周围的很多朋友也都是这样，这在中国是非常常见的。”我吃惊地问道，“那你们在托管中心干吗？学习吗？”

“怎么可能，哈哈。”克里斯说道，“我们通常就是做做游戏、打打球，夏天是一定会去游泳的，偶尔也会看看电影之类的。就是做做这些活动，父母下班后便会来接我们。”

“可你们十二岁了还待在托管中心？为什么不待在自己家里？”我疑惑地问道。对我而言，父母花大笔的钱把十岁以上的孩子放在托管中心是难以置信的。

“因为我们会烧了自己家的房子，闯大祸的！”大家边走着，边哈哈大笑起来，“天啦，那中国的小孩太幸运啦！你们一个人在家的时候不会惹祸吗？比如烧了房子、打破玻璃窗、破坏家具之类的？我听说在中国，很多家庭只有一个小孩，那你们一个人在家太无聊了，肯定会干些什么吧？”

“我很少听说有小孩因为独自在家，玩着玩着烧了自己家房子的事儿。难道是因为我们家庭作业太多，多到没时间搞破坏？哈哈。”我用自我调侃似的语气补充道：“你要知道，如果作业没写完，中国父母可是会家法伺候的！哈哈。”

“上帝保佑，幸亏我们出生在美国。实话说，在上大学以前，我们的生活就是各种派对、文化季，还有比赛，也没有什么学习压力。从小我的父母就对我只有一个要求。”克里斯说道。

“是什么？”

“我父母老是跟我们兄弟姐妹几个说：‘只要你们不被抓到警察局去就可以啦。’”克里斯笑着补充道，“我爱美国的自由，尽管我并不怎么喜欢我们的政府。”

我们聊着聊着也越走越远，高大粗壮的树木也越来越多，一人高的灌木杂草更是随处可见，地面潮湿的树叶层下经常是又滑又软的泥浆和腐烂的木头。偶尔也能看到一些酒瓶与破旧的布条碎片，很可能是前人留下来的物品。一团团的藤蔓和乱七八糟匍匐的植物使行走变得更加困难，再加上林子里闷热异常，身陷其中的人不久便会满身大汗，好在时不时也能看见一些溪流与清泉，拍打在身上也会让人舒服不少。

“前面好像不好走了，我们往下走看看？跟着河流的方向走准没错！”艾莉森提议。虽然同为女性，可艾莉森的胆大、洒脱、随性在国内是非常少见的，不仅是她，海伦、托莉等我见过的美国南方女性几乎都是这个样子，身上有着一种“野”的味道，让人忍不住地想要靠近。

“可以啊！”大家异口同声地回应道。

我们起初是沿着小路向上走的，呈上坡方向，若要改道，则必须从左边两棵大树之间的小道下去。与其说是一条小道，倒不如说是一个断层面更为贴切，像一个陡峭的滑梯似的倾斜着。好在两棵古树年代着实久远，不少根茎早已突出到地面，呈一个天然的“扶手”状态，为我们提供了一点支撑，同时两树之间的小道也变成一个略微低于两边的槽。

那时雨后不久，地面十分潮湿、黏滑，也让原本不易下去的断层面变得十分滑溜，我们也顺势坐下，一个接一个地滑到底端，而突出的粗大树根刚好为我们提供了支撑，不至于速度过快，下降时受伤。

到达底端后行走不远便又是一条河流，河水不深，大概漫及腰部，河中有不少大的石块与较小的沙粒，偶尔也能踩到几个巨大掉落的粗壮树干，像极了木桩做的独木桥。有时也会在河流上方遇见一些交错的蔓藤扭转在一起，挡住你的去路，这时你便不得不弯下腰，双手抓住藤蔓，半蹲着从水里滑过去，然后再立起身，继续向前走。一路走下来，我们身上的牛仔裤、衬衣早已在河水的反复浸泡中湿透，满身的泥巴更是让我们看起来狼狈不堪，好在我们精神状况良好，一路尽是欢声笑语。

“这条河比刚刚那条浅多啦，只刚刚到达腰部！”我开心地喊道，经过一路的跌撞翻滚，我已经逐渐适应了丛林里的状况。

“你要是想的话，我们也可以试试那些比较深和湍急的河流，你知道的，反正我们都会游泳，哈哈。”科尔戏谑地说道。

“千万不要！！！”我边跳着，边大喊起来。

"嘘……轻声点，大家注意！"科尔突然严肃起来。

"怎么了，怎么了，出什么事儿了吗？"我焦急地轻声问道。

等了好一会儿，见大家没有回应，我又继续问了一次："到底发生什么事儿了？你们不说，我越想越害怕……"

"你看到两边泥巴墙壁上的洞了吗？"科尔问道。

我向四周看了看——丛林里的河流不同于我们往日在乡间看到的清流，它们时常与参天枝干、泥巴断层交错在一起，也许走着走着你就从一个比较宽敞的河流走入只有一人宽的细流，而两旁都是横生出来的杂草与泥巴墙壁，有时我们要拽着那些杂草来保持身体平衡，而有时你也不知道你会拽出一个什么东西来。

"嗯嗯，看到了不少手腕粗细的洞。"我若有所思地回答道。

"那些都是蛇洞，千万不要把这些蛇吵醒，免得它们跑出来！"科尔用略带警告性的口吻说道。

我还来不及消化科尔所说的话，只听艾莉森突然说道："嘘，大家都停下来不要动！"

定睛一看，原来正巧有两条蛇从我们附近缓缓游过。我看得头皮直发麻，不知道之前我们在溪涧沐浴时还有多少未觉察的蛇从我们身旁悄悄游过，按照现在流行的话来说就是，我感觉整个人都不好了。我觉得我当时没有被惊吓得跳起来的唯一原因就是由于过度惊吓而动弹不得。

就这样，我在小心翼翼、惴惴不安的各种情绪纠缠中，终于重新回到陆地。那一刻，整个人都松了一口气。

刚上陆地不久，背后突然传来声音："May，快过来看！"由于近视，看不太清，我兴奋地跑过去，只见克里斯手里抓着一条红色的蛇，单手握起，放到我面前，顿时我"哇"的一声逃离而去。

待我们回到小木屋时已是夜半时分，我整个人早已筋疲力尽。这次丛林探险某种程度上刷新了我之前的人生观。此后我们又大大小小去丛林探险过六次，每次都感觉比前一次更为容易，更加适应，我想就在这种锻炼中，我的性格得到了重塑。我们从小就被教育如何成为一个“淑女”，该如何“体面”地走在人前，却不知道如何去塑造自己鲜活的生命，如何打破自己原本的舒适圈，更加有意义地去生活。

在后来的日子里，我也时常与朋友们一起玩射击，练习射箭，讨论两国的文化差异，学习如何划独木舟，有次甚至和科尔不小心划到鳄鱼潭，幸好我们及时撤回，没有遇到危险。我也更加认识到了我所遇到的美国人是如何用“生命”去生活。

与他们相处的日子可以说对我后来性格的转变起了天翻地覆的影响，我不再是穿着蓬蓬裙，端庄优雅地坐在人前的城市女郎；而是身着简单牛仔裤和深色背心，背上旅行包行走在各地的行者。我也时常随手拿一个简单的三明治，随意坐在路边或是博物馆门口台阶上听街头艺人唱古老而又带着浓浓民族特色的歌谣，简单而又自然，也不会在意别人带着有色眼光对自己的生活做出的评判——毕竟生活是自己的。

有一棵树，它与我同名

有一日，见我在湖边驻足良久，山姆跑过来看着我说："难道你想把May tree带回中国？这么大一棵树飞机是装不下的，你也过不了安检。"

我戏谑道："你忘了我是东方的巫师吗？区区一棵树，算不了什么。"说起来也觉得挺不可思议的，当初一句戏言，也不知真假，这群美国人倒也信了七七八八，总觉得我身上带有东方巫术学的神秘。

所谓May tree其实是朋友们以我的名字命名的一棵树。学过地理的人大概知道，密西西比最大的特色恐怕在于大片大片的森林，说它是美国的天然"绿肺"也并不为过。也就是在那数不清的丛林树海里，我找到了May tree。克里斯曾对我说："May，you got our love till the end of the world. We love you, always and forever（May，我们友谊长存，直到世界尽头）。"此后朋友们便将May tree的树语定义为love, always and forever（永无止境的友谊与爱）。我离开密西西比前，克里斯、海伦、艾丽、科迪、迪伦、皮特等等也纷纷将他们的名字刻在May tree上，纪念我们的匆匆那年，也定下我们的十年之约。

"把名字刻在这棵树上将会成为Warner-Tully 的一个传统，也会是一个传说，我会告诉以后的每一个来者，有关我们，有关这棵树的故事。"艾莉森给了我一个大大的拥抱。

"是的，它会的。"我说道，"那么再见了，大家。后会有期，十年后再见，又或者我们会在其他地方相遇，毕竟世界也没有想象的那么大。"

"再见了Maymay，保重。"大家在May树下跟我一一拥抱告别。

"准备好了吗？"科尔突然说道。

只见大家围成一个圈儿，纷纷伸出自己的一只手，然后一个个叠在一起。

"Maymay，愣着干吗？快点过来把手搭上去。"皮特喊道。

“One, two, three，We love you, Maymay, always and forever（一、二、三，我们爱你，友谊长存直到世界尽头）！”大家齐声喊道。这也是我印象里与大家在一起的最后一幕。

记得离开Warner-Tully 那天，米尔夫人开车从维克斯堡赶来接我，我们一路从湖边慢慢开到山坡，再慢慢经过每一座房子，每一个花园，走过每一条石子小路。

“看好喽，亲爱的，这可是你在Warner-Tully 的最后一刻，一定要好好地看看它，记住它的每一个样子……”米尔夫人说道。

“嗯，会的……”看着奔跑在车子后面追赶我们的狗狗Ric，我早已泣不成声，泪水像断了线的珠子，止不住，沾湿衣衫。

……

很久以后，科迪给身在伊斯坦布尔的我发来一条简讯：“May，你有没有在世界其他角落找到新的May树？”

我说，于我而言，这个世界上只有一棵May树，它承载着我的回忆和大家的匆匆那年……此后我每到一个城市，每翻越一座山脉，每经过一条河流，我都会多看一眼那里的树，因为远在千里之外，有棵树与我同名……在这个星球数百亿棵树中，我能将它一眼认出，因为它是May tree。

我们时常因为一群人而恋上一座城，倒不是因为它有多么特别，而是太多太多的故事与经历让它深深渗入到我们灵魂里，形成属于我们的、割舍不断的牵绊。

抬头一看，已是凌晨三点，手机忽然响起，科迪传来讯息。我莞尔一笑，即将晋升军官的他申请秘密训练后派往日本或韩国驻兵。倘若得到批准，用不着十年，恐怕不久我便会再见老友。

Part 5

她的国，她的二十一次涅槃重生

她，热情、勇敢、聪慧
她，少年离家寻梦走四方
她，有一个好听的名字
她，就是多惠

命运的牵引，我们仨

夜色将尽，星沉月落。转眼间，又是一个迎新的时节，不知不觉竟快到了2015年的尾巴。隆冬虽然将至未至，马尔马拉海边呼啸嘶吼的寒风却时刻提醒着我——怎么说呢——套用《冰与火之歌》里的开场白：The winter is coming（凛冬将至）。

留言信箱里传来未读讯息："嗨，May！虽然有些难以置信，但是我居然成功了，即将离开冰火王国，踏上新的征程。愿与你在济州岛再次相逢。"郑多惠，这位十九岁的韩国少女再一次刷新了我对韩国女性的看法：在这个流行"傻白甜"与整容的国度里，也有许多姑娘是一朵朵勇敢美丽的沙漠之花。

读完多惠的最新状态，我不禁长叹一声，带着四分钦佩，三分羡慕，两分懊悔，一分惊讶。一边感叹照片中青烟缭绕，将严寒与炽热、高山与荒野、熔岩与海洋奇妙地交织在一起的冰火之国的美景，一边惊讶于多惠的旅行搭档——敏正，原来世界这么小，原来命运这么巧。

打开抽屉，我拿出数月前的两张照片……

2015年5月初，土耳其，我与多惠

沙发客主——穆斯塔法先生

那时土耳其实习刚刚结束，我就开始了我的土耳其之旅。搭乘EFE Tour（长途大巴）从棉花堡前往安塔利亚，抵达沙发客住所时已是晚上十点，好在沙发客主穆斯塔法先生一直耐心等待，并在公寓附近的大街上接应。

"不好意思，请问你是May吗？"一位身穿西服、面相极为和蔼的四十多岁中年男性走上前来对我说道。

"对，我是。非常抱歉，由于不熟悉路线，所以有些耽误。"

这位就是即将在安塔利亚接待我两天的沙发客主，一位在银行工作的大叔。

很多人都对“沙发客”有一种误解，认为所谓“沙发客”就是免费借宿在陌生人家的沙发上。其实并不一定这样，“沙发客”只是一种代称，并不意味着一定就是借住在别人家的沙发上，有时可能是豪宅，有时可能是拥挤的公寓，有时睡的的确是沙发或床垫，有时借宿的则是舒适的单人间。当然沙发客最重要的意义与目的还是在于与当地人的互动，深入了解当地居民的生活。

与大多数沙发客家庭相比，穆斯塔法先生的寓所显得尤为宽敞明亮——五间卧室，装修精致的客厅外加一个空旷的天台，显得异常温馨舒适。同时借宿的还有一对来自美国和奥地利的恋人，我们匆忙打完招呼后便互告晚安，为第二天匆忙的行程养精蓄锐。

“哇，你的公寓真的非常舒适，这么多的房间，一定经常接待来自世界各地的行者。”我半肯定半询问地感叹道。

“是的，由于客房非常多，并且单身，因此我时常接待来自世界各地的朋友。不瞒你说，在过去的几年里，我平均每天都会接待三四个旅行者，少的时候一两个，多的时候七八个，好不热闹。我也有着环游世界的梦想，只可惜由于种种原因未能成行。我喜欢听他们的故事，通过他们了解那些我未曾到过的世界角落。对了，明天清早你就会看见一位来自韩国的女生和一位来自俄罗斯的姑娘。”

多惠与伊莲娜

也许是由于炎热的天气，也许是由于疲惫的身体，刚躺下，我便不知不觉进入梦乡。清晨起床走向客厅时，昨晚的奥地利与美国恋人早已背上行囊，匆匆离去。沙发上坐着一位亚洲女生和一个金发的俄罗斯姑娘。

“嗨，你好，我叫多惠，来自韩国。穆斯塔法先生已经上班去了，临走时把钥匙交给了我们，你就是那位中国姑娘吧？很高兴见到你！”

我仔细打量着这位韩国少女，哦不，其实看着这位长相颇为成熟，行为谈吐落落大方的姑娘，我估摸着她应该二十八岁左右，直到后来才知道，多惠竟然只是一位刚满十九岁的小姑娘。

“嗨，真巧，我的中文名叫卉文，跟你名字的发音有些相似呢。你可以直接叫我May，很高兴见到你！对了，你的英文说得真好，很少看到韩国人可以说这么地道的英语。”不瞒你说，不论是口音、词汇还是流利度，多惠的英语说得几乎同以英语为母语的人一样，她是我这些年来见过的英语说得最好的亚洲人。

“哦，对了，你们是一起结伴旅行的吗？”我看了看坐在多惠旁边的一声不吭的金发俄罗斯女子，微笑地问道。

“不，不，不……”只见她一边指着多惠，一边指着自己，一个劲儿地摇头，“我叫伊莲娜，英语，不……”然后指着嘴巴，做出摇头的姿势。原来她想说的是，她与多惠都是独自旅行的人，恰好找到同一个沙发客，也就是刚刚才见面，之前并未有过任何交集。英语嘛，听倒是可以听懂一点，但是说，可能就完全不行了。

“所以从刚刚开始，我们就没有讲过话，我不会俄语，她不会英语……”多惠无奈地说道。

“哦，等等，伊莲娜。如果你不会讲英文，是怎么联系到沙发客，并且到土耳其来的呢？虽说土耳其人也不讲英语，但是……”

只见伊莲娜痛苦地嚼着舌头，尝试理清自己的话语，并且用英文表达出来：“我……我……我……土耳其，从前……”只听她情急之下，突然用土耳其语冒出一连串“我不会讲英文，但是我会说土耳其语啊，我以前曾经在土耳其工作过两年，哎，真不知道该怎么跟你们解释……”

“什么？你会讲土耳其语？原来如此！”我用土耳其语回应道。

“天啦，太好了，得救了，得救了，你竟然懂土耳其语。”只见伊琳娜兴奋地抱住我。

“哈哈，其实并没有，我也在土耳其工作过一段日子，所以能听懂一些，说些基本的。”

“嗨，May！在你起床前，伊琳娜跟我说了一大通，你能问问她刚刚到底跟我说了什么吗？”多惠好奇而又兴奋地问道。

“她刚刚问你是否吃了早餐，她准备做一些土耳其红茶，问你想不想喝，需不需要放糖……”

我的话音还未落，伊琳娜又问我，是否愿意一同结伴旅行。但是不凑巧，她们要去的地方我之前已经去过，所以不能同行。接下来我便用我蹩脚的土耳其语，在多惠与伊琳娜之间做着不专业的翻译，促成两人在安塔利亚老城区的旅行以及夜间的派对活动。后来由于各种原因与巧合，我一直与多惠保持着联系，并相约在欧洲相见，只可惜每次都差那么一步——我进入斯洛伐克时，她碰巧离开；她刚刚离开波兰时，我又恰好入境波兰——只能期盼双方有机会在路上再次相逢。那天帮她们拟完所有计划与行程后，我们拍下这张照片，纪念这种偶然的相逢，以及不寻常的交流：用英语给韩国女生翻译，用土耳其文给俄罗斯姑娘诠释。至于她俩后来是怎样交流并且走完全程的我就不得而知了。但多惠那明媚的笑容、自信的神态以及不畏困难的态度如阳光下水面上的波纹，久久荡漾在我的脑海里。

2015年8月初，波兰，敏正与我

“嗨，May。我们在华沙的时候可以多停留一天吗？我有个老朋友在德国留学，碰巧也来华沙旅行，我想跟她见上一面，上次见她的时候还是三年前呢。”Ching，我的台湾室友，一边打点着随行的衣物，一边对我说道。对了，彼时的我们住在比亚斯托克，一座离立陶宛不远的波兰城市。如果这样你还不清楚的话，那么你知道世界语吗？它的创始人——拉扎鲁•路德维克•柴门霍夫就是诞生在此处，因此这里也被称为世界语的故乡。而且恰好我们所居住的公寓离他的旧址很近，因此我们隔着时空做了一条街的邻居。

“当然可以啦。她也是台湾人吗？”我回头问道。

“不，不是，她是个韩国女生，叫敏正，我们习惯叫她咪咪，非常有意思的一个女生，见到后你就知道啦。”

那天由于各种原因，我们提前抵达了华沙老城广场，而敏正当天刚从巴黎飞回华沙，飞机延误，因此抵达相约目的地时晚了许久。

“嗨，Ching，好久不见！”只见一个留着半长黑发的女生朝我们跑来。跟我想象中的韩国女生有些不太一样，她半长的黑发用皮筋儿扎起，身上横挎着一个浅色的小布包，踏着一双运动鞋一蹦一跳。至于穿着嘛，很是休闲，长袖衬衣外加一条十分嘻哈的摩洛哥风格的裤子，看起来像个南瓜灯。

“你好，你好，我叫敏正！”只见她刚与Ching打完招呼就握住我的双手，连声问好。

“你是韩国人？”

“对啊，难道你认为我是中国人，我的眼睛变大了吗？呵呵呵！”敏正身上的一股天不怕、地不怕、不介意任何人眼光的傻妞风确实让眼前的雾霾一扫而光，我的嘴角忍不住地轻轻上扬。

“呵呵，你好，咪咪，见到你很高兴。”

“请叫我敏正，咪咪已经是过去时啦！现在我主打知性美人风，呵呵。”话音刚落，她便双臂挽着我们走向旁边的一家餐厅。

“抬头，挺胸，收起我的小肚子！”只见敏正一边煞有介事地念叨着，一边一脸无奈地诉说着她在德国的留学生活，“完啦，完啦，我算是毁在德国，彻底堕落了。May，你还能看见我的啤酒肚吗？”

“哈哈，你的啤酒肚？听说你本科是在韩国念医学院的，应该是那种很努力的学生才对啊？”我边笑着边打趣道。

“是的，可是后来有一天，我突然意识到自己双肩的重担，想要为世界上那些处于水深火热中的人民贡献自己的力量，于是研究生转了专业，决定来德国学习社会福利学，将来做一名社工与志工！”

“哇，你的志向挺远大的。”我惊讶地看着敏正。

我话音未落，敏正就补充道：“只可惜来到德国后，我每天就是醉生梦死，除了喝酒就是派对，清早起来喝酒，中午喝酒，晚上继续喝酒，喝着喝着，啤酒肚就出来了。怎么办，我彻底迷失自己了，觉得人生好无趣……你说我该退学吗？不，应该是该偷偷退学吗？”说完她便做出掩面而泣的姿势。Ching的话还未出口，敏正又欢呼雀跃起来，仿佛前一刻忏悔的并不是她：“除了练就了一副好酒量，我还练就了一双力大无穷的胳臂，你要试试吗？”刚说完，敏正就卷起袖子向我们扑来。

那天我们在华沙老城逛了许久，也聊了很多，关于生活，关于梦想，关于旅行，关于未来，关于各地的文化风俗，关于身在异国的无奈挫折。我明白了这个看似疯疯癫癫的韩国姑娘其实内心有着不为人知的、极其细腻而又柔软的一面，就像黑夜里，孤独灯塔的一束光，不断吸引着一路的行者。

“咔嚓”，相机定格，某年某月某日，华沙某座国家公园纪念堂，Ching、敏正还有我，我们笑靥如花。也许转眼间，我们又成为彼此生命中的匆匆过客，可是那又有什么关系，在千万年里，在时间无涯的荒野上，没有早一步，也没有晚一步，我们恰好出现在同一个时间轴，同一个地理坐标上。

2015年11月初，敏正与多惠

敏正：“嗨，你好，你也是韩国人？我叫敏正。”

多惠：“嗨，你好，我叫多惠，在这里居然遇见了韩国人，真是太棒啦！”

敏正：“我是这边的留学生。你呢，你来德国是？”

多惠：“我刚刚结束德国的旅行，准备环游冰岛呢，沙发客主也都找好了，现在就差一个可以一起上路、搭便车的驴友了，呵呵。”

敏正：“既然这样，那我们一起上路吧。”

多惠：“可是你不用上课吗，还有……”

敏正：“可是什么？哈哈。干完这瓶啤酒，回公寓拿完衣物我们就可以一起出发啦！既然是搭便车，要不就从现在开始？哦，对了，见到你，很高兴。”

多惠：“见到你，很高兴。”

后来她们便结伴上路，一起做沙发客，一起睡机场，一起睡露营地，一起搭乘了43次顺风车，一起实现冰火之国的环岛之旅，一起实现我们的梦想。她叫多惠，她是敏正。

梦开始的地方——澳大利亚

“好好学习，天天向上，努力考上名校！”

在过去的十七年里，我每天都重复着这句话，周围的人也向我频频灌输着这个道理。为什么？我们都是亚洲人，相信你再清楚不过了。

2013年8月的时候，我作为交换生，刚刚从印度尼西亚回到韩国。印尼的交换生活让我受益匪浅，每天同来自世界各地的国际留学生一同生活、一起学习、一块玩耍让我了解到文化的多样性与差异性，更让我意识到了一个事实：自己只是一只井底之蛙。我渴望探索不同的国家，遇见不同的人，体验不同的文化，听不同的故事。更为重要的是，我想和我们的孤独星球一同成长，一起蜕变。

我开始厌倦学习，为未来焦虑。我发现自己没有任何梦想，也不明白活着的意义，于是我开始列起人生清单——人生必做的50件事。第二天，我便办理了休学手续，开始在一家巧克力工厂工作，并为自己的梦想买单。

2014年3月，在成功申请到澳大利亚打工度假签证后，我用自己所赚来的钱，买了前往澳大利亚的机票，背上背包开始了这次长长的旅行。至于为什么首先选择澳大利亚，原因很简单，这个国家的打工度假签证可以让我一边旅行，一边工作存钱，为去其他国家积累资金。

“嘿，你好！你是韩国人吗？”刚上飞机，我就看见旁边坐着一位貌似韩国人的姐姐。

“对，是的！你好，我叫荷娜，我还以为你是马来西亚人呢，呵呵。”那时的我由于在印度尼西亚的交换生活，皮肤变黑不少，也难怪荷娜姐误会。交谈之间得知荷娜姐也是打工度假签证前往澳大利亚，准备边工作边旅行。

“你在珀斯（异国行者那一章有过介绍）有居住的地方吗？”荷娜姐问道。

“目前还没有，刚刚在一家青旅预订了几晚，准备抵达后再找房子。”我微笑着回答道。

“如果不介意，你可以先和我待在一起，我之前已经在珀斯租好房子啦。”

我欣然应允，没想到如此容易就解决了租房的头疼问题。抵达珀斯后，我们便前往居住的地点。尽管房屋看起来有些古老与破旧，需要好好修缮，但总体看来还不错。房主是一位来自新西兰的中年男性，十分和善友好，我的突然到访并未让他觉得不快，相反的，他还把另外一间没有准备好的房间借给我临时暂住。房间没有窗户，墙上漏风的破洞被花色的布料装饰起来，尽管如此，我依然十分兴奋可以与荷娜姐一起生活。

接下来的日子里，我们便开始忙着找工作。我们每天都在网上发送上百份的简历，查看报纸上的每一份招聘广告，以及小镇公告栏上的每一个机遇。然而并没有任何好消息。随着时间的流逝，我们所带金钱的余额也越来越少了，为了省钱，我与荷娜姐便开始省吃俭用，每天我们只吃一些类似一美元的意大利面、一美元的胡萝卜、一美元的牛奶又或者一美元的速食面之类的食物。

有一天，荷娜姐在购买牛奶的时候遇见了一位越南籍的女士。

“嗨，你好！你是打工度假来到澳大利亚的吗？我是这家餐厅的老板，你需要工作吗？”

就这样，幸运的荷娜姐得到了她在澳大利亚的第一份工作。每天荷娜姐都会从餐厅带回剩下的食物，所以尽管我没有钱，也没有工作，依然每天可以吃到美味的食物。两周后的一天，我突然接到一家来自商业旅馆的电话，他们决定录用我！于是我们买了一些牛排与啤酒，庆祝我们双方都找到工作。

我的第一份工作是旅馆的清洁工，每当客人办理离开手续后，我便会带上清洁物品和干净的床上用品跑进客房，清理垃圾以及废弃物。我学会了如何铺床，如何干净有序地摆放物品，以及如何清理火炉上的油渍等等，有时客人还会留下一些小费与零食，对我而言，它们都是小惊喜。当然有时我也会和蟑螂大战，清理马桶上的粪便。好在同事们十分友好，老板也非常善良，两周的食宿只收取我50澳元，因此我的存款比之前多了许多，但是靠它环游世界还是远远不够的。因此我便开始寻找新的工作，并且在福兹克劳斯找到了一个更好的工作。

三小时的飞行、六小时的长途汽车后，我终于抵达了福兹克劳斯。我的第二份工作是在Coles Express当客户经理、收营员、装料工以及进行简单的打扫。Coles Express是一家兼营便利店与加油站的公司。我所工作的小镇是一个十分荒凉、简单的小镇，没有任何酒吧、夜店、购物中心以及酒店，这也大大增加了我的存款额以及提升了我的英语水平，因为在这里没有任何地方可供消费。

尽管我在韩国的时候做过不少兼职，但是这样的工作还是第一次做。这份工作并不容易，枯燥又充满压力——Coles Express有着许多的规章制度，我每天都必须一次又一次地重复着："您需要办理Flybuys吗？Flybuys是一种会员卡。"或是"您需要购买一些打折的糖果吗？"同样的，我的菲律宾籍主管每天都会因为我不怎么好的销售业绩而批评责备我。我对天发誓，我真的很用心地去推销这些糖果，但是它们味道实在不怎么样，也不受大众欢迎。

有时，一些种族主义者还会取笑我、戏弄我，甚至对我喊："滚回韩国去！"夜间工作结束骑车回家时也会被路边的狗疯狂追赶，有一次差点被咬伤——现在回忆起来倒颇为有趣。在巨大的压力下，我开始想念我的亲朋好友，也会在老板责备后偷偷哭泣。

有一天，我们超市来了一个小偷，我的主管让我承担一切损失并且支付赔偿。我承认，我的确有责任，但是当时只有我一人，并且同时做着好几份活儿，根本来不及抓小偷，更何况，Coles Express有专门针对小偷的处理方案，从公司规章制度上讲，我不需要做任何赔偿。可是我的主管却坚持让我赔偿，而不是由公司承担，因为这样她可以拿到月底奖金。面对这种不公的待遇，我觉得非常委屈，告诉了荷娜姐。

荷娜姐当时在德比的一家咖啡厅工作——德比是福兹克劳斯邻近的一个小镇。

"要不到德比来工作？这里工作机遇多，而且我这里还有一间空房。"

我毫不犹豫地选择了去德比。德比是一个非常繁华的小镇，有着许许多多的酒吧、商店、购物中心，还有我最喜欢的墨西哥食物，当然最重要的是可以见到荷娜姐。我们一起欢笑，一起抱头痛哭，一起讲述着几个月来各自发生的故事。很高兴，命运让我们再次重逢。

很快我便在德比找到了两份工作，早上在一家旅馆工作，下午则是在一家超市，平均每天工作十二小时。有时，每个星期我就可以存1300澳元。我原本计划到工作结束时存上15000澳元，没想到仅仅到11月中旬，我便有了20000澳元的存款！于是我决定提前开始环球旅行。

珀斯是我在澳大利亚的第一站，由于当时忙于工作存钱，没能尽情游玩，于是我便再次返回珀斯，享受阳光、沙滩、美食以及作为旅行家的一切。接着我前往阿德莱德拜访一位老友，他也是一个凭借打工度假签证来到澳大利亚的韩国人。

不知出于什么原因，老友十分痴迷赌博，并把我带入赌场。实话说，我虽然喜欢挑战，但并不愿意在愚蠢的事上冒风险。我就这样在一旁看着，看着他输了一场又一场。

“嘿，你已经赌博成瘾了，必须马上停止，不然你在农场工作的钱就要被输光了！而且你是不可能赢的！”眼见苦劝无果，我便放弃，独自回了旅馆。半夜我突然接到老友的电话：“多惠，我赢了，我赢了7000美元！”我知道7000美元在澳大利亚的赌场算不上什么，但是我仍然非常惊讶。数月后，我再次打电话给老友：“嗨，你还在赌场吗？”“对，没错！”

我见过太多的打工度假者把他们辛辛苦苦赚来的钱输得干干净净，所以倘若有一天，你也来到澳大利亚，千万别干这蠢事儿！

安纳普尔纳峰

从阿德莱德前往墨尔本的路上，我遇见了一位背包客。他独自一人背着露营装备在大洋公路上缓缓前行。这是一条十分漫长而又蜿蜒崎岖的道路，夜幕降临时他便在灌木丛林中安寨扎营，旭日东升时便又开始整装出发。我十分惊讶，也十分钦佩，心想着，自己是否有一天也能如同他这样？尽管十分艰辛与不易，我还是愿意一试。没想到数月后，我就成功地独自攀登了安纳普尔纳峰（尼泊尔境内的喜马拉雅山脉部分），并且在海拔4130米处露营。

由于存款大大超出我的预计，于是我便邀请我的父母前来旅行。母亲由于需要照顾小狗，便让父亲先行前来。父亲这辈子没有出过国，也不会讲任何英语，开始我有些担心他能否顺利通过边关检查等等，没想到他最后竟然毫无困难地抵达了悉尼。

我带着父亲游玩了各种热门景点，一起拍照，一起度过圣诞节。由于父亲十分热爱极限运动，我便又带他去滑翔。后来父亲告诉我，这是他这辈子最开心的时刻之一。像所有父女一样，他是一位好父亲，我是一个好女儿，但是我们之间有着深深的、无法跨越的隔阂。虽然一路有过争吵，也有过尴尬的时刻，但是我们最终战胜了一切的不愉快，并且开始理解对方。我突然发现，其实我们的父母也都曾经年轻过，喜欢旅行，有着自己的兴趣爱好，只是后来因为忙于照顾子女而放弃了自己年轻时的梦想，而我们身为子女，也要学会更多地理解与关爱父母。

关于多惠，关于她的国

多惠的父亲

父亲返回韩国后，我又开始孤身一人，沿着东海岸，走着，走着，直到抵达凯恩斯港口。我和一群年轻的背包客们放烟火，一起庆祝新年的到来。夜深人静时，我独自返回旅馆，躺在床上，看着天花板，回想着自己这十个月来在澳大利亚经历的一切——我不再是从前的我了，我变得更加勇敢，更加坚强，更加明媚，我开始意识到自己想要什么，以及如何更好地爱自己。

父亲到家后，母亲就开始收拾行李，准备出发和我一起游玩东南亚。我们一起去了柬埔寨、泰国、老挝、越南以及马来西亚。母亲虽然年纪不小了，却选择和我一同做背包客。寺庙遍布的柬埔寨，背包客天堂的泰国，拥有美丽瀑布以及蓝色盐水湖的老挝，有各种美味食物的越南等等都让母亲惊喜不已。然而，印象最为深刻的还是我们长达三十六小时的长途巴士之旅。

从老挝到越南的一路，我们选择乘坐巴士，虽然是一辆可以躺下休息的巴士，但是里面的空间却极为狭窄，很不舒服，床板僵硬，咯吱咯吱地作响，上厕所更是困难不已。山路特别不平稳，很多时候巴士都是从悬崖边上开过，因而十分危险。但是我并不后悔，因为通过这件事我明白了一个道理：在东南亚旅行时一定要乘坐飞机而不是巴士。

母亲离开后，我又独自去印度待了两个月。这是一个活力四射、丰富多彩的疯狂国度。你可以攀登北部的喜马拉雅山脉，观赏荒野里肆意奔跑的动物，探寻南部的灌木丛林，寻访消失的文化遗产亨比。不论你去哪儿，都会看见色彩绚丽的街道，以及数不清的各色香料，当然还有让人爱不释手的咖喱。在这里，你会体验到从未有过的生活。

众所周知，印度也是一个十分危险的国家，尤其对单身女性而言。毒品走私犯随处可见，你永远都不知道接下来会发生什么；哪怕只是买一瓶水，你也必须讨价还价；永远不要相信那些走向你、主动向你提供帮助的“好人”——我的两位好友就是因为相信了这些所谓的好人，喝了他们给的饮料后便不省人事，最后所有钱财物品都被盗窃一空。

那些当地的印度人时常认为外国女生非常随便，因而会有意无意做些亲昵的举动，最为明显的就是身体接触。在印度的两个月里，我就经常碰见那些故意靠近触摸我的人，有时是在买票的时候，有时是在路边。他们的举止非常自然，好像是自己多心，误会了对方一样。

有一次在孟买的时候当沙发客——那是我人生中的第一次沙发客，也不知道自己为什么会选择在如此危险疯狂的城市开始自己的第一次沙发客之旅。我按了按门铃，里面走出来一位只穿着内裤的印度男子，他看了我一眼，迅速走进屋内。我看了看客厅，地上坐着两位浑身赤裸的白人女子。我震惊极了！我赶紧冲出公寓，来到车站，买了第二天最早的火车票。

但是不用担心，我依然健康地活着。我绕过那些毒品贩卖者，买东西的时候都会提前查好价格，不会随便相信路边所谓的好人，时常找人结伴一起旅行，因此也十分尽兴地欣赏了一路风景。

离开印度后，我就前往了尼泊尔，并在那里庆祝了胡里节。胡里节也叫洒红节、欢悦节、五彩节、荷丽节，是印度人和印度教徒的重要节日。人们用气体、液体、固体的颜料来演绎节日，要涂抹眼前每一个会动的东西三次以上。他们一方面以此来纪念克利须那神，另一方面也用来纪念丰收、关爱以及对邪恶力量的战胜。胡里节刚好在我生日的第二天，因而感觉就像全世界的人们聚集此地为我重新过了一次生日。后来，我又攀登了喜马拉雅山脉，并且成功抵达Annapurna Base Camp（安娜普尔纳大本营，简称），一路十分艰辛，但无论如何，我最终成功了。

不知道你是否看过《爱在黎明破晓时》这部电影？这是我最喜欢的一部电影，我渴望有一天自己也能有一场类似这样的、轰轰烈烈的浪漫爱情。正如你所预料的，我在斯里兰卡遇见了这样的一位男生。

斯里兰卡是一座泪珠形的小岛，岛上的游客们通常会有两种旅游路线——沿着沙

滩行走的U形路线，或是在岛内环形的O形路线。我原本的打算是U形线与O形线同时进行，因此选择从Sigiriya（锡吉里耶）开始。但是开头不大顺利。在我抵达后，我的沙发客主让我支付住宿费，并且强迫我交钱看了一场大象表演。他的这种做法让我非常生气，我很讨厌别人打着沙发客的名号骗取别人的财物，因此我取消了O形路线，离开了他的家，选择了直接从Hikkaduwa（希卡杜瓦）沙滩出发的U形路线。在长达三小时的长途大巴与火车后，我匆匆忙忙在大雨里冲进了海滩附近的一家旅馆。

“嗨，你好！请问老板在哪儿？”我毫不犹豫地向我遇见的第一位青年问道。

他微笑着告诉了我。在等待店主的间隙，我们聊了许多，并相约一起吃晚饭。对，他就是故事的男主角。我们那天聊了许多话题，共同的兴趣爱好，一样的世界观、人生观，当然还有相似的生活方式。天哪，他仿佛就是女版的我！

我们很快陷入爱河，并在接下来的十天里一同旅行。我们一起做早餐，一起在美丽的斯里兰卡沙滩上漫步，我们有着聊不完的话题，并十分享受在一起的时光。当然，这仅仅只是一个浪漫的“假日邂逅”，我们迟早会分开，前往各自的目的地。

在他离开斯里兰卡，回到斯洛伐克后，我也前往了阿曼。实话说，我并没有计划去那里，也从未听说过这个国家，去那儿的唯一原因是机票非常便宜，但事实证明，这是一个非常正确的选择。我在那里遇见了一个匈牙利朋友，她在那边研习阿拉伯文化与语言，并且邀请我加入她的公路旅行。很多人认为，阿曼是一个除了沙漠、荒山之外什么都没有的干燥陆地。当然这里的确十分炎热，气温最高时可达到40多摄氏度。

但是当我们去到了一个叫作“Wadi（旱谷）”的山谷时，我的下巴都要惊讶掉了——这里美得让人无法用言语来形容。宝石绿色的水轻轻在鹅黄色的大岩石上流淌，我们跳进清潭里，开始享受天水合一的美景。所以如果有机会，你一定不要错过这个地方。后来我又去了土耳其、波兰、法国、西班牙、迪拜等国家和地区。

“伊朗是个十分危险的国家，它有着核武器，威胁着世界的和平！”我想告诉你，千万不要相信媒体对事实的扭曲。也许它并不像欧美那样自由开放，妇女们也必须穿上长袖衣裤，并且戴上面纱、发巾，但是只要你不违反他们的宗教传统，一切还是相当祥和的，只要像我一样入乡随俗就可以了。

所有的旅馆都预订一空，再加上我也不想透支（事实上，我只有200美元的现金，而伊朗又不允许使用任何有美国标识的信用卡，导致我无法提取现金），因此，沙发客成了我唯一的选择。

众所周知，伊朗有着极其严格的签证条款，必须通过面试才能取得签证。“你为什么选择来伊朗？”“你有没有去过×××类的国家（当然是指那些与伊朗关系紧张的国家）？”在一连串的问题后，他们终于给我办理了签证，然后给我的担保人打了电话。事实上，我并没有任何担保人，唯一能提供的就是我沙发客主的电话号码，因此他们给我的沙发客主拨打了电话。

在抵达伊朗后，我无法与我的沙发客主取得联系，并且发现他在沙发客网站上的账户被清除。原来沙发客在伊朗是被禁止的，移民局给他拨打了电话，并且让他清除所有信息。所幸的是我又找到了一家新的沙发客接待我，并且在那里度过了愉快的两周！

“我要去欧洲了，我们要不要见面？”去斯洛伐克前，我联系我的男主角。事实上离开斯里兰卡后，我们一直保持着亲密的联系，他一点儿都没变，还是那样英俊潇

多惠于伊朗

洒、风趣幽默。更让我惊讶的是，我还是那么喜欢他。到达斯洛伐克后，我们一起了解当地的文化，拜访他的朋友、家人；一起参加婚礼、派对、家庭旅行等等。我们的交往越来越深刻，感情也越来越好，就像多年的老夫老妻一样。但是三个星期后，我还是离开了斯洛伐克，离开了他。为什么？因为我还有很多想去的地方没有去，想做的事儿没有做。所以爱情与梦想之间，我选择了后者。

在接下来的数月里，我们各自工作、各自旅行，但是依然保持着友好的往来，并且相约以后一同游玩亚洲。不久之后，他便到了中国台湾。我迫切地想要看到他、拥抱他，因此取消了其他所有欧洲与南美的机票，直接飞去了台湾。然而结局并不美好，我们两周后便分手了。因为现实毕竟是现实，我们必须面对赤裸裸的生活，面对无法避免的未来，而我暂时不想成为谁的某某某，只想做最好的自己。

在游历了21个国家后，我再次返回韩国，并且转学前往济州岛大学，倒不是有什么特殊原因，只因深深热爱这片岛屿，深深热爱它自由的灵魂。

你好，我叫郑多惠，很高兴认识你。

Part 6
白莲花、红莲花——前往天竺的少女

数年前，她们在俄国相遇
数年后，她遵守约定来到她的家乡
这一眼天堂，一眼地狱
还好我路过你的世界

到了印度才知道人应该给牛让路

“牟苏米，我是苏珊娜，刚刚抵达德里机场，时隔一年，终于快要见到你啦。”与一般印度女孩截然相反，一身西装革履的牟苏米是一位时尚范儿十足的姑娘，倘若我不说，你一定会认为她是一位在美国长大的印度姑娘。可能是由于家庭出身极好的原因，牟苏米身上丝毫没有那些普通印度姑娘从身体里透出的怯懦、不安与压抑，她浑身散发着的聪慧、自信与阳光，仿佛与我们所知的贫穷、肮脏、混乱的印度毫不相关。

那还是大约一年前，我们由于各种原因在俄罗斯相遇，一路交谈，十分投缘，于是便结伴度过了好长一段时间。临行前互相约定，这辈子一定要到彼此的国家相互探望一次。为了履行这个承诺，结束欧洲之行后，我便直接飞往印度。对了，忘了告诉你，我来自哥伦比亚。

前往印度之前，我对这个国家有着奇妙而又复杂的幻想：神奇危险而又有些恐怖？有趣的是，我前往印度的目的之一是品尝那里的咖喱，我指的是真正的印度咖喱，然而三个月的印度之行中，咖喱成了我在这个世界上最讨厌的食物，我每天都幻想着如何才能吃到除了咖喱以外的其他东西。

我是从布达佩斯飞往德里的，碰巧有位印度妇女坐在我身边，她刚刚结束在欧洲的蜜月旅行，准备返回印度。当她听说我探望完朋友后会独自一人行走整个印度，十分惊讶，连声说：“你一定要当心，不要相信任何陌生人，夜间不要独自一人外出，对了，不论你买什么东西，一定要记得还价！”

抵达德里时已是午夜，机场外有许多的出租车，但是周围的人们都警告我不要独自一人乘车，因为有些印度司机会故意把你带到偏远的地区，然后勒索高额的费用，直到你答应后才会把你送往正确的目的地。事实证明，这句话一点儿也没错，因此千万不要独自一人夜间搭乘出租车。我尝试着在机场的靠椅上小憩一会儿，等待前来接应我的牟苏米，然而靠椅实在不舒服，我也并非十分困倦，于是在机场闲逛了起来。

在机场的另一边，我遇见了两个亚洲女生，她们来自中国，也是在机场偶遇的。其中一个是为了度假，另一个是为了收集传统工艺品，然后带回国——因为她在中国经营了一家小古玩店，贩卖各种从全世界各地收集的纪念品与手工品。

第二天清早，由于有一整天的考试，牟苏米早早就离开了家，并千叮万嘱小心一切。之前我听闻有间叫作“海鲜咖喱”的饭馆不错，于是打算前往品尝。走进大街后，我被眼前的一切惊呆了：各种各样的牛和狗在大街小巷里乱窜，有不少甚至是直接躺在路中间，一动不动，行人也就默默地从它们身边绕过，好像并没有看见它们一样；街道上满是叫喊着的人们，买东西的，卖东西的，好不热闹；出租车更是横冲直撞，毫无规章制度可言。黄包车、摩托车、汽车、动物还有人交织在一起，简直凌乱不堪。

印度男性们还时常从嘴里吐出一些红色的东西，后来我才知道那是一种叫作Paan的槟榔。虽然我被砸中很多次，但是他们从来都没有道歉过，仿佛习以为常。还有，听说槟榔残渣通常会和口水一起吐出，虽然这些口水不是强酸碱性，但是经年累月也会腐蚀东西，有些铁桥就是因为这个原因，面临坍塌的危险。

这一切的一切都让我陷入恐慌之中。终于，好不容易走进了那家叫作“海鲜咖喱”的饭馆，饭菜味道真是棒极了，我所有的疲倦、惊恐统统一扫而光，仿佛我眼前不再是混乱不堪的印度，所有的一切都变了样儿，我开始享受这里的一切，享受印度本身。

在回家的路上，我经过一间小店，准备买一瓶水，我清楚地记得那位印度妇女对我嘶吼着价格，可能由于我是外国人，因此她把价格喊得出奇地高，我默默指着瓶底的价格，看了她一眼，她便没有再多说什么。尽管对印度的第一印象是疯狂的，然而我学会了生存的技能。如果你能在印度活下来，那么在其他地方也便不会有太多的困难。

一眼天堂，一眼地狱

锡金邦位于喜马拉雅山脉南麓，北面与中国西藏接壤，东面与不丹接壤，西面是尼泊尔，南面则与西孟加拉邦相邻，这也是我继德里市牟苏米家之后印度之行的第二站。在长达十多个小时的火车之行后，我又开始换乘吉普车——不要惊讶，在印度，长途汽车旅行是非常常见的。

我之前时常幻想印度火车之行到底是怎样的，因为人们时常说，那将是一场终生难忘的体验。事实证明，它比我想象中的好，非常有趣，那些场面也是前所未见的。我买的是卧铺的车票，因此可以躺下睡觉或是休息，车厢的两边都有三张可折叠的床铺，中间的过道上还有两张。我想印度的火车是永远都不会嫌“满”的——尽管十分拥挤，可每站依然会有许多人上车，然后大家拥挤在座位上坐成一团，甚至还有些直接躺在过道上，或是厕所门口，当然还有些小贩穿梭着贩卖食物或者茶水。直到现在，我依然时常怀念那段经历。

山野间的猴子与苏珊娜

抵达锡金邦后，我又要开始和印度人民一起挤吉普车。通常只有两种情况下车才会发：要么严重超载，已经无法继续载客；要么你就多支付一些钱，让司机赶紧开车。直到载满12人后，司机才开车，要知道这辆车的规定是最多8人！小路倾斜得很厉害并且崎岖不平，我一路非常担心事故会发生。我们时常要经过一些悬崖边的陡峭山路，一不小心便会葬身崖底；有时我们还会停滞在半路中间，因为坡度太陡，实在难以前行。这时便会有一些野猴子从旁边的深山老林跳到车上讨要食物。

在经历了长长的旅途后，我最终抵达大吉岭——大吉岭因为它的茶叶而闻名于世，当然还有一侧美丽的喜马拉雅美景。

西北方的印度与印度其他地方不同，部分人是西藏人，所以可以时常看见东亚面孔和一些东亚食物。大吉岭可谓是印度的天堂，虽然它地处印度，却与印度其他区域截然不同：街道要比加尔各答的干净许多，文化氛围也不一样，人们看上去要友善和蔼很多。更重要的是，每天清晨一开窗，我便会看见喜马拉雅山脉的美景：湛蓝的天空，雪白的祥云，她银装素裹，亭亭玉立于地球之巅，俯视人间，保护着这群善良的人们。唯一不适应的便是这里较高的纬度，我开始变得虚弱，没有胃口，甚至没有精力去做任何事情。

之后我又前往了瓦拉纳西的恒河。我想你一定听说过这条被印度人尊称为“圣河”的河流。据说瓦拉纳西城市的名字是从印度教神话里面某些天神的名字中截取而来。关于印度，有一种说法，“没有到过瓦拉纳西就不算到过印度”。瓦拉纳西作为世界上最古老的城市之一，印度教的七大圣城之一，朝圣者时常来到这里的恒河石阶上，用圣水洗去一生的罪孽。

这条河又被誉为“恒河女神”，人们时常在这儿洗澡，火化尸体后抛洒骨灰，也就是传说中的到恒河洗圣浴、饮圣水，死后葬于恒河。听说恒河岸边一年365天，每天24小时不断地在焚烧着逝者的遗体，有的快去世的人就在恒河旁边的屋子里等待死亡的降临。

每具遗体火化前都会用布条包裹，被放置在竹制担架上抬着穿过老城区直到恒河边上，家属沿途哭喊着口号。火化前尸体会在恒河水里浸泡，紧接着在石阶上晾干，

最后火化，有的火化不完全的躯体就直接抛入恒河。

所以，想都不用想，恒河里的水肯定是非常不干净的，因为人们几乎把所有的东西都扔进里面，所以我也没有太多的兴趣长久停留在瓦拉纳西。但同时，我也十分享受坐在圣河边上看落日的平静，这是一种发自内心的仿佛找到终极归宿的平静。如果你想打坐冥想，瓦拉纳西的确再适合不过了，但是同时也不要忘记身边的猴子，它们经常会窜出来，偷你口袋里的东西或者食物，也会将你晾晒在屋顶的衣服弄得乱七八糟。

起初，我并没有太多去泰姬陵的想法，因为知名景区总是游客云集、拥挤不堪，但是很多人建议："泰姬陵是你这辈子一定要去一次的地方。"所以我还是买了一张去阿格拉的机票。莫卧儿皇帝沙贾汗为纪念他心爱的妃子于1631年建造了这座巨大的白色大理石陵墓。泰姬陵非常壮美瑰丽，更令人震撼的是它背后的跨越时空的思恋、生死相随的爱情故事。泰姬陵因爱情而生，这段爱情的生命也因泰姬陵的光彩被续写，光阴轮回，生生不息。然而，我并不需要有人在我去世后建造巨大瑰丽的陵墓，我只需要我爱的人能在我活着的时候陪我度过每分每秒。

阿格拉的旅馆都贵得厉害，哪怕仅仅只是在这儿住一晚都让人觉得受不了。其实除了泰姬陵，阿格拉也没有其他值得去的地方。

从阿格拉前往斋普尔的火车是在夜半时分出发的，因此看完泰姬陵后我至少还要等上个十二小时。幸运的是我在路上遇见了一群背包客，于是打算同他们一起打发余下的时光。他们是一群非常疯狂而又有趣的青年，我非常喜欢他们，也愿意同他们待在一块儿。可惜的是我们的目的地不一样，他们去的是焦特布尔，而我的火车票是前往斋普尔的。

不一会儿，他们的火车就来了，我们在站台上互相道别，希望有缘再见。就在踏上火车的一刹那，其中一个男生回头对我说了一句："苏珊娜，要不你跟我们一起去焦特布尔吧？"

"什么？好！"我连声应道，也跟着跳上了火车。对，这就是我的旅行，时常毫无预见性地改变。

幸运的是朋友们边上刚巧有一张空床，并且空床的主人一直未出现，我也就直接睡了上去，更幸运的是一直都没有人来查我的票，我就这样逃票成功了！几个小时的睡眠之后，我们抵达了焦特布尔，这座蓝色之都。由于朋友们之前就预订好了住宿，所以我并没有什么需要特别担心的地方。所有的一切都堪称完美。我没有期待或者刻意在印度去寻找搭档或者伙伴，然而我们就这样遇见了，而且成了很好的朋友。这就是生活或者旅行的意义：你不知道你会遇见谁，也不知道什么奇迹将会发生，一切的一切充满了惊喜。

在焦特布尔闲逛的时候遇见了一些来自杰伊瑟尔梅尔的朋友，他们说在那儿我们可以骑骆驼，并在沙漠里露营。我并不喜欢骑行任何动物，我觉得那是对动物的一种虐待，但是我却十分喜欢露营，尤其是在沙漠里。于是我毫不犹豫地前往了。

我最终还是骑着骆驼去了沙漠，那是我人生中第一次骑骆驼。坐在骆驼背上往下看，忽然觉得骆驼十分高大，看向地面的时候头甚至会有些眩晕。我们抵达露营地点后就简简单单吃了些东西，等待夜晚的降临。躺在露营帐篷的床上，看着夕阳西下以及随之而来的璀璨的星空，美妙极了。然而我并不想再尝试一次，骆驼们看起来疲惫不堪，导游也并非特别地开心，某种程度上，我们这是将自己的快乐建立在了他人的痛苦之上。所以如果有一天你也想参加这个活动，我建议你最好是租辆汽车！

偶遇加拿大少年，异国的狂欢

在经过又一轮无眠的汽车长途中转后，我来到了果阿邦。它以众多知名的海滩而闻名于世，更重要的是那里有美味的牛排等着我！什么？牛排？是的，众所周知，印度是不允许吃牛肉的，但是不知道出于什么原因，在果阿邦并不禁止吃牛肉。与其他地方相比，这里的酒显得非常廉价，具体原因我倒不甚了解，但是我知道一定是有什么法规。但不管怎么说，对我而言，这里就是天堂！牛排、啤酒还有美丽的海滩！

为了看日出，第二天清晨我早早来到海滩边，晨跑，呼吸新鲜的空气，等待日出的降临。忽然看到几个睡在沙滩躺椅上的年轻人，是西方面孔，带着大包小包的行李。

“嗨，你好，你们是昨晚睡在这儿吗？”我走上前去询问。

“嗨，你好，是的。我们凌晨三点半抵达的果阿邦，因此旅馆入住被取消。兜兜转转好一会儿，实在找不到空房，因此决定在海滩躺椅上睡一会儿，等待天明。对了，我叫詹姆士。”

“实话说，我真的怀疑是他们没有空房还是不愿意接待我们。”一个叫作本的男生接着说，“因为大多数前台接应的男生都是打量了我们好一会儿才说的没有，我想他们大概是不喜欢白人。然后我们在一个价格十分昂贵的区域找到了一间房，400加元每晚，而且每间房最多允许三个人。所以想了想，我们最终决定在海边夜泳，顺便在这儿过夜。”

“你们要不要看看我住的那间青旅，价格便宜，而且今天会有不少人退房。”说完，我便带着他们去了我住的那间青旅。

离开青旅后，我又回到海滩边，走走停停，喝了些果汁，尝了些啤酒。果阿邦的海滩绵延数公里，一路都是清一色的海滩躺椅，时不时还会看见一些吊床以及贩卖食物和饮料的小木屋，不同的木屋有着不同程度的倾斜，不同的装饰、主题，还有一些小桌子。一群印度小孩好奇地打量着我，偷偷跟在我身后打闹，每当我一回头，他们便害羞地跑开。突然我发现有个印度小女孩头顶着一个大罐子，脚底踩着几个空瓶子在上面行走，玩着杂耍，非常神奇，让人惊叹不已。

回到青旅时已是傍晚时分，清晨遇见的几个加拿大男生在说着什么，场面热火朝天。“嗨，你们今天过得怎样，还好吗？”

“还不错，昨晚实在太累了，所以我们整整睡了一天。多亏了你，太感谢了。”詹姆士回答道。

“虽然有点冒昧，但是你看到印度的厕所了吗？太有意思了，不是马桶，而是地上挖的一个坑那样的厕所，我这辈子第一次见到！”乔治，另一位加拿大男生说道。

“哈哈，你们再待久一点就会习惯啦。印度是个神奇的地方，每天都会有新鲜事儿让你们大开眼界！”我笑着回应道。

在接下来的几天里，我便与他们结伴，一同探索游玩果阿邦。没过多久，我们便打成一片，经历了十分疯狂的几天。中国有句古话——“近朱者赤，近墨者黑”，想来一点儿也没错。有一次，本在海滩上被一个印度老妇女抓住不放手；我随时随地与商店老板进行千年不变的讨价还价；乔治更是企图在拥堵的交通中犯规行驶。总之一切的一切混乱不堪，詹姆士甚至打趣似的说了句：“这种堪比世界大战的混乱只能在第三世界看到！”

由于感冒，接下来我一夜没睡，第二天清早在海滩上看见一个熟悉的身影，原来是乔治。

“早，乔治，没想到你起得这么早！”

“哈哈，我有早起的习惯，刚刚已经跑了3公里！”

说着，我们便开始在海滩上漫步起来，各自讲述着旅行中的趣事，清晨的阳光倾洒在沙滩上，一切都是那么美好。回到青旅，吃过简单的早餐后，他们仨便决定租小型摩托车旅行，并且说服我跟他们一同前往，我暂时无事，于是便与詹姆士骑上同一辆摩托车。

当我们的摩托车由大路转向小路时，本的摩托车车轮突然脱落，本直接从摩托车上摔了下来，腿部被割伤。于是本在我们的搀扶下前往医院包扎，一边包扎一边还兴奋地说着：“摔得真的棒极啦！”

对了，忘了告诉你们，之前有一天我们出行时候遇见了两个俄罗斯姑娘，从此以后，我的三个好驴友便念念不忘，希望找到她们。只可惜想来想去我们都无法清晰回忆起她们居住的旅馆，于是他们只好放弃，拉上我去了一个海滩派对——本也去了，他包扎完伤口后，什么活动都没落下，这就是西方人的特点，除非严重到动弹不得，否则不会错过任何活动。

我们抵达Anjuna（安朱纳）海滩后便开始狂欢，又或者说是豪饮。这里有着来自不同国家的人们，闪烁的灯光，传统的印度民间特色音乐，还有数不清的嬉皮士，仿佛重回了香巴拉王国。

待我与德国男友通完电话返回派对时，他们仨正讨论着什么。

“嗨，说什么呢？是不是又算计着干什么坏事儿？哈哈。”

“嗨，苏珊娜，刚刚那两个俄罗斯女孩给我们打电话了，约我们出去。所以我们正考虑着去不去，毕竟我们还是非常享受今晚的派对的。”

“哈哈，那还不简单，夜晚才刚刚开始。你们还不如先去见她们，然后带她们一起来参加派对！”

话音刚落，他们便骑着摩托车呼啸而去，当然也包括负伤的本。

尽管一路坎坷，迷路数次，最终他们还是顺利返回派对。然而戏剧化的是，他们能听懂的俄语单词不超过10个，而这两个俄罗斯姑娘能说的英语单词不超过20个，语言障碍成了他们之间无法逾越的沟通障碍。

这是一个疯狂的夜晚，俄语、西班牙语、法语、英语、海地语等等在空气中冲散，欢声笑语充满整个夜晚。我们时常会在旅途中遇见这样的一群人，他们随性、自由、散漫而又无厘头。很多时候，我们并不能从他们身上学到什么人生哲理，但却可以真真切切感受到肆意的欢乐，抛开所有的疑惑、猜忌、不安，只要开心就好。

之后我又独自一个人去了本地治理——南印度的一座城市。那时的本地治理非常炎热，所以大多数时候，我会选择一个人待在青旅。有一次在客厅看见几个旅行的青年人，其中有一个英国的男性和一名来自新西兰的男生。

“通常一年里，我有四个月是工作赚钱，八个月是旅行环游。”来自英国的男性说道。我不禁感叹，出生在英国的他是多么幸运，不用签证可以走遍世界大多数国家，所拿的工资又是全世界最值钱的英镑，这是出生在发展中国家的人很难做到的。

“我曾经自己驾着一艘轮船与好友在海洋里航行。”新西兰男生说道。

“什么？这太令人惊讶了！你真是一名探险家。真希望有一天我也可以像你们这样旅行，只可惜自己身上并没有太多的钱。”

后来他们告诉我，并不是需要很多很多的钱才可以去很远很远的地方，Workaway（海外工作交换服务网），HelpX（食宿交换网） 或者Woofing（食宿交换网），类似这些打工换宿的项目都可以使旅行变得容易。只要敢想、敢做，梦想就一定会实现的，哪怕不能实现所有，也会实现部分。

Part 7

桑巴王国，遇见一样的你

少年时的他，满腔热血，为公益前往桑巴王国
年少时的他，天真烂漫，为爱奔赴哥伦比亚
一路上他被质疑、被抢、被骗
却未曾料想遇见讲故事的你

原来你是这样的桑巴王国

我曾说过，我身边有很多不同宗教信仰的朋友，可是唯有穆斯林这个群体让我发自内心地热泪盈眶。这个并不富有，却最为慷慨的群体一直在世人的误解中艰难前行。其实最可怕的往往不是有某种特定信仰的人——没有信仰的人才更为可怕。这一次的主角就是一个穆斯林，我的朋友库比拉伊。

2015年的夏天，由于一个公益项目，加上旅行的目的，我前往了巴西Fortaleza（福塔雷萨），途经圣保罗转机。长时间的飞行与时差早已让我疲惫不堪，再加上因为一路颠簸，行李箱早已破损不堪，滑落的轮子，显出裂纹的外壳，都让我所有的期待与兴奋一扫而光。从圣保罗转机Fortaleza时，本以为一切都将结束，这时一个声音将我带回现实。

“等等，先别走，你是土耳其人？”一位身着海关制服的人拦住我，并用怀疑的眼光上下打量着我，让我浑身不自在。

“是的，请问有什么问题吗？”我尽量用和气而又友善的态度回应他。

“那你应该就是穆斯林，没错吧？”

“是的，先生。我是穆斯林。”

“那麻烦你到旁边来一下，我们需要检查。”

在确认我身上没有任何危险物品之后，他们接着又开始盘查我的行装。

“这是什么？”另一位身着同样制服的四五十岁中年男子问道。

“这是土耳其的特色点心，我带到巴西送给我的朋友。”

“那上面的白色粉末又是什么？是不是毒品？”

“天哪！”我心里早已嘀咕恼火一万次，但是还是强忍着怒火，耐性而又礼貌地回应道：“不是的，恐怕有什么误会，这上面的是土耳其特有的糖精，不信您可以品尝一下。”

“味道真不错。”在吃完几乎所有的点心后，几位海关大人突然冒出这样的一句话。

刹那间，我所有的愤愤不平一扫而光，转为哈哈大笑，半开玩笑地回应道：“你知道吗，如果有一天你们有机会去土耳其，那里的人们会用最慷慨的方式欢迎你们，赠送你们最美味的点心，而不会因为国籍宗教原因去刻意为难。”

抵达Fortaleza后，我开始在机场悠闲晃荡，等待前来接应我的朋友。为了连接到无线网，我走进一家比萨店，买了些比萨，找到一个站立的桌台。旁边桌的是一名中国男性，随意地将行李箱与手提袋搁置在墙边。不一会儿，一名巴西男性开始走向他，并且攀谈起来。

起初，我以为他们是朋友，并未过多留意，直到听到那名中国男子突然冒出一句：“你会说英语吗？我听不懂你在说些什么。”那名巴西男性好像什么都没听到一样，依然叽里咕噜地说着葡萄牙语。这时我开始觉得什么地方不对劲儿，下意识地挪了挪自己的行李。当我回过头时，只听那名中国男子大喊了一句“Fu*k”，然后迅速向前跑去。

我往墙边看了看，原本的一堆大小包行李早已消失得无影无踪。人群也开始骚动起来。再回头看时，刚刚那名巴西男子也消失在大家的视线里。也许是由于携带行李的原因，巴西男子的同伙还未跑多远，便被那名中国男子发现，于是上演了电影里抓小偷的经典一幕。

就在快要抓住小偷时，小偷突然回头，将所有行李扔向正在追赶的中国男子，并且加速逃离，只可惜最终还是被追赶上，两人开始扭打在一起，中国男子大声呼喊道：“快点报警！”

就在这时，机场保安迅速赶上前，一起制服了这名窃贼。我想这大概是我在巴西上的第一课——永远不要懈怠你的戒备心。

“库比拉伊，终于找到你啦。你还好吗？”这时萨拉向我走来，并且给了我一个大大的拥抱。萨拉正是前来接应我的朋友。

“怎么说呢，有些复杂，哈哈。”我一边向她讲述着这两天的经历，一边走向机场大门。

“所以啊，”萨拉接着说道，“在你享受巴西的狂野与热舞时，永远不要忘了背后可能潜藏的危机，就像中国的一句古语‘小心驶得万年船’。”

路过你的世界

巴西属于热带国家，物产丰富，出产很多这辈子你闻所未闻、见所未见、并且在其他国家找不到的水果。

也因为物产丰富，巴西有很多的美食。黑豆餐是有名的巴西招牌菜，通过将黑豆与各式各样的烟熏干肉以小火炖煮而成，然后配上米饭与卷心菜。它在巴西料理中非常常见，尤其是在午餐中。木薯粉，怎么说呢，它本身并不是一种菜肴，而是一种配料。通常在巴西，不管人们吃什么，他们都喜欢放上一些这种配料，尤其是在吃黑豆餐的时候。我不知道该怎么去形容它，维基百科说它是一种烤木薯粉的混合物。在很多的餐厅，你都会在桌子上看到它，我可以肯定地说，将它放入任何食物中都没有什么问题。Acai na tigela是一种在巴西随处可见的食物，尤其是在海滩上最常见。它是由亚马孙河的巴西莓制成，然后在上面撒一些其他的东西，最常见的吃法是放些香蕉和格兰诺拉燕麦卷，超级美味。当然放草莓也是一种颇受欢迎的吃法。如果你有冒险精神的话，尝试放些花生与炼乳也不错。还有一种Coxinhas，它是一种乳酪面包，经常可以在各种车站看到，你可以在里面夹上所有你喜欢的食物，这也是我非常喜欢的，吃它你永远都不会嫌饱！

Caipirinha（凯匹林纳鸡尾酒）是一种有名的巴西鸡尾酒，它是由巴西朗姆酒、果汁以及大量的糖精制成，最典型的是用柠檬汁制成，当然也有些是用菠萝汁、草莓汁以及百香果汁合成，它们味道都非常不错。小贩们常常在伊帕内玛海滩上转悠，兜售这些鸡尾酒。Caipiroska（热带伏特加）是一种类似的酒，不过不是用朗姆酒，而是用伏特加制成。

有别于一些其他的国家，巴西的餐厅分为不同种类。最为普遍的是一种叫作“Pay per kilo（巴西风格餐厅）”的餐厅。里面主要是自助餐，你可以随便拿一个盘子，然后挑选自己喜欢的食物，最后放在一个天平秤上称重量，并且支付相应的费用。当然你所挑选的食物越贵、越重，支付的金额也就越高。这种餐厅比较受大众欢迎，因为你可以一餐就吃到鱼、鸡肉、牛肉、蔬菜沙拉以及一些新鲜的水果。还有一些“Pay per kilo”是专门贩卖冰淇淋的，同样的购买方式，只不过是冰淇淋自助餐而已。

另外一种餐厅是“Rodizio（巴西风格餐厅）”，你可能会在你们国家的巴西牛排餐厅见到这种类型。总的来说就是你支付一定的金额，服务员们便会进进出出向你提供不同种类的肉，如果你喜欢，他们便会直接切割一块放入你的盘子中，当然还有无限供应的沙拉。

里约热内卢是一座几乎所有到过巴西的人都会去拜访的城市，它独特的风景令人耳目一新。其中最受欢迎的沙滩便是以两座大山为背景的伊帕内玛海滩。伊帕内玛海滩因为20世纪60年代的Bossa Nova（巴萨诺瓦）舞曲而闻名世界，在这里诞生的最有名的舞曲是那首《伊帕内玛的女孩》。沙滩总是被人群淹没，这里云集了贫穷和富有的各色人种，身材火辣的美女帅哥享受着海水浴和日光浴。这里还是当地人的社交场所，人们在海滩上搭讪、聊天、按摩、遛狗、健身。如果天气晴好，可以在伊帕内玛海滩东边和科帕科班纳海滩交界的礁石上观看十分惊艳的日落。拿上一杯凯匹林纳鸡尾酒（巴西国酒），躺在舒服柔软的海滩上，吃上一碗巴西莓，可以说是人生最美妙的体验之一。

千万不要浪费钱给旅行团去观看基督救世主纪念碑。自己租一辆车上山，也非常便宜。但是一定要注意，巴西是个旅游城市，千万不要在周末或者公共节假日去那些著名的旅游景点，因为实在拥堵不堪。

我报名参团了里约热内卢的贫民窟参观游。Rocinha favela是里约热内卢最大的贫民窟之一，不过幸运的是我去的那段期间还是比较安全的。参观结束后，我的内心非

常复杂——参观本身还是非常有意思的，但与此同时我也为自己贸然侵入当地人的生活，扰乱他们的日常生活而感到内疚与抱歉。怎么说呢，如果说观看动物的地方是动物园的话，那么它就像一个“人类园”，时不时可以听到一些游客喊：“快看那边，你看他们多么贫穷啊，他们的日子过得是多么困苦辛酸！”我可以明显感受到一些当地人流露出的不满与愤恨。后来我又在Vidigal贫民窟与Santa Marta贫民窟待了几晚，一直都是非常安全的，但是如果你想要去看看巴西的贫民窟的话，我还是强烈建议你小心些。如果你的手头不太宽裕，又想住在一个不错的地方，我建议你去Botafogo（博塔弗戈）这块儿；如果你对夜生活非常感兴趣的话，可以尝试 Lapa（拉帕）这片区域，貌似一星期中的某个晚上（可能是星期一晚上），会有一个盛大的街头派对，那时的凯匹林纳鸡尾酒简直便宜到不能再便宜，当然还有各种叫不出名儿的音乐。

其实总的来说，我在巴西并没有逛太多的地方，随后就去了哥伦比亚，部分是由于工作原因，部分则是因为我的前女友，一个哥伦比亚姑娘。

哥伦比亚，遇见讲故事的你

正如我之前所说的，我在巴西并未停留太久便前往了哥伦比亚，原因很简单，我的女友在那儿，半年多的异国远距离恋爱早已让我们双方疲倦不已，因此这次前往哥伦比亚对我们，起码对我而言是意义非凡的。我们是怎么相识的？那还是去年的冬天，她因为实习来到我的城市伊兹密特，我们一见钟情，并迅速陷入热恋。然而好景不长，不久她便因实习结束返回哥伦比亚，于是我们就展开了一段远距离的异国恋。异国恋十分辛苦，但不管怎么说，我习惯称之为“苦中带甜”。如果你不尝试，那你永远都不知道结果是怎样的。

“嗨，库比拉伊，好久不见！”

“嗨，伊娃，最近还好吗？”我按捺不住内心的兴奋，给了伊娃一个大大的拥抱——终于见到了朝思暮想的女友。

“呃，嗯，还不错。”伊娃支支吾吾、吞吞吐吐地回应道。

当时的我完全被兴奋、疲倦和激动的情绪所淹没，并未注意到伊娃任何的反常，发现她身边还有一个人，我又接着问道：“这是你的朋友吗？”

“呃，嗯，是的，是的。”伊娃回答道。

“你好，我是库比拉伊，见到你很高兴，真是麻烦你，大老远和伊娃一起来接机，真的非常感谢！”我边说着，边给了他一个土耳其式的友善拥抱。

“库比拉伊，我真的没有想到你会特意来哥伦比亚，真的令我非常惊讶。当然我也很高兴再次见到你。”

“不要说些傻话，你以后也会再去伊兹密特的，不是吗？哈哈。”

“库比拉伊，其实是这样的……其实他不仅是我的朋友，还是我的男朋友……”伊娃突然说道。

“什么？”

“其实你是个很好的人，你一定会找到比我更好的姑娘的！”

“什么？”

“嗨，老兄，事情发展成这样，我们也很抱歉，但是你放心，在哥伦比亚期间，我们一定会好好招待你的。”

“……”

“你真的是一个很好的人，如果你愿意，我们日后会成为很好的朋友的。”伊娃见我久久没反应，又接着说道。

“要不我们先上车，想必你也非常累了，我们可以在你休息好之后再谈？”这名哥伦比亚男子紧接着伊娃的话说道。

在足足思考了三分钟后，我终于理清了思路——这不是玩笑，我的女友带着她的现任男友来机场接机，并且正式通知我，我被分手了。一瞬间，所有的难过、愤怒、羞辱向我袭来。

“不好意思，那祝你们幸福。不需要你们费心了，我需要独立的私人空间，再见。”说完，我便拖着行李箱离开了机场。

由于事先并未预订任何酒店与青旅，我满怀着痛苦、伤心、愤怒的情绪在市中心晃荡了很久，希望可以找到住宿的地方。可能是祸不单行，我问了许多家，并未得到任何积极的回答。就在我快要放弃之际，恰巧一家青旅有位客人因逾期未到取消预订，于是这家青旅在午夜时分接收了我。

这是一间六人间的男女混搭间，推开房门后，首先映入眼帘的是正对面的阳台，不大不小，门是落地式的。左边是一个上下铺的床，右边是两张单人床，与它相对的则是另一个上下铺。除此之外，房间里还有

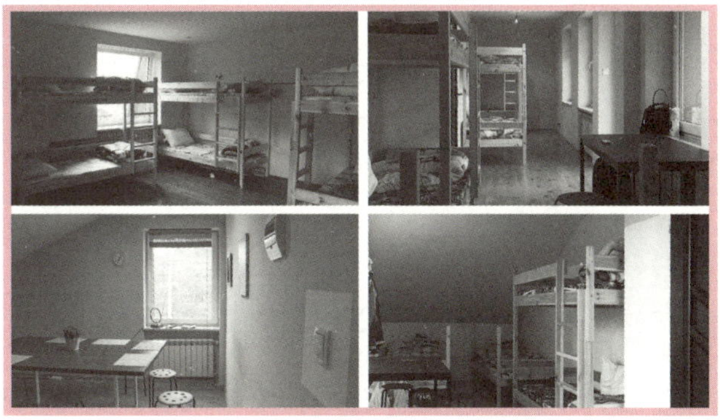

青旅一角

一些小柜子与一张大桌子，很典型的青年旅社，麻雀虽小却五脏俱全，当然还有墙上贴着的“不允许在房间吃东西或饮酒”的告示。

尽管已是凌晨时分，但屋内三人均未休息。左边下铺的是一位金发女生，正读着一本小说。阳台上坐着一位只能看出背影的男性，还有一位欧洲男性坐在桌旁，听着音乐。

“嗨，你好，我是帕斯卡。”听音乐的男子突然摘下耳机，微笑着对我打了声招呼。

“你好，我是杰西卡。”那名金发女子也抬起头，对我招了招手。

“大卫，这是我的名字。”阳台上的那名男子也走了进来，顺手关了玻璃门。“你是刚到的吗？我已经在这儿两个星期了，要是有什么旅行的问题，可以随时问我，哈哈。”

总之，长话短说，几句寒暄后，我们便熄灯休息。然而直到凌晨两点，我依然在床上辗转难眠。

“库比拉伊，你还没睡吗？”杰西卡突然在黑夜里问道。

“是的，你也是？”

“我也没睡。”正在这时，两个声音不约而同响起，原来帕斯卡与大卫也没睡。也不知怎么的，大家有一句没一句地聊着，突然聊到我来哥伦比亚的原因。也许是夜深人静，人的防备心较少，也许是一些其他的什么原因，我一股脑儿地将苦水告诉了大家——机场的不快，伊娃的背叛等等。

“哈哈，老兄，你真悲催，但是也挺有意思的。要不我们一人讲一个与自己旅行有关的故事？我第二个好了。”大卫说道。

那还是多年以前，我在法兰克福旅行。抵达法兰克福时天色已晚，最近的一家旅馆也只剩最后两间客房，也正是因为几乎预订一空，他们便开价100美元每晚。而我前面的，刚好是一位正在找住处的美国姑娘。

“要不，我们一起入住这间房？这样我们每人只需要支付50美元就可以了。”我边说着，便递给她看手中的Booking（住宿预订网站）信息，她想都没想便满口应允。于是十几分钟后，我们便出现在一辆出租车内。我跳进出租车后，便坐在了左后方，系上安全带。突然，司机做了一个U形的转弯。正在这时，有一束光打向我们，原来是刚好有辆车朝我们开来，并且准确无误地撞上了我们。好在我反应及时，并未受伤，然而那名美国姑娘没有这般幸运，头直接撞在了车门角，虽然并未流血，但是她直接陷入了昏迷。人群慢慢聚拢，我赶紧大喊：“快叫救护车！”在接下来的三天里，我便在旅馆照顾她，并且相约之后去布拉格。

抵达布拉格的一个火车站后，我们迅速被一群人包围起来。这群人时常聚集在火车站周围，通过将自己多余的房间租给背包客赚取些闲钱。跟我在一起的美国女生并未完全恢复，额头上依然有一个大大的包，但是好在她有刘海遮挡，因此看起来并不显眼。我们选中其中一家，一起度过了一晚。第二天清早醒来的时候，她额头绷带的药水早已流干，脸上看起来有些瘀青，眼睛也有些浮肿。我们走进客厅，这家主人友好地向我点头打招呼，然后看了看她，紧接着就是死一般的寂静。一分钟后，他们看了看我，看了看她，又看了看我。我突然意识到他们肯定误会了什么，于是我赶紧说：“不，不……”然而这家女主人并未听我解释，而是大喊大叫报了警。在经过四个警察三小时的盘问后，他们终于让我离开了警察局。

在布拉格的时候，我们又遇见了其他的四位背包客，于是大家决定前往奥斯维辛。途中又遇见了三个来自纽约的姑娘，她们非常吵闹，喜欢争论不休，因此我们不大喜欢她们。我们是晚上上的火车，日出后不久，火车便慢慢放缓速度，接着停在了一个我们不认识的地方。一小时后，另一列火车也慢慢驶进车站，所有的波兰人开始整理他们的东西，并踏上了另一列火车。不幸的是，他们没人能听懂英语，我们也听不懂波兰语，不知道发生了什么，于是我们只好跟着这群人踏上另一列火车。离开前，我们看了看那三个纽约姑娘，本想把她们叫醒，然而想了想，还是让她们继续熟睡好了。从那以后，我们再也没有见过她们。

我们花了一整天待在奥斯维辛。当夜幕降临的时候，我们看见了一位坐在长椅上的老人，我走上前去跟他打了声招呼，他也回头向我点了点头。可能是由于长时间哭泣的原因，他的眼眶看起来红红的，并微肿。他告诉我，他曾参与二战，并在波兰生活了八年，解放了很多其他的集中营。这次他来到奥斯维辛是悼念逝去的生命并且追忆过往的。这两年来，他通过汽车旅行，去过了所有的纳粹集中营，然而每次都是长久地远远观望，一直没有勇气迈入任何一座。对他而言，这是永远无法磨灭的痛，更是一个时代之殇。

“大卫，那一定是个非常打动人的瞬间，我想那一幕，可能你这辈子都难以忘怀。”杰西卡说道。死一般的沉静后，杰西卡又继续：“你知道吗，我的故事，也与死亡有关。”

那还是很多年以前，在华盛顿的贝克雪山，我开始了人生中的第一次登山之旅。贝克雪山有非常多的深沟，因为常年积雪，有不少沟壑被大雪淹埋。

在我们登山的途中，遇见了一组登山队，大约五人，依靠一条约10米长的登山绳依次捆绑在一起。三名“登山者”在中间，一前一后的是两个向导。尽管当时的我还是一个新手，但也十分清楚，他们的绳子太短，这种做法十分危险。虽然我和我朋友仅仅只是两个人，却也用了一条长约30米的绳子将我们两人一前一后捆绑在一起，此外还有一条10米长的绳子在背包内，以备不时之需。例如，如果稍有不慎，一人跌进沟壑，绳子较长，便能多赢得几秒的缓冲时间，利用这点缓冲时间，我们可以利用手头的材料，建立一个滑轮体系，慢慢将跌入沟壑的同伴缓缓拉起，既保护自己，又可以挽救同伴。

在上坡的时候，我们遇见了一个很深的沟壑，唯一的做法便是一人用斧头将自己牢牢地与岩石固定在一起，另一位同伴奋力向前跳，当前面的同伴安全抵达后，用同样的做法协助彼岸的同伴跨越沟壑。这样即使出现问题，也不至于跌入深不见底的沟壑，摔得粉身碎骨。我当时就在心里嘀咕着，前面那队肯定会在这儿遇见麻烦。“你说一条仅仅只有10米长的绳子，怎么可能帮助五个人跨越这里？”我对我的同伴说道。

我们慢慢经过他们身边，并且幸运地成功跨越了这条沟壑。回过头看时，他们正在沟壑边上吃着东西，其中一名褐发姑娘还对我笑了笑，并做了个加油祝好运的手势。

大约四十五分钟后，我们精疲力竭，艰难地继续前进着，突然看见一架直升机往山顶的方向开来，一名搜救队员从我们身边走过。我好奇地问了问：“发生了什么事？”“有些登山者掉进了沟壑，并且受了伤。”

几小时后，我们成功抵达了我们的营地，并且遇见同样的搜救队伍。“现在怎样

了？”我们赶紧走上前去询问道。其中一名搜救队员看了看我们，耸耸肩：“有一个遇难了。”

“当时队伍中有一名姑娘掉进了沟壑，并且把其他队员也拉了下去。下降途中，一名队员的登山鞋刚好砸到那名姑娘的额头，最终那位姑娘流血过多而亡。”杰西卡说道，“我当时走过去看了看，那位姑娘就是当时对我微笑，并让我加油的姑娘。那是我人生中第一次在登山途中遇见死亡，我记得她的微笑，也永远忘不了她死亡时候的模样。”

故事结束后，屋里便陷入了长久的沉默，也许是黑夜的原因，一切的一切显得静谧而又感性。

“嗨，你们睡了吗？”

我连问了三声，都没有得到任何响应，不知大家是真的熟睡了，还是陷入了各自过往的回忆中。

Part 8

四十八岁女骑士的漫游地

她是“童子军”一员，从小出身于体育世家
她不顾时局混乱，成为彼时首批出境公民
四十八岁的她宛如女骑士
行走在属于她的漫游地

从曼哈顿到布鲁克林，遇见神奇的她

不知道我是否曾跟你讲过布鲁克林大逃亡的故事？是的，我就是在逃亡过程中遇见了她，无知的我当时戏称她为罗马尼亚大妈，其实她有一个很好听的名字——碧翠丝，她是一位精通多国语言、技术高超的程序员，同时也是一名自由职业者。

那时我正在纽约旅行，因此找了一家布鲁克林的沙发客主。想必到过美国的人都知道曼哈顿与布鲁克林的差异——按照他们的话来说，一个是上流社会的云集地，一个是贫民聚集、犯罪高发地。

“天哪！”一出地铁口，我的心就凉了一截。与之前居住的曼哈顿区相比，这里仿佛是另一个国度。满地的垃圾，墙上尽是黑乎乎的涂鸦，时不时还有蚊虫苍蝇从你身旁飘过，顺便在你身上或是食物上驻留一小会儿。然而更为可怕的是周遭的人群——各种颜色的小辫子覆盖着整个人的脑袋，人们不是在说话，而是在互相嘶吼。这里有着数不清的小百货店，贩卖着廉价的衬衣、长袜、学习用品、食物、锅碗瓢盆等等，像极了夜市，又像极了老上海的光景，如果不是因为他们的黑肤色与美洲面孔，你一定会误以为自己来到了唐人街。

具体位置我已记不清了，只记得当时拖着行李，跟随着手机导航来到了沙发客主的家。

“嗨，你好。请问你是伊斯兰吗？我是May，正在你家公寓楼下。”我拨起这个并不熟悉的号码说道。

“嗨，你好，稍等片刻，我马上下来。”一个低沉的男音回应道。

如果你非要问起为什么我会独自在布鲁克林当沙发客的话，那又是另外一个故事了。大约一周前，我在穷游网上联系到了一位来自上海的姐姐，她本科毕业后投身于金融领域，大概四年时间，赚了几十万，足以支撑她在美国留学的生活支出与学费了，于是毅然辞职，来到美国念MBA，在开学前一段日子希望同我结伴游纽约。

“我已经找到沙发客主了，你确定要和我一起当沙发客吗？”我问道。

“非常确定，你只需要把具体地址发给我就好啦。”隔着半个地球，她给我回复了这样的一条简讯。

待我当天拖着行李迈入地铁时，那也就是见面前的最后一刻，我突然接到她的另一条简讯：“不好意思，我想了想，还是决定住酒店，不过我们白天还是可以一起约着玩儿！等会见！”于是出现了上述我独自站在布鲁克林的那一幕。

“你好，请进，这是我的公寓，我住在六楼。”那个男低音再次将我的思绪拉回现实。尽管内心千愁万绪，不是滋味儿，但我依然强颜欢笑走了进去。

走进楼道口后，我的心情再次降到冰点。为什么？

了解沙发客网站的人应该都知道，在沙发客网站上，你可以看到沙发客主的照片、个人信息、好评与差评等等，而好评与差评则是我们选择沙发客主的标准。在确定伊斯兰为沙发客主之前，我曾仔细看过他的档案——一个非常有意思的人，并且得到过100多个好评。

“他是一个非常开朗的人！带我游玩了很多景点！”

“他非常有趣，是个非常友善的人！”

“他的房子是栋别墅，家具齐全，非常宽敞明亮！我和我的朋友非常喜欢，强烈推荐……”

总之，当我阅读到这些好评的时候，很快选择了他作为此次的沙发客主。然而现在映入我眼帘的却是拥挤狭窄的楼道口，以及一人宽的小楼梯，地面尽是各种垃圾，散发着腐朽的臭味，叫人直反胃。

“我的公寓在六楼，你跟着就好了。”伊斯兰又说道。

当时的我简直有拔腿就跑的冲动，然而由于不想太无礼，也没有预订青旅，因此只好硬着头皮上了楼梯。推开大门，首先看见的便是一个狭小不透风的客厅，接着便是7个隔间，同时租给七户人家。每个隔间大约15㎡不到，刚好两张单人床外加一张桌子的大小。

“我们这里有两个美国人，一个土耳其人，三个墨西哥人，还有一个埃及人，也就是我。”伊斯兰说道。

“好吧……”

“今晚你可以睡这里。”

我看了一眼单人床旁边的、在地板上孤零零躺着的一张白色床垫。

“谢谢！”我努力地微笑回应道。之后伊斯兰便开始午睡，而我则坐在地板床垫上思考着后面的计划。难过、苦恼的情绪瞬间将我淹没，当然内心也埋怨那位上海姐姐，她临时的改变让我错过了寻找其他搭档的机会。

我环顾着周围的环境，简直不能更糟糕——房间狭小、难闻，衣服随意扔满整个地板。其间，伊斯兰毫不顾忌，直接在房间里，当着我的面换衣服，他所有的行为都让我很难有好感。后来跟他聊天时得知，他原本是埃及人，偷渡到美国，由于纽约消费极高，于是在布鲁克林与众人合租了这个隔间。而我则是他在美国的第一个沙发客对象，之前他是在埃及接待的别人。这下我突然明白了，为什么现实与评论反差这么大。

总之，后来一切的一切，更是让我反感不已，部分是由于环境，更多的则是由于他本人。直到晚上九点，他再次出门，并且表明可能会在酒吧豪饮整晚。在他离开后，我在惊恐中难以入眠。

楼下的大街上尽是黑人在飙车、打架或是争吵，时不时可以听见扭打的声音，一些店铺的卷门被敲打得砰砰作响，不知哪里传来的音乐更是震耳欲聋。对了，时不时还有警车呼啸而过的长鸣。虽然已是凌晨零点三十分，却丝毫没有消停的迹象，反而愈演愈烈。

“嗨，May，是我。我的飞机延误了，因此抵达酒店时他们已取消我的预订，现在流落街头。可以把沙发客主的地址发给我吗？我马上搭车过来！”手机突然响起，是来自上海姐姐的短信。得到沙发客主的同意后，我立刻联系了上海姐姐，不到半小时，便与她一起坐在地板上。仿佛她就是救命稻草，在她抵达后，我才安然入眠。

由于各种原因，第二天上海姐姐打死不愿再住在这里，并很快搬离。经过一整天的旅行后，夜晚我又绝望地回到这里。进门不到十分钟，又来了一名法国女生。

“嗨，May，这是今晚的另一个沙发客，你们可以一起共用这个床垫，我马上要出门了！”

“我的天啊，你看见洗手间了吗？门帘上都是黑乎乎的油，地上还有不知道放了多久的长了霉的面包屑、过期牛奶与鸡肉，还有蠕虫到处爬！浴缸里还有很多泥巴、油脂。你确认这里不是垃圾堆吗？我曾经在非洲生活过五年，但是这里居然比非洲的条件还恶劣！”在沙发客主离开后，法国女生伊娃从洗手间走出来对我说道。

“呵呵，一点也不奇怪你会这样说。”

就这样，我们在吐槽中建立了深厚的革命友谊。伊娃原本住在巴黎，目前在加拿大的魁北克银行工作，利用休假来旅行放松。就在我们相谈甚欢之际，门突然被推开，吓了我们一跳！

“伊斯兰在哪里？”那名男子突然问道。

“不知道，有什么问题吗？”我们连声问道。

“没有，没有。你们待会儿锁好门，要是有人来，不要开门，或者说不认识伊斯兰！”说完他迅速砰的一声关上门，匆匆离去。

我们目瞪口呆，不知该如何反应。

“我们明天一起搬吧！无论如何不能待在这里了。”惊魂未定之际，我说道。

第二天清晨，当我醒来的时候，发现伊斯兰已回，并且躺在床上酣睡。奇怪的是，他整个头都套上了黑色的并有奇怪图文的面纱，像极了恐怖分子，不，应该说就是恐怖分子的打扮。总之，伊斯兰的行为越来越古怪，疑点也越来越多。

“我们原本是要待三天的，现在突然离开，怎么跟他说？要是他不让我们走，把我们监禁起来怎么办？毕竟这是六楼，我们还有那么重的行李！”伊娃说道。

“好吧，让我想想……首先我们绝对不能让他察觉到我们要离开，其次我们要想个法子骗他出门，这样我们才有机会把自己的行李拿下去，然后在公寓外的主街上等他……”

接下来的一整天我们都在周旋如何让他出门。

直到傍晚来临。

May与伊娃在纽约地铁

“嗨，我现在要出门买烟，大约十分钟后回来，你们就在这里先待着。”说完他便开门离去。在确认他离开公寓后，我们赶紧拿上自己事先准备好的行李，以最快的速度在他赶回之前抵达楼下。

“你们这是要干什么？”伊斯兰看着楼下一排排的行李，以及决心离开的我们，十分严肃地说道。

“哦，不好意思。是这样的，我们刚刚接到一个朋友的电话，她住在市中心，刚好可以接待我们，想着更为方便旅行一些，所以就准备在楼下等着跟你道别。真的非常感谢！”

后面的事儿，我已记不清了，只记得我与伊娃拖着大包小包逃亡在路上，时不时还担心伊斯兰会跟踪我们，直到两小时后我们来到布莱恩海滩看海。

“我想上厕所！”伊娃说道。

“除了茫茫无尽的海洋与看不到边际的沙滩，在视线所及范围内，你能看到任何与厕所相关的建筑物吗？忍着吧。”我打趣道。

“忍不住了，你帮我掩护吧，我要就地解决……”五分钟后，伊娃说道。

于是我们飞快地跑向视线所及范围内唯一的一座小木屋。毫无疑问，门是紧锁的。就在关键之时，突然传来一女高音：

“姑娘们，大半夜的干吗呢？”

我来自罗马尼亚

May、伊娃、碧翠丝于布莱恩沙滩宿醉

“嗨，你好！很高兴见到你。”已经容不得多想的伊娃在迅速解决后，同我一齐回应道。

“你们是背包客吗？”

“对，我们是的。我是May，来自中国。这是伊娃，法国和加拿大双国籍。”我们一边回应着，一边四处张望，试图探寻声音的来源。

“这儿呢，这儿呢，我在屋顶上。我也是双国籍，罗马尼亚和美国的。你们可以叫我碧翠丝。”

“要不要来点啤酒？”话音还未落，只见她扔下两瓶啤酒，“其实我也是个背包客。”然后我们坐在一起，听她讲起了她的故事。

我出生在罗马尼亚，并于1996年移民到俄亥俄州的克利夫兰。由于生长在一个从事运动事业的家族里，从小经受各种体育文化的熏陶，因此我十分擅长体操、现代舞，并且是校登山队的成员，尽管那时的我才刚上四年级。记得那个时候父母每个周末都会带我去登山，做些类似徒步、露营之类的活动，因此我十分热爱大自然与户外运动。

在十六岁的时候，我与当时最好的5个朋友（尽管他们现在早已结婚生子）成立了一个叫作“远征队”的登山俱乐部，并且计划攀登当时在罗马尼亚最危险、也最难攀登的山脉“Piatra Craiului”，翻译过来也就是“王子的宝座”的意思。事实证明那次背包探险之旅确实不容易。

刚开始，所有的一切看起来都非常美好，我们前两天也都平安度过，并没有什么特别值得说的（除了偶尔因为吃脱水的豆子导致胃胀气，有的时候也有些小型的蜘蛛趁我们不注意偷袭我们）。在徒步旅行第三天结束时，我们找到一个地势平坦的空地，参天大树恰好给我们做了一个天然的遮阳屏障，不远处还有一条潺潺小溪，清澈见底，时不时还可以抓些新鲜的鱼。总之，这真的是一个非常适合扎营的地方。

已经到了傍晚，徒步旅行一整天后的我们极为疲劳，尤其是我们一整天都是在走上坡路。当我们好不容易打理好一切的时候，我突然意识到，我几乎一整天都没有上厕所，尽管我们走了这么远的路。当然，在野外丛林里，这些都算不上什么，所有的地方都是天然洗手间（水源处除外）。但是我作为一个正值青春期的少女，实在难以在大庭广众之下小便，我需要一些隐私，起码要在一个没人能注意到我，我也看不到任何人的地方。

于是我决定偷偷离开，去一个离帐篷不远，但是又看不到大家的地方。除了解决内急外，更重要的是我需要独处的时间，好好整理自己的思绪，感受那种只有自己一人的静谧感。我就这样走着走着，越走越远，因为实在找不到一个好的地点。最终，我终于找到一个理想地——余晖正透过树叶间的缝隙照射下来，四周的参天大树由于年代久远，衍生出各种枝干并慢慢将树干们压成放射形，如同天然大雨伞一样。更重要的是底下还有很多的大岩石，形成了天然的床铺，躺在上面，舒服极了。我知道，这就是我要寻找的地方。

解决内急后，我躺在岩石上畅想了许久，直到太阳慢慢落山，离地平线越来越近。我知道，不到半小时，天就会完全变黑。我开始慢慢往回走，打算与伙伴们集合，并准备今晚的晚餐。我就这样走着走着，当然毫无疑问，我从来没有想过自己会走错方向。大约十分钟后，我开始意识到地形与之前的有些不一样——植被覆盖越来越厚，灌木也看起来比之前的矮了许多，总而言之，我开始意识到自己已经身处一个完全不同的环境。我向四周看了看，发现一丝熟悉的线索都没有。是的，我迷路了。

我开始往相反的方向，并且是呈上坡的方向走，因为只有站得高才看得远，如果我站的位置很高的话，有可能找出伙伴们所在地的零星火光，起码我是这样认为的。然而事实证明我又错了。我来到了一条小溪处，在这三天的徒步旅行里，我从来没有见过它。我再回头看看自己身处的环境，愈发不熟悉了，毫无疑问，这绝对不是正确的路径。

如果你曾经在日落之后迷失在丛林之中，你一定可以体会到我现在的感受。天上的繁星越来越多，内心的恐惧感也越来越深重。时间不停地流逝，黑夜仿佛没有尽头，此后的每一秒都会比前一秒更加孤独。森林的一切从黄色变为灰色，再渐变为褐色，直至无尽的黑，不被吓死已是万幸，更不要期待月亮里会突然跳出一只精灵帮助你。

对了，我有没有告诉过你我仅仅只是穿着人字拖？是的，单纯的T恤衫与人字拖，既没有外套也没有手电筒，顺便说一下，我是童子军的一员，因此这种境况更是让我羞愧得无地自容。尽管那个时候我还很年轻，然而对于自己的这种愚蠢行为，我没有丝毫的理由去辩解。在临近夜晚之际，偷偷离开大家伙儿，独自一人在丛林里晃荡，我想没有比这更蠢的事儿了。

我开始思考着如何给自己定位，野外求生、露营等等，所有学过的常识瞬间涌入脑海，又瞬间离去。我自己也不明白是如何让自己处于这种困境的——我从来没有想过离开伙伴们超过30米，也没有想过逃离十分钟以上。然而现实是，我孤身一人在荒野求生，完全没有任何自救的办法。

突然间，我看到不远处有一个比较贫瘠的小山丘，站在那儿可能会拥有更好的视野，于是我快速向那边跑去，其间还被伐木绊倒过几次，人字拖也在黑夜里不知所踪，整个人狼狈不堪。当我好不容易抵达山坡顶峰后，却发现依然漆黑一片，没有任何营火。绝望崩溃的我别无选择，只能蹲下，在黑夜里默默哭泣。我知道我的朋友们一定也陷入混乱之中，在焦急地寻找我。

正在这时，所有的恐惧感忽然烟消云散，我开始忏悔，开始祷告，只想尽快回到小伙伴们的身边，坐在篝火前与大家一齐欢唱，重新找回当初的归属感。起初，我试图在黑夜里放声尖叫，希望伙伴们可以听到我的声音，然而我的尖叫不仅没有引来伙伴，反而招惹起了丛林里野狼的嘶吼，不知名的鸟儿也被吓得四处窜逃。于是我开始自言自语，那种尽量大声地自言自语，但不至于尖叫，因为我既不想吓到自己，也不愿惊扰他人，适当的音量可以减少我的恐惧感，也可能扰乱我的思绪。

也许是由于羞愧，也许是由于恐惧，我不希望自己的声音里带有任何惊恐的情绪，这样会让我显得，怎么说呢，总之就是感觉不好。“布莱恩，是我，我想我可能迷路啦。”“嗨，大家伙儿，你们还好吗？我在这儿呢！”我的声音在丛林里回响着，“喂喂喂，你们在这儿吗？最近过得怎样？”我想，无论是谁，在黑夜里听到这种声音都会觉得非常奇怪。我单调乏味的自言自语响彻整个山谷，回声也一波波向我袭来。每隔几秒，我也会停顿休整一下，同时也期待着回复。

“你好！”

当时的我已无法确认此刻到底是真有人回应，还是只是我的回声。“你好！”我又喊了一声。

“碧翠丝，碧翠丝！”这个声音充满了兴奋。

于是我跟随着声音慢慢往下走，穿过峡谷，蹚过小溪（其实我一开始就不该跨过小溪的），来到一个满是青苔的石坡上。我的朋友赖安突然看到我，给了我一个大大的拥抱：“真高兴你还活着，可是你为什么要做这种偷偷离开我们的蠢事！”我边走着，边诉说着自己的懊悔，直到回到营地。

其他的伙伴们之前也在不同的地方寻找着我，听到我已经回来后，迅速回到营地——除了我的朋友乔治娅，她一直留守在营地，以防我突然回来找不到大家。我慢慢走到她身边，坐在她旁边的伐木上。“嗨。”

她静静地看着我，突然抬起手给了我一巴掌。大家突然陷入沉默中，谁也没有说话，而我也无话可说。

第二天，我们继续前行着，但是再也没有出现过类似的状况，我也绝对不会再单独一人离开大家的视线。讽刺的是，最初我是为了寻求个人空间而离开大家的，而结果却是除了和大家待在一起，我什么也不想干。

最终我们终于抵达峰顶。两旁都是悬崖峭壁，在某些特定的区域里，我们不得不绑上绳索，大家互相搀扶着一起走过那些艰难险阻。这一路都是极具挑战性的，而这次体验也正式开启了我的公路之旅。

意大利——浪漫之国

那还是1989年的时候，齐奥塞斯库被处决后，罗马尼亚正式对外开放，因而我也有了机会出国旅行，于是我毫不犹豫地成了第一批申请办理签证的人，并迅速前往布加勒斯特的签证中心处理好一切。

一拿到护照签证，我便与三个最要好的朋友谋划着出国过新年。因此从某种意义上而言，这是我第一次正式“出逃”——逃离罗马尼亚。那时我刚满二十一周岁，在次年的夏天，也就是1990年，我与同样的一群朋友再次结伴前往保加利亚。我们偷偷拿了我妈妈的车，准备自驾游。尽管它不是世界上最好的车，但足以让我与朋友们在两周内往返罗马尼亚。对我而言，这次虽与之前的远征旅途不同，但同样给我带来极大的考验，因为那时的我只是一个穷学生，并没有足够的钱去旅行，对罗马尼亚以外的世界也一无所知。

“要不，我们买些罗马尼亚的传统特色手工艺品，然后拿到保加利亚的跳蚤市场上去卖？这样我们也可以多多少少赚些旅费。”乔治娅提议道，“通过这种方式我们也可以换取一些保加利亚的货币，这样我们便能承担我们在保加利亚的开销。”

保加利亚之行还算顺利。此后我们又一同背包去过许多的国家，例如土耳其、德国、法国等等，直到我1996年搬离罗马尼亚，移民美国。我们的远征队伍也就此解散。

2008年的时候，我进行了这辈子最长的一次火车旅行，除去最初与最后的飞机，其间通过火车旅行在意大利兜兜转转长达三个星期，吃喝拉撒几乎都是在火车上进行。

我首先从布加勒斯特飞往米兰，最后从罗马飞回布加勒斯特。记得当时乘坐的是欧洲最小最廉价航空公司的飞机，两趟机票也仅仅只要50欧元左右。当我抵达米兰的时候正处清晨，天气不算太好，好在我的沙发客主主动提出前来接应我，然后我免费在他的公寓度过了愉快的两晚。

事实上，我在米兰并不是很尽兴，也没有得到自己预期中的惊喜。不知道是什么原因，我没有找到让自己十分惊艳的地方，除了一些不错的博物馆，在街上漫游倒是让人神清气爽。好在我的沙发客主带我去了一个满是酒吧与自行车的地方，我们仨人——沙发客主，我，以及沙发客主的印度室友，买了一些啤酒与白酒，边喝着边调侃着周围的人群。实话说，几天来那是我最开心的瞬间，因为心情十分愉悦，人也十分放松。

这是我的第一次沙发客之旅的体验，沙发客主不仅热情招待了我，还把他家的钥匙交付与我，以便我随时出入。尽管如此，我依然觉得借宿在别人家的方式并不适合我，他是个例外，因为大多数的沙发客主是不会这样毫无保留地对待那些背包客的。与此相对应的，我十分喜欢青年旅社，因为我可以真正从心灵与身体上来去自如，毫无拘束感，同时我也可以遇见来自世界各地的背包客们。我喜欢同他们打交道，因为他们总是可以让我学到新的东西。

之后我离开了米兰，搭乘火车前往了热那亚。那时的意大利人几乎不说英语。虽然我是一个外国人，但也很容易地从售票亭买到了车票，不仅仅是因为售票处有英文，更重要的是因为我的母语是罗马尼亚语，因此可以轻易地读懂意大利语，尽管我一点也不会说。所以在意大利期间我基本都是这样度过的：我用英语向路人们寻求帮助，路人们用意大利语对我进行指导回复。

几小时后我就搭乘火车前往了热那亚，也不知是哪里出了错，总之我遗失了与这个城市有关的一切信息，我是指那些在抵达之前做好的攻略与计划，例如青年旅社的地址，还有前往那儿的方式以及联系电话。幸运的是，我的记忆生来十分地好。

我凭着印象搭乘了4号巴士，我坚信一路往山顶的方向前行就一定可以找到旅馆——国际青年旅社。旅社的位置十分地奇妙，恰好在山顶处，在那儿你可以俯瞰整座城市——海港、别墅、街道等等。我预订的房间是一个8人间的混合宿舍，然而除了我以外只有一个女孩入住，她碰巧是个意大利人。这个女孩随身携带了许多的行李，可能是我这辈子见过的行李带得最多的背包客——两个美式的超级大行李箱，以目前的标准来看，我真的怀疑运输安全管理局会同意。除此之外，她还有两个超大的露营包，直到现在我也无法想象她是如何一个人携带着这些行李进进出出的。

热那亚是我这辈子去过的最有意思的城市之一。大多数的城市房屋都是沿着山脉而建，为了回家，人们不得不乘坐一种特殊的电梯或者索道缆车。这两种我都尝试过，对于恐高的人而言，确实十分痛苦。乘坐电梯回家时，你可以欣赏到美得动人心魄的景色——一些羊肠小道分布在房屋与公园附近，十分精致。索道缆车则是大不相同，它会将你从山下一直送往山顶，你甚至都可以看到人们在他们的屋子里进行着繁琐的日常活动。索道缆车的车站就分布在各个房屋门前。我也注意到，那些搭载人们上山下山的巴士都是短途巴士，因为路面狭窄，坡道陡峭。

在热那亚的时候，我还是选择了徒步旅行的方式，因为这样你可以切身感受到城市的每个角落。也许乘车可以节约你很多的时间，但是与此同时你也会错过不少美景。市区内的街道还是比较平稳的，上山的话就比较辛苦。我一边沿着上山顶的方向前行着，一边等着过往的车辆。

“这是什么味儿？”突然一股腥臊味儿窜入鼻孔，我仔细闻了闻，看了看，原来都是尿臊味儿，该死的！我往前继续走了走，沿着马路有个石壁，石壁里面做了个尿壶。天啦，这不是在露天场所随意大小便吗？我想这可能对男士们非常实用，但是即使是男士，在路中间撒尿？Umm，我很怀疑他们真的会这样做，但是尿臊味儿……

离开青旅的时候我是乘坐的短途巴士，然后直达的火车站。我毫不犹豫地买了一张前往比萨的车票，那是我的下个目的地。很快我就抵达了比萨，并且试图寻找可以住宿的旅馆，可惜走了很久也没有遇见一个能讲英语的人。但是那里的网络非常实用。唯一一个能说一点儿英语的姑娘告诉我，比萨没有旅馆。什么？

因此我不假思索地买了火车票前往我的下个目的地——佛罗伦萨。等待火车时恰巧有两小时的空闲，于是我又看了看那里的塔，也逛了逛小店铺。

火车出发时已是午后了。尽管我手上有旅馆的具体位置，但是当我抵达目的地时，找了好久依然找不到，甚至我在地图上连街道也无法定位出来。

“嗨，你需要帮忙吗？”一对说着流利英语的夫妻对我说道。

“那太感谢了！”

就这样，他们带着我一起寻找，直到来到青旅门口。

“你有预订房间吗？”前台对我说道。

“并没有，因为我不知道在哪个城市会具体待多久。”

“那不好意思，我们今天没有客房了。”

于是我又开始一人徘徊在大街上，想着是否该买票前往下一个目的地，因为我连个落脚的地方都没有。我就这样一边走着，一边思考着，突然看见一间非常大的酒店，想都没想，我立刻走了进去，并且预订了两晚。酒店看起来十分漂亮、干净，唯一不足的就是清洁女工趁我不注意的时候将我的咖啡杯以及其他两个塑料物件扔进了垃圾桶——可能她没有意识到，其实这些都是可以循环利用的。佛罗伦萨是一个非常棒的城市，将历史、文化、现代化用一种十分巧妙的方式结合在一起，美中不足的当然就是那拥挤的人群。

我的下一站便是罗马，那是我的梦想地，于是订了七天的旅馆。旅馆的位置非常好，在火车终点站附近，同时离市中心也不远，每天步行就可以前往我要去的各个地方。罗马并不大，在没有使用汽车、地铁的情况下，仅仅只花了三天时间，我就游遍了罗马的80%左右，所以接下来的四天，我都十分无聊。

其中有一天，我搭乘火车前往了那不勒斯，然而仅仅两小时后，我就待不下去了——那里的街道十分脏乱，垃圾也随意散落在各个角落，于是我再次回到罗马。第二天，我搭乘地铁前往了一个叫作Appia Antica（阿皮亚古道）的古老街道。到达出口后，我向很多路人咨询如何前往这条古老的街道，然而竟没有一个人知道，至少从我们有限的交流中，我得不到任何有效的信息。

正如我所说的，我喜欢在罗马的大街小巷探寻，去了很多那些在旅行攻略上找不到的地方，这也给我带来了许多的惊喜——Buca de la verita喷泉，特丽莎修女的雕像等等。黄昏时分，这里的景象是十分令人惊艳的，天水融合在一起，相互交映，美不胜收。

罗马是我旅途的最后一程，我直接搭乘地铁前往了机场。

“你是何时，怎样进入意大利领土的？”海关问道，因为我的护照上没有任何盖章记录。

“Umm，哈哈，我当然不是凭空直接降落在意大利市中心的。只是我当时用的是我的美国护照，因此他们想都没想就让我通过了，所以……”

再见，意大利；再见，这个浪漫之国。

……

“后来我再次返回美国，并且定居纽约……你们知道吗？我有一个新的理想，就是自驾游完整个美国。”碧翠丝看着我与伊娃说道。

“你的理想真棒，所以你现在依然在路上？”

“不不不，我是一个程序员，大多数时候都是在家兼职，空闲的时候便继续上路。”

后来我与伊娃也分道扬镳，她返回加拿大，我来到土耳其，回到各自的生活轨迹中。

两年后的一年，我突然接到碧翠丝的消息：“May，要不要来一场环游北美的公路旅行？我有车，你只用带上人就好了……等你准备好的时候，我们就出发。”

Part 9
前往美洲的日子

他大方、善良，毫无富家公子的痞气
一个背包，一双球鞋
就这样，他用最简单的方式
踏遍千山万水

古巴——“加勒比海的绿色鳄鱼”

托尔斯泰曾在《安娜•卡列尼娜》中说过：“幸福的家庭各个相似，不幸的家庭各有不同。”这句话也适用于每一位背包客，他们如此相似却又如此不同。事实上，每个人的故事都有其存在的特殊意义。于杰菲而言，很多时候他并不愿意，也不想浪费大量的时间与大家分享这些故事。然而，当他踏上美洲这片土地后，所有发生的一切早已远远超出他的意料，故事在他脑海中如同火山一样喷涌，一发不可收拾……

“我很喜欢听故事，快跟我讲讲你的故事。”你很难想象一个欧洲小伙子趴在沙发上，双手托腮，睁着好奇的双眼，像个小孩子般向你讨故事。对，他就是杰菲。一年前，由于办理签证方面的事，我借住在他家。这位西班牙土耳其混血儿长年在自家企业卖力创造价值，终于在今年年初小宇宙爆发，开始了一场为期十八个月的美洲背包客之旅。

杰菲说：“这不是土耳其语或西班牙语写作课，我也没有很好的文笔，只想按照我的方式，将故事一一说给你听。”

墨西哥的日子是十分令人怀念的，然而四个月的墨西哥之旅后，也是时候该离开，前往下一个目的地了。但是我该去哪儿呢？坐在墨西哥城一角的杰菲茫然地看着往来的车辆。这就是一个人旅行的麻烦，有时很自由，有时也会茫然不知所措。

“嗨，古巴是个不错的地方，你可以尝试待上两个星期！”一位墨西哥大叔对杰菲说道。

“两个星期？”杰菲不禁哑笑道，“两个星期怎么可能够？”于是，他毫不犹豫地买了间隔一个月的往返机票。然而付款成功的一刹那，他便后悔了——一个月？我需要那么久吗？然而已购票成功，再无反悔余地。正如你所知道的，去古巴，只是一个头脑发热的临时决定。

抵达的那天恰好是4月17日，实话说，这个青旅并不算太糟，该有的基本设施都有，但与此同时你也不能期待太多。这里不得不提及的是，住青旅的好处不仅仅是其价格低廉，更重要的是你能很快结交到来自世界各地的朋友。所以不一会儿杰菲就认识了好几个同屋的朋友。

十五分钟后，他出现在了哈瓦那街。

“嗨，朋友，你是外国人吗？”突然一名长相颇为剽悍的当地男子向他走来。

“对，请问有什么问题吗？”虽然杰菲也见过不少世面，但依然被眼前这位突然出现的疯狂男子弄得不知所措。

“那好，我们一起吃晚饭吧，吃完后就去酒吧。”男子拍了拍杰菲的肩，莫名其妙地说出这样一句话。

“好！”内心早就翻江倒海的杰菲努力装出一副毫不在意的样子，看上去泰然自若。

事实证明，这名男子十分友好，他不仅热情地招待了杰菲，还帮他支付了所有的费用。在后来的日子里，杰菲慢慢发现，古巴人民对待外来游客十分友好，并习惯性地通过请吃饭、请喝酒等等来传达他们的心意。

在哈瓦那休整了三天的杰菲准备再次出发，并与青旅中的另外七人一起踏上旅途。那时离他最近的是一位金发女子，当时他绝没有想到日后她竟然成为他最好的朋友之一。

正当他们在车上打打闹闹、唱唱笑笑之时，一辆小货车慢慢浮现在大家的视线里，并且直冲冲向他们开来，好在转弯及时，仅仅只是擦过，并无大碍。尽管出现这样的一个小插曲，大家依然兴致勃勃，热情未减。

他们一路开到维纳莱斯城，度过了一段非常愉快的时光，这时大家的行程出现了分化，每个人都有各自不同的目的地，杰菲毫不犹豫地选择了跟另外两名女子组团，原因很简单，异性相吸。

“要不我们搭便车吧？”其中一个姑娘提议道。

“哈哈，我还从来没有这样试过，感觉怎样？”杰菲好奇地问道。

“非常棒的体验。”两名女子不约而同地脱口而出。

不一会儿他们便遇见一辆老爷车，靠着这辆老爷车他们行走了将近20公里，直到卡车司机停在了一个十字路口："再见了朋友们，祝你们好运。"卡车司机微笑地向他们挥了挥手，然后扬长而去。

天色越来越晚，正当他们踌躇着如何走下去的时候，一位当地的古巴居民主动将他们带到了车站。

"这里有通往市区的大巴，你们可以在这儿等着。"话音刚落，他便拿出一些钞票，对司机说了些什么。原来他不仅让司机好好照料他们，还主动帮杰菲三人支付了车票。唯一令人恼火的便是人未坐满，司机迟迟不肯发车。

夕阳剩下的最后半点余晖也慢慢消失在人们的视线里，天色几乎全黑，在古巴，夜晚自驾极不安全，然而司机又不愿单独为他们发车，怎么办？难道一直待在这儿？

杰菲默默看了姑娘们一会儿，她们看起来很冷。商量后，大家一致决定再次尝试搭便车的方式，然而等了好久也没有人停下来搭载他们。发车的轰隆声突然响起，他们回头看了看，原来大巴正准备出发。

"嗨，等等！"他们边跑边大声吼叫着，终于在最后一刻跳上了大巴。然而不幸的是他们下错了站，正好在半路，前不着村，后不着店的位置，这是一个很少会有车经过的地方，时间已经是半夜，天还下起了雨。

他又看了看姑娘们，还好，她们十分乐观，没有任何的失落或不安。在将近一小时的等待后终于来了一辆车，里面坐着三位古巴女性。

"嗨，你好！我们是来自国外的背包客，现在遇到点麻烦，请问你们可以搭载我们吗？"杰菲问道。

"可以倒是可以，可是我们的车非常小，里面已经坐了三个人，最多只能容纳两位了。"

"Umm，可以，没问题。"话毕，杰菲回头对姑娘们说，让她们先行离开，自己可以再等等。

"你人真的太好了，杰菲。但是我们不会单独离开，将你一个人留在这儿的。"金发女子看了看杰菲，又补充道，"既没有网络，手机也无法使用，我们怎么放心将你留在这儿？"好在不一会儿又来了一辆车，尽管他们是前往哈瓦那的，但是只要能搭载他们离开这个是非之地就没有关系。

不管怎么说，他们最终平安抵达了哈瓦那，尽管距离市中心依然非常遥远。“嗨，不好意思，只能将你们送到这儿了，不过你们可以搭乘巴士去市中心。”这名友善的古巴人将他们送到了车站，并且支付了车票。

“什么？到底发生了什么，竟然又有人为我们付了钱！他们为什么要这样做？”面面相觑不一会儿后，他们便哈哈大笑，也许并没有什么复杂的理由，这就是一个单纯、乐于助人的国家。

躺在青旅床上的杰菲回忆着这些天发生的一切，所有一切好的、不好的在他的眼里都变得不一样了。他切身感受到了古巴人民的淳朴友善，也享受着作为沙发客所带来的一切。至于明天该怎么办，那是明天该考虑的事情了。

作为一个背包客，我们每天都面对许多不同的人，听着各种稀奇古怪的故事。我们不会做任何的特定计划，因为计划永远都赶不上变化。正当杰菲他们对古巴的热爱与赞扬达到顶峰时，那些不好的，该发生的还是发生了。

他们一路从Baracoa（巴拉科阿）到Santiago（圣地亚哥），并打算坐夜巴返回Baracoa，正如我之前所说的，计划赶不上变化，夜巴的车票早已销售一空，最早的巴士也是凌晨四点发车，于是他们决定前往铁路列车站去查看火车时间表。幸运的是他们找到了半价的火车票，不幸的是它要绕道而行，大约需要花费十七小时。这时一位说着西班牙语的当地男性向他们走来。

“只要35美元，我可以开车送你们到哈瓦那。”

“真的吗？太棒了，这样我们既省时间又节约了不少钱，太感谢你了。对了，我们开车去哈瓦那前可以在城里溜达一圈吗？”杰菲兴奋地说道。

“当然没问题！”

他真的是一个非常善良的人，杰菲在心里默默说道。可惜由于时间原因，他们未能过多逗留，仅仅只是看了一眼一座未能进入的城堡。

“请问我的钱呢？刚刚带你们逛了一圈，你们该不会以为是免费的吧？”这名古巴司机突然严肃地说道，“20美元，给我20美元就可以了。”

“什么？15分钟20美元？古巴人每天的平均工资也才12美元而已！”

这时突然从他们身后走出8名古巴男性并对他们恐吓说，如果不给钱就别想离开。由于寡不敌众，最终他们还是支付了20美元，并且悻悻而去，背后传来那群人的哈哈大笑，带着嘲弄的口吻喊道：“哈瓦那、哈瓦那、你们要去的哈瓦那呢？哈哈。”

当他们再次来到巴士站时，凌晨四点的车早已发车了，于是他们再次来到火车站，那8名古巴男性还在那里，万幸的是没有再找麻烦。

然而前往Baracoa的车票依然没有，于是他们决定前往另一座城市，尽管车费需要60美元，但并不是什么大问题。

他们抵达新城市的时候已经是下午两点，这时一位古巴妇女向杰菲走来：“你们要不要来点咖啡？”起初他们是拒绝的，然而大概聊了五分钟后，杰菲接受了——他想，一个坏人是不会跟我啰嗦这么久的，也许正是因为昨晚糟糕的体验，现在上帝派一位好心人来抚慰我们。然而事实正如你所料，她又开始索要钱财了，不过没关系，杰菲现在已经可以平静地接受一切了。

所以这就是生活，我们来自世界不同角落，然而国家仅仅只是世界的一个小缩影，每个国家、每座城市都有好人与坏人，我们要用一颗柔软的心去包容这个世界，同时也永远不要忘了保护自己——害人之心不可有，防人之心不可无。

数天后，杰菲便向朋友们告别，飞往多米尼加。对他而言，古巴是一次难忘的挑战，他懂得了如何更好地与当地人接触沟通，什么时候该停下来，什么时候可以继续前进。从西到东，他行走了2000多公里，看过十几个城市的不同风景，对他而言，每分每秒都那么非比寻常。

“此时的我坐在飞机上，听着音乐，在日记里书写着发生的一切……再见，再见，古巴。”

追溯玛雅文明——墨西哥

一个月后，杰菲再次回到了墨西哥，毕竟对他而言，墨西哥就是他在拉丁美洲的家。在墨西哥前前后后长达四个月的生活早已让他熟悉周围的一切，仿佛就像出了一趟远门，然后回到家乡。在这里他有许多的朋友，任何一位都愿意接待他，住宿也不再是一个困扰人的问题。他原本打算直接去墨西哥南部，但是与一个老朋友的约定，使他先回了新墨西哥城。尽管如此，他在前几天依然是闲来无聊的。

那么我该去哪儿呢？杰菲在内心默默问道。于是他拿出地图看了看，San luis Potosi（圣路易斯波托西）应该是个不错的选择。于是他拿出手机，给他在当地的朋友留了言：“嗨，朋友，我周末会过来，到时见！”

不一会儿朋友便回复道：“太棒啦，我们刚好有一个派对，如果你愿意可以加入我们，一起嗨！”

这是一场每年会举办四次的庆典，刚巧被杰菲碰到了，“所以说我在正确的时间出现在了正确的地点。”在与朋友闲逛了两天后，他们离开了这座城市，并前往荒漠地区去见另一个朋友。

他们抵达小村庄时早已筋疲力尽，于是在小房子里小憩了一会儿，但仅仅只是一会儿，因为他们必须集合去见部落的其他成员。

“嗨，大家听着，我们现在要去沙漠中寻找一种叫作某某的植物。”具体是什么植物杰菲没有听说过，只是看了一眼照片，记住了它的模样。“在我们的古老传说里，找到这棵植物的人将会得到上帝的眷顾。”领头人又接着说道。

杰菲听了兴奋不已，也加入了寻找这棵神奇植物的队伍中，然而找了将近一小时，他连类似植物的影子都没有看到。

这时，他突然看见了与领头人照片中一模一样的植物，于是兴奋地跑了过去。正当他准备回头向大家打招呼时，才意识到自己身后早已空无一人。太阳已渐渐落山，他还有大约十五分钟的时间寻找往返的路径。他四处张望着，希望寻找一些熟悉的影子，尽管身上多处早已被仙人掌刺划开，但是他已无暇多顾了。这时的每一分钟对他来说都像一生一样漫长。走了几分钟后，他依然找不到回去的路，于是他开始奋力奔跑——他不希望在太阳完全落山后一人独自留在这个鬼地方。但是天不遂人愿，他依然没有找到任何人。

天已全黑了，我能去哪儿呢？这时他突然看见一块大石头，于是沿着石块的方向向前走。你要知道这是荒野，所以任何企图依靠打电话或者联网的方式去寻求帮助的都将是一个笑话，这里没有任何信号。

这时他已逐步接受自己迷路的现实，只希望尽快找到类似高速公路的地方，如果他运气好的话，说不定可以搭顺风车。然而高速公路实在太长了，但是，除此之外，他又能做什么呢？他只能往前走。直到走了很久后，他才意识到，这根本不现实，想依靠步行走完整条高速公路的想法简直就是不可能。四周只有茫茫无尽的荒野以及成群的野生动物。他又累又渴，躺在公路上注视着茫茫无尽的星空。

然而幸运的是，他看见了满月，如果不是因为这皎洁的月光，他真的不知道自己该怎么做好了。

这时手机上的GPS开始起作用了，尽管不是非常准确，但起码可以引导大致方向。正在这个时候他看见三条分岔口，他选择相信GPS，并且选择植物较少的那条路，因为植物越少的地方，遇见车的可能性越大。

好在他曾经到过这片区域，更重要的是GPS曾自动把这片区域纳入记忆储存中，于是在GPS的导航下，他离有人的地方越来越近，四小时后，他终于看见了车的灯光。大概花了五分钟，他终于走到了车的旁边，也正是由于天色太暗，所以任何微弱的灯光都看起来清晰可见。幸运的是，这辆车刚好是去小村庄的，于是他坐了进去，再次回归到人群中。

当他回到村庄时，看见大家祥和欢腾一片，于是杰菲对朋友说道："难道你们就没有担心过我，打算去寻找我吗？"

"没有啊，我们以为你正在经历一些奇特、难以忘怀的事情呢。"

事实上，他的朋友说的没错，在这四小时里，他经历了太多的东西。比如说，永不言弃，不要放弃任何生的希望；还有与野生动物的近距离对视，更是一次无价的体验——因为他看到了它们眼里的光。不管怎么说，他最后还是回到了人群中，大家围着篝火舞蹈，放声哼唱着当地民族歌曲……

不一会儿便天明了，是时候离开了。这是一段神奇的旅途，一路遇见太多有意思的事儿，他是这群人中唯一的一个外国人，享受着外国人的身份所带来的一切优越感。过了一会儿，他们一行人坐上车，准备离开。途经一个中转站，他们便下车，就近找了个地方吃了些早点。杰菲的朋友们想放松一会儿，于是在四周兜兜转转，杰菲一人回到车上，戴上耳塞，听着音乐，准备小憩。由于天气十分炎热，杰菲打开车窗，通通风，然后继续打盹。

他一边听着音乐，一边打着盹，偶尔也会睁开眼，看看朋友们是否归来。正在这时，突然有个男人试图通过窗户，强行进入到车里。

“嘿！你干吗呢？”杰菲立刻坐起，并用西班牙语吼道。

“本来打算试试，没想到竟然没有得手。”显然，这个小偷没预料到车里有人。惊讶的不是杰菲，反而是这个小偷。

杰菲看了看车后面，小偷的摩托车上挂着一把刀，他的朋友们也不在附近。“最好不要离开车子，也不要跟他争论任何东西。”杰菲默默对自己说道。僵持了好一会儿，小偷便骑着摩托走了。

直到小偷的背影消失在视线里，杰菲才缓缓离开车，寻找他的朋友们。尽管如此，他的心情并未受到任何影响——对一个背包客而言，这些都是家常便饭。历经这一切的冒险后，他终于回到青旅，好好睡了一觉。

天亮的时候，杰菲再次出发了，这回他要去的是危地马拉，六个月的墨西哥之旅最终还是结束了，他知道，只有放开过去，才能真正地前行。墨西哥也许是一个结束，但同时也意味着另一段征途的开始。

危地马拉、萨尔瓦多、洪都拉斯

由于没有签证的限制，杰菲是步行越过危地马拉边界的。抵达边境后，他前往了一座叫作帕纳哈切尔的城，这趟路程花费了他将近十小时的时间，因此旅程结束时他已疲惫不堪。抵达旅馆后，他遇见了另外一位背包客，拉着他喋喋不休地说，直到两小时后才让杰菲离开，这时连眼睛都睁不开的杰菲倒床就呼呼大睡。

第二天清晨醒来的杰菲向窗外看了看，呼吸了些新鲜空气——终于恢复元气可以重新出发了。他前往的第一个地点叫作San Marcos（圣马科斯）。总的来说，这附近是由众多的湖泊构成的，因此如果你想从一个地方到另一个地方的话，乘船是唯一的方法。所以，没有选择的杰菲也乘船出发了。

杰菲做梦也没有想到，一路上会看到如此美丽的景色——湖泊两岸的风光美得像仙境，让人无法用言语来形容。当他抵达San Marcos的时候，他再次惊讶得说不出话来——这简直就是一座嬉皮士小岛。他在遍野尽是绿的森林里穿行着，品尝着没有添加过任何防腐剂的，大自然最原始美味的果子。数小时后，杰菲开始乘船返回，同船的还有另一个小伙子，一路上他们相谈甚欢。

返回帕纳哈切尔后的杰菲收到一位来自土耳其朋友的消息："嗨，杰菲，我现在在危地马拉城，快点来找我吧！"

杰菲想都没想再次背上行装出发，前往危地马拉城看望老友。一路上，杰菲不禁感叹这个世界实在太小了，你永远都不会知道什么时候什么地方会遇见谁。杰菲抵达危地马拉城时又是清晨，老友早已在旅馆的前台等候他。这是一个十分奢华的酒店，房间里有一张超级大并且舒适的床，是普通大床尺寸的两倍。放下行李后，杰菲就与老友出门了，准备找个地方吃些东西。他们找来找去，兜兜转转，可最终选择的却是麦当劳。

说起这位老友，他与杰菲相识于幼时，是一起踢足球、逃课的小伙伴，后来朋友移民到了墨西哥的科组梅尔，刚好最近在危地马拉出差。记得我开篇就说过，杰菲是西班牙土耳其混血儿，所以土耳其语也是他的母语之一，久别重逢后的两人用熟悉的土耳其语交谈着，这让他们觉得有种难以言喻的亲切感。

一路上，杰菲很少遇见土耳其背包客，大多时候遇见的都是来自澳大利亚、德国、英国、美国等发达国家的背包客，因此杰菲略有些失望。饭后，朋友带杰菲去了另外一个当地朋友家里，并且参加了夜间的卡巴莱歌舞聚会。上一次参加如此盛大的派对还是五个月前在墨西哥，因此杰菲兴奋不已。

他们去参加派对时买了些朗姆酒作为礼物，因此一晚上大家都是唱唱跳跳，喝着酒。这是拉丁美洲，因此每个人跳的都是莎莎舞。朋友由于喝了太多，开始说胡话，并且拉着一位漂亮的拉美姑娘热舞起来。在见证了朋友的舞姿后，杰菲终于明白了什么是真正意义上的莎莎舞。

一晚的狂欢后，杰菲与朋友回到酒店。第二天，便目送朋友离开。之后杰菲独自一人去了老城区。这是他第一次如此清晰地审视这个国家，这座城。由于天寒，杰菲跑进了一家服装店，准备买一件夹克。

“请问这件夹克多少钱？”杰菲问道。

“190格查尔（危地马拉货币单位）。”

事实上这件夹克并不是杰菲的尺寸，但是杰菲实在太喜欢它了，因此还是忍不住想买。“150格查尔怎样？”

“好的。”

杰菲穿着这件心爱的夹克走了几步，又看见一些类似的店铺，同样的衣服，适合他的尺寸，但仅仅只需要80格查尔，于是杰菲又买了一件一模一样的。

三小时后，杰菲想返回第一家店铺，并且退掉第一次购买的那件不合身的，然而那里店铺太多，杰菲实在记不起来到底是哪间。这时，他看见一位有点眼熟的妇女，于是走了进去。

“我刚刚在这儿买了一件夹克，有点大了，我可以退回去吗？”

“我并没有见过你，这件衣服肯定不是从我店里出去的，你还记得店铺的名字吗？”

杰菲向四周看了看，的确，店主长得倒是有点相似，但店铺风格相差就有点远。

“Umm，既然这样，我可以将它卖给你吗？我可以60格查尔就卖给你。”

但是这名妇女并没有搭理这话，依然询问杰菲是否记得店铺的样子，具体在哪条街上，多少号。

杰菲回答道：“我已经记不清了，只记得店主跟你长得很像。”

接着这名妇女又问了他许多问题，杰菲误以为自己认错人了，还是十分感激这位妇女的热情帮助。总之，好一会儿后，杰菲离开了，但他边走边觉得不对劲，越想越觉得这名妇女就是刚刚卖衣服给他的那位店主，于是他又走了回去。这时那名妇女已经不在那儿，回到她自己的店铺去了。

你看看！原来当那名妇女看见杰菲走来的时候就故意走到隔壁家的店铺，假装自己并没有见过杰菲。但无论如何，杰菲得到两个教训：第一，不管你在哪儿买东西，砍价的时候从半价开始砍起。第二，相信自己的第六感，大多数时候，潜意识的感觉都是正确的。

回到旅馆后的杰菲洗了个澡，然后出门吃了些东西——这是他这些日子以来吃过最满意的一顿。杰菲打算第二天去爬火山，那山海拔足足有4000米，所以去之前最好还是休息会。然而事实上他睡得并不好，不到五点就醒了，九点左右就出门登火山了。同路的还有两名德国人和一名土耳其人。

两小时后，杰菲便气喘吁吁了。尽管这是第一次爬火山，但是杰菲从来没有想过会如此艰难。更糟糕的是，二十分钟后，山上便开始刮风、下雨，紧接着便是暴风雨，虽然杰菲身穿厚实的外套，还是远远不够，不到五分钟他们便浑身湿透。路也变得泥泞不堪，非常滑，不易前行。难道我们真的要在这种情况下继续前行数小时吗？杰菲暗自嘀咕道。好在接着他们便找到一棵大树，并把背包摞在一起挡在前面，从而躲避暴风雨的侵袭。不一会儿，暴风雨便停了。于是他们继续前行了两小时，稍微休整了一会儿后，又接着前行了四小时，终于抵达露营地。这时的风景美丽极了，站在云端之上的他们，觉得非常奇妙。尽管又下起了雨，但是他们依然生了一个小火堆。由于天气十分寒冷，杰菲只好回到帐篷，竖起睡袋睡觉。晚上九点左右，当大家都进入梦乡时，杰菲又从帐篷走了出来，独自一人听着音乐，冥想了两小时。

由于十分严寒，睡眠环境极差，杰菲夜不能寐，因此在凌晨三点再次离开帐篷，并生了一个小火堆。这时另一个团队的法国人也加入了他的阵营，一小时后，他们纷纷叫醒队友——马上又要启程前行了。凌晨四点，他们在没有灯光的情况下攀爬着火山岩，你可以想象一下。尽管如此艰辛，但当看到最后的美景时，他们觉得一切的付出都是值得的。这是杰菲人生的一次历史纪录，上次还是在古巴的时候，他攀登了2400米。

休息一会儿后，他们便开始下山。下山的过程也并不容易，时不时会有小石头滚进他们的鞋子里，山路十分倾斜，打滑，脚也被磨得生疼，直到后来连疼痛都无法感知。这一切值得吗？毫无疑问，答案是肯定的。

回到旅馆后，杰菲迅速清洗了自己的衣物，准备不久后出发去下一个国家——萨尔瓦多。

去萨尔瓦多时，杰菲是同一个英国小伙、一个美国大汉一起出发的。他们首先抵达了一个叫作El Tunco（埃尔土恩克）的村庄，那里的人们热情地接待了他们。旅馆大概是每晚10美元。

第二天，杰菲便去了他最爱的地方——海滩。这是他人生中第一次看见黑沙海滩，因此十分兴奋，时不时还有小孩跑来询问他，你来自哪里，到这儿来干什么，非常有意思。下午的时候，杰菲便同另外两个英国人去了瀑布，好笑的是汽车的刮水器坏了，因此他们看不清前面的路，是一路摸瞎回去的，好在最终还是安全抵达旅馆。

几天后，杰菲又出发前往了圣萨尔瓦多，并且借宿在一个朋友的亲戚家。他们开车，邀他到山顶欣赏整座城市的风光，并且吃了美味地道的特色食物。晚上十点左右，市中心的街道上竟空无一人。“为什么？”杰菲好奇地问道。他们告诉杰菲，因为晚上外出十分危险，尽管是在首都，也没有人敢外出。

“如果在夜间，你乘车从一个街区到另一个街区，极有可能被杀害！”

“为什么？”杰菲问道。

“因为这里有着几大黑帮组织，彼此都不能越界去另一个帮派的地盘，否则就会被杀掉。所以巴士也分安全与不安全两种。”

第二天杰菲就离开，前往了洪都拉斯。前往洪都拉斯的车票只要1.7美元，但汽车非常不舒服，不过没有关系，是可以忍受的范围。时不时地，还有很多人上车兜售食物与饮料。三小时后，他平安抵达了边境。

起初，杰菲打算乘车去市中心，票价是10伦皮拉（洪都拉斯货币单位），然而杰菲只有20的，司机又没有零钱找，于是让杰菲下车。杰菲向四周看了看，已经没有巴士去他原计划的目的地了，唯一的一辆巴士是去圣佩德罗苏拉的。

“嗨，能把您的手机借我用一下吗？我给朋友打一个电话。”

接过电话的杰菲迅速拨通了他在德古斯加巴（洪都拉斯首都）的朋友的电话。

“嗨，杰菲，不用担心，我有一个朋友在圣佩德罗苏拉经营一家旅馆，你可以去投靠他。”

就在杰菲准备挂电话之际，他的朋友又补充了一句：“一定要小心啊，圣佩德罗苏拉是世界上最危险的地方！”

“哦，谢谢你这个令人振奋的消息……”杰菲苦笑道。刚刚离开世界安全系数倒数第二的国家，又进入世界上最危险的地方，真可谓是刚离虎口，又进狼窝。于是他拿手机查了查，是的，世界犯罪率、死亡率最高的城市就是这里——圣佩德罗苏拉、圣萨尔瓦多、加拉加斯。不管怎么说，六小时后，他还是抵达了那里，并且顺利地找到了旅馆的所在地。

第二天一醒来，他又乘出租车去了巴士终点站，购买了前往乌提拉岛的票。那是一座十分精巧的岛屿，他在那里遇见了一位德国背包客。吃过午餐后，他们便开始潜水——上次潜水他还是在墨西哥的科组梅尔，感觉并不好。

第二天，他搬进了一间设施十分齐全的旅馆，只要每晚10美元，并且有属于自己的私人沙滩，更愉快的是他可以同德国朋友一起骑着摩托车四处闲逛。回到旅馆时，两人已十分疲惫了，但是凌晨一点左右，他又从睡梦中惊醒，于是去了一家当地的夜店。两天后，他乘车去了首都——他朋友的所在地，幸运的是他的朋友拥有一家汽车公司，因此他所有的交通费用全免。

一路上，他听了太多关于洪都拉斯黑帮的枪杀事件，感受了城市惊人的危险系数：所有的公共场所都会有一些供词，黑帮成员佩带着各种枪支，但警察却没有枪。从一开始他便在洪都拉斯和萨尔瓦多感受到了浓浓的危险气息，幸运的是杰菲有着厚厚的络腮胡子，以及暗色的皮肤，因此很少有人会接近他。

几天后，杰菲便离开这座危险之都，并与三个马来西亚姑娘结伴去了尼加拉瓜，第一站便是莱昂市区。一路他学会了不少的本领，比如如何应对危险境况，如何在极端情况下求生等等。至于接下来会发生什么，我们拭目以待……

Part 10

康拉德与帕维尔的漫游

他年少、迷茫，对未来充满各种幻想与恐惧

流转的时光，命途中的过客

让他用最颓废的方式，懂得了受用一生的道理

阿姆斯特丹初探

阿姆斯特丹的历史最早可以追溯到13世纪，当时的阿姆斯特丹只是一个小渔村。人们曾在附近阿姆斯特尔河(Amstel)上建筑水坝，阿姆斯特丹就得名于此，原来的名字“Amstelredam”，意指“阿姆斯特尔水坝”。

17世纪是阿姆斯特丹历史上的黄金时代，当时阿姆斯特丹是世界上最重要的港口和银行业中心。然而，从18世纪开始，阿姆斯特丹的繁荣逐渐褪色。荷兰与英国和法国之间的战争，使处于巅峰的阿姆斯特丹逐渐衰落。后来，荷兰又被拿破仑率领的法国军队所占领。直到1815年，摆脱法国统治的荷兰与现在的比利时和卢森堡组成荷兰王国，这座城市才迎来了发展的第二次春天。

第一次世界大战时，阿姆斯特丹遭受了食品和燃料的短缺，甚至因此还发生过小规模的暴乱，并造成了人员的伤亡。第二次世界大战时，德国入侵荷兰并迫害犹太人，遭受迫害的犹太人中最为有名的就是《安妮日记》的作者安妮•弗兰克。这名德国籍犹太女孩为躲避纳粹的屠杀，躲藏在密室中长达两年，直到第二次世界大战结束前不久，被歹人出卖，最终病逝于纳粹集中营。二战结束后，她的父亲出版了她的日记，后来这本日记成为影响整个世界的最著名日记，而她曾经躲藏的仓库密室也成了阿姆斯特丹最有名的景点之一——安妮之家。

大学毕业以后，我与我的堂兄前往欧洲旅行。那是一次很长的背包客之旅，我们去了很多的城市，包括西班牙的伊比沙岛、巴塞罗那，比利时的布鲁塞尔，法国的巴黎，捷克的布拉格等等，当然还有荷兰的阿姆斯特丹。而我们则来自波兰东北部的一座城市——比亚维斯托克，距离立陶宛不是很远。对了，我的名字是康拉德，我堂兄叫作帕维尔，而这个故事是关于阿姆斯特丹——一个充斥着性与大麻，却又不只是性与大麻的城市。

在旅行开始后的第十五天，我们来到了阿姆斯特丹。旅行所带来的身心愉悦很多时候是难以用言语形容的，尤其是当我们迈入荷兰国土的时候。虽然同为欧洲国家，但是荷兰的建筑、文化却与波兰大不相同。我们从郊区大巴车站直接乘坐地铁来到市中心，出地铁口的时候不禁感叹："哇！"

一方面是因为阿姆斯特丹的建筑着实别具一格，精致华丽；另一方面当然是因为大麻——阿姆斯特丹是一个可以自由贩卖大麻的城市，空气中飘荡的大麻味道让我们跃跃欲试。

我们赶紧放下行李，来到距离旅馆最近的一家"咖啡馆"。如果你以为这里的"咖啡馆"是那种你我在温暖的午后阳光里，享受浓郁咖啡，与三两好友聊天的地方，那么你就大错特错了。它是很特别也很专属的一个场所。如果你走进去，或者还未等你走进去，首先刺激你大脑的便是一种令人眩晕的味道；其次是屋内暗淡的光线——其实它是一种专供人们吸食大麻的地方。而这些场所里面所提供的与大麻有关的东西都被称作"软性毒品"。

总之，我们毫不犹豫地点了菜单最上面的那种，这时有两个非常漂亮的荷兰姑娘向我们走来。我们像所有游客一样，聊了些典型的话题，比如我们来自哪儿，多大了，学的什么专业，有什么爱好之类的等等。这时其中一个姑娘卡琳娜问我们："你们是同性恋吗？"相信我，在过去的两周里，我们遇见过太多的陌生人，也同太多的人交谈过，我们非常清楚这是什么意思，然而，我们还是回答了："不，我们是堂兄弟。"而这个就成了后面事件的导火索。她们开始挑逗我们，而我们也由于大麻的作用而不知云里雾里。

在这里，我不得不再次强调一下"咖啡馆"里面的光线：暗红色的灯光弥漫了整个房间，微弱但是穿透力极强，甚至穿透了大麻燃烧所散发的蓝色烟雾，所有的一切都笼罩在红色灯晕里。哪怕你本来丑到让人难以直视，这种环境也会让你看起来像詹妮弗•劳伦斯。

对了，忘了告诉你，在下午去"咖啡馆"的路上，我们租了两辆自行车，这样行动更为方便，也可以省下乘坐出租车的高额费用。车子就靠在门外。我们四个决定一起去夜店或者派对度过今晚剩下的时光，一切看起来都非常棒，因为另一个女孩伊蕾娜刚好知道一个非常有意思的主题派对。当我们迈出"咖啡馆"的时候，大麻所带来的飘飘欲仙的感觉逐渐消失，我们的神智基本恢复。

好吧，这时我们才发现这两个姑娘其实一点儿也不漂亮，体重最少都有120斤，其中一个还有点小胡须。我知道外表不是最重要的，而且我们也不应该以貌取人，但

阿姆斯特丹的自行车

是在那一瞬间，我的堂兄和我都觉得我们被上帝耍了，有种被背叛的感觉。我想，我们在阿姆斯特丹的第一晚绝对不能这样度过。

那么问题来了，我们该如何摆脱她们呢？我们开始窃窃私语，商量着摆脱她们的策略。虽然大麻的作用已经基本消失，但是由于喝了不少阿姆斯特丹最著名的喜力啤酒，我们的大脑还是晕乎乎的。我们的计划是：让她们厌恶我们，然后自己主动离开。

“嗨，不好意思，我们是穷学生，如果要去的话，我们只有自行车。”我说道，希望借此兵分两路。

“好的，没有问题，我们可以坐自行车。”她们齐声说道。

事实证明，这真的是一个糟糕的主意，她们俩儿分别坐上了我与堂兄自行车的后座，我们开始向目的地出发。由于她俩实在太重，没过多久，我与堂兄就开始气喘吁吁。那好，那么就开始实行我们的下一步计划。

“嗨，你们知道红灯区在哪儿吗？我们突然不想去派对了，觉得红灯区更有意思。”堂兄接着说道。我们希望通过这种方式让她们觉得被冒犯，恶心，并且主动离开。

“好啊，没问题！跟着我们走就对了！”没想到她们竟然这样回答道。

我们推着自行车，经过一个个的红色橱窗，各种各样仅仅身着内衣裤的美女在橱窗里搔首弄姿吸引着往来的游客。其中一个橱窗里有一位十分肥胖的中年妇女，略显病态，而我那无知的堂兄竟然直接用手指着她，并且捧腹大笑。于是那位中年妇女十分不屑地向我们竖起了中指——那是我这辈子见过的最霸气不羁的中指。

这时我们已经闲逛许久了，并且十分清楚卡琳娜与伊蕾娜是不会离开我们的，逛更久也没有用，我们依然无法摆脱她们。那么我们怎样才能说服她们离开呢？这时我堂兄又爆发出了一句更蠢的话：“其实我们是同性恋！”

“什么？”伊蕾娜吃惊地说道。

“我们其实是同性恋，我们彼此……在一起……很久了。”堂兄假装结结巴巴，尴尬地说道。

“Umm，你们刚刚不是才说过你们不是同性恋吗？”卡琳娜问道。

“是这样的，我们只是不敢向陌生人承认这个事实，害怕遭到敌视或歧视，因此我们时常隐瞒我们真正的关系，假装成堂兄弟，这样更符合社会的……你知道的，习惯。”我接着解释道，并且心里暗自高兴，我们终于要解放了。

“那么证明它。”她们想了想说道，“证明你们是真正的同性恋。”

我的心再次跌到谷底。我曾经看过一部电影，两名男子为了证明他们是同性恋而故意亲热，但我身旁的不是一名陌生男子，而是我的堂兄，一位朝夕相处的亲人。是的，我们曾经一起上厕所，比赛谁可以尿得更远，但是接吻？这个对我们而言太难了。但是，与此同时我们也发现别无选择。

那时的我们醉醺醺、昏沉沉地站在一个妓女遍布的小巷里，一些陌生人吹着口哨，小声欢呼着从我们身旁走过。我们互相对视了几秒，仿佛过了整个世纪，就当我们差点亲上的时候，我们突然恢复理智："该死的，我们是波兰人，我们不需要去证明什么！"

我们赶紧骑上自行车，就像阿姆斯特丹人那样，迅速消失在小巷尽头，背后传来她们的咒骂："两个该死的基佬！"尽管如此，我们依然笑得眼泪都快要流下来了。

我们骑着自行车在阿姆斯特丹运河上兜兜转转度过了后半夜，直到日出时分。后来我们回到旅馆，吃了些零食，然后发现只有一张床，我们想都没想就把被子铺在地上叠成一个床垫。自此以后，我们再也没有提过那晚，而我们的感情也同以前一样好。

走近阿姆斯特丹

阿姆斯特丹是座水城，城里有蛛网一样密布的运河，城外是海。古老的房屋，狭窄的街道，猝不及防的小巷，如星盘般一圈圈向外扩展，因此在阿姆斯特丹，最常见的交通工具就是自行车。立正站好的，靠着树干的，锁在桥栏上的，斜倚着广告牌的，或者干脆歪倒在地上的，令人目不暇接。人们骑着自行车上班、上学、购物，进行着与生活息息相关的点点滴滴。阿姆斯特丹，一座自行车背上的城市。

整个城市平坦紧凑，棋盘式的格局使内城一个点到另一个点之间的距离最多只有5公里，这也是骑自行车的理想距离，所以当人们说阿姆斯特丹是座“自行车之都”时，相信我，这绝不是一句玩笑话——人们一年四季骑着自行车，不论刮风下雨。

如果你想在阿姆斯特丹租辆自行车，其实是件非常容易的事儿，你只需要寻找那些有“Fiet（自行车）”字样的店铺，这样的店铺在中央车站、莱登广场以及达姆广场都是随处可见的。租自行车一般是3小时起步，但最常见的是日租，价格通常在8~10欧元。当地很多的自行车都是有车篓的，你可以把你的随身携带物直接扔进车篓。

当你租赁自行车的时候，押金是必要的，通常还附带一些可供选择的保险，这些保险可以赔偿你自行车遗失所带来的损失。千万不要用传统的思维去看待这个问题，在阿姆斯特丹，丢失自行车的人是非常多的，有的人甚至遗失过20多辆自行车，所以很多时候这样的保险是必要的。

除去第一天的兴奋与荒唐，接下来这些天我与堂兄过得还算比较安分。我们从旅游局拿了些宣传小册子，去了那些几乎所有游客该去的地方，例如安妮之家、凡高美术馆等等。第一次阅读《安妮日记》时，我尚年幼，只记得当时内心颇为震撼，如今当我实实在在地踏进安妮之家，走她走过的路，看她生活过的阁楼，站在同样的地点眺望窗外一幕幕时，心里却有说不出来的感触。街上熙熙攘攘，人群的欢声笑语早已替代了当年犹太人绝望的眼神，然而这一片片的温馨祥和却始终无法掩盖那个时代之殇。

今天我起得非常早，给自己沏了一杯茶，堂兄还在睡梦中，于是我翻了翻

BATAVUS

Facebook和Twitter（推特），不一会儿再次走回房间拿了件外套——尽管正值阿姆斯特丹的夏季，但是清晨的寒气依然让人有些瑟瑟发抖。内心挣扎了一小会儿后，我最终决定还是不要叫醒堂兄，独自一人离开了青旅。

阳光明媚，空气清新，天空很蓝，就如同波兰的天空一样，是那种清透的蓝。为了活动活动膝盖，我走向人行道，开始晨跑。其间，我路过一位老人身边，他坐在板凳上拿着一堆纸牌。只见老人将纸牌一层层叠起，叠成宝塔那种样子，宝塔看起来非常脆弱，仿佛一不小心就会坍塌，每次老人都会在最关键的时候亲手毁掉自己好不容易叠起的宝塔，然后重新开始。直到离开他后很久，我都在分析他这么做的原因，但是依然理不出任何的头绪。

在离我最近的运河的一座桥上，我停了下来。太阳在我身后缓缓升起，阳光洒在桥上五颜六色的鲜花上，美丽极了。这些鲜花依傍在桥的两侧，红的、紫的、白的、蓝的，给整个阿姆斯特丹增添了不少的活力，我赶紧按下快门，希望记录下这美好的一幕，同时也期待着阿姆斯特丹人骑着自行车从旁边走过，让我能顺便记录这和谐的瞬间。

随后我转了转身，将视线投向运河的水面，也许是由于太阳还没有完全升起，因此运河也没有呈现期待中的那种惊心动魄的美。我唯一看见的就是一艘搜救小船停在运河中间，一动不动，仿佛悬挂在水面上。这时，有两个穿着制服的人慢慢走向运河岸边，打量着搜救船的四周。这艘本该停泊在郊外的船突然出现在市中心，并且与普通居民的船停靠在一起，确实有些诡异。

可能是不知道哪里遇险的船不知不觉漂流到了运河中心吧，我暗自推测。我有个习惯，每当遇到无法求证答案的问题时，便会自己去设想原因。

离开桥后，我又开始慢跑起来，沿着与河流相反的方向慢慢跑向船所停泊的位置。这时在我眼前的已不是两个人了，而是一小群人。一些推着折叠式婴儿车的妇女站在人行道上张望着；还有一些骑着自行车的人，一只脚踏地，一只脚踩在踏板上眺望着；两个邮局工人以及一些背着书包的青年们也跑过来凑热闹。他们不约而同地盯着水面，看向船的方向。

我也停了下来，看向他们望去的方向。

一开始，我什么也没有看到。慢慢地，我发现有一个头慢慢浮出水面，整个头都用黑色的氯丁橡胶包裹着，我开始意识到，这是一个潜水员。紧接着一个橙色的东西也慢慢浮出水面。

躺在橙色塑料板上的是一具尸体，由吊车的链子缓缓吊起，这个画面是我从未遇见过的。

尽管我离停船处还有20米左右，看到的画面也不是特别清晰，但已足够让我了解到发生了什么，这个画面也足以震撼到我。我的呼吸慢慢变得沉重起来，嘴巴也由于吃惊而合拢不上。我依稀记得，最让我觉得震撼的是尸体皮肤的颜色——这也是让我立刻意识到这是一具尸体的原因。它就静静地漂浮在那里，周身隐隐透出灰绿色——一种人类死亡后特有的颜色。尽管十分恐怖，我依然幻想着，这个膨胀在橙色塑料板上的会不会只是一堆脂肪物，又或者是常年浸泡在水下被打捞起来的垃圾。

没过多久，他们就把尸体拖上岸，被围观的人看了个清清楚楚，紧接着就抬进早就在岸边搭建好的特殊帐篷内。我慢慢将视线移向另一侧的人群，消防员、救护人员、警察们都双手叉腰，神情凝重。接着，又有两个身着潜水衣的人慢慢潜入到灰色的水下，所有的人都不约而同地注视着他们。

我开始思考这群人。对他们而言，这只是司空见惯的一幕，还是那种令他们震惊、终生难忘的一幅画面？至少对我而言，在短时间里，它会一直萦绕在我心头。

在过去的几天里，我时常穿梭在阿姆斯特丹的大街小巷，经过一条又一条的运河，一片又一片的绿色草地，很多的地方看起来就像是移动的博物馆。但是这只是阿姆斯特丹的一面。我突然意识到，阿姆斯特丹也是一座城，一座人们工作、生活于其中的城，一座每天充满着生老病死的城。

当然，这不是我第一次感受城市生活。我们也有着每天举办各种派对的嘈杂邻居，我们也十分讨厌当我们骑着自行车时，从身旁呼啸而过的出租车——很多时候，我们差点儿相撞，酿成悲剧。但是阿姆斯特丹依然有着你无法想象的美。同时，阿姆斯特丹也是一座城，经历着世界所有角落都在经历着的一切。

这让我开始反思旅行的意义。不论是在我旅行过的城市，还是在我居住过的城市，我都时常拿着相机，记录所有的美好瞬间，然后展示在我的博客上，并向世人展现这里有多么美好。

我的意思是，我们不应该带着过高的期望去旅行，去期待一个悲剧不会发生、人们不会受伤、大家永远和谐相处的美丽绽放、丑恶消失的梦想地，又或者是觉得旅行地永远比自己的故乡好。

我意识到，旅行不是走马观花，而是应该去深深地探寻目的地的美好与残缺，用欣赏美的眼光去欣赏它的残缺，去发现未曾发现的自己，尝试未曾尝试过的事。

逃离阿姆斯特丹

即将离开阿姆斯特丹时，我们决定接下来前往柏林。

“要不要再去趟‘咖啡馆’？”堂兄意味深长地问道。

“可是离火车出发只剩一小时了，你确定吗？”我漫不经心地看了一眼堂兄——按照堂兄的性格，说出这句话只是迟早的事儿。

“当然，你要知道，离开阿姆斯特丹以后，我们就彻底跟大麻说再见了，最后一小时还不好好把握？”

话毕，我们就前往距离火车站最近的“咖啡馆”。堂兄果不其然地又尝试了大麻烟卷，而我考虑到乘车时间太紧，只是稍微尝试了一块大麻蛋糕。不一会儿，我的大脑便开始嗡嗡作响。正如你所预料的，我又继续点了另一块。

“先生，你确定吗？”一位服务员问道。

“当然，非常确定。”我想彼时的我已经无法正常地思考了。

离火车发车还有十分钟左右的时候，我与堂兄终于匆忙赶到火车站。然而大麻所带来的迷幻感并未消散，我们就这样走进了车厢。这里我想说一句的是，欧洲人少，交通却十分发达，因此很多时候空位非常多。

我们歪倒在座位上，头疼得要命，仿佛有木棒槌打到脑袋上一样，除了昏睡，我们什么也不想干。意识模糊之中，我们拿出欧洲火车通票以及护照。十二小时后，一个声音将我从睡梦中唤起。

“先生，先生，请醒一醒。”一位身着制服的售票员一边摇晃着我，一边焦急地对我说道。

“什么？好的，好的。”其实我并没有听清乘务员说的什么，我想无非就是到站之类的话，当时我的脑袋依然晕乎乎的，心想着，好吧好吧，柏林站到了，于是拽着堂兄去了最近的旅馆，扔下所有的东西，倒床就睡。当我们醒来的时候已是次日了。

“我们要不要出去走走，好好看看柏林？”我问道。

“当然，当然。”堂兄边说着边向外边走去。

我们越走越觉得不对劲儿。

“没想到德国与瑞典的关系这么要好，你看，到处都是瑞典国旗！”堂兄兴奋又惊讶地说道。

“不好意思，请问这是柏林吗？”我赶紧问了问旁边拿着报纸的老人。

“哈哈，不，不，这是瑞典啊。”

我与堂兄相互对视了一眼，然后捧腹大笑。尽管我们没有去成柏林，但是瑞典也是很不错的选择。

我们一路从城区走到郊区。事实上，我们非常喜欢徒步爬山，这是一个非常愉悦的体验。这时我们突然看见两名十分年迈的老妇人在我们的前方，沿着与我们相同的方向，缓缓前行。

经过的时候，我们友善地向她们点了点头，但并未期待她们会用英语回应我们。突然，其中一个老妇人用英语问道：“你们这是要去哪儿？”

“Umm，其实我们就是四处走走，并没有特定的目的地。没想到您竟然会说英语。”我惊讶地说道。

“我年轻的时候曾在澳大利亚工作过，我们今天要去‘Cheese（奶酪）’。”我暗自想道，也许今天是星期天，她们要去市集买Cheese。

“你们要不要一起去？”两位老妇人十分和蔼友善地邀请道。

“可以的，当然，我们十分乐意。”想着有人带领我们去参观当地的市集，我们毫不犹豫地欣然前往。

走着走着，我们突然来到了教堂前。我忽然意识到，她们说的不是“Cheese”而是“Jesus（耶稣）”。

“你们是基督徒吗？”我问道。

“是的，我们是的。难道你不是吗？”老妇人略带惊讶地看着我们，并用老祖母似的口吻问道。

事实上，我与堂兄是不信宗教的，但是一看到两位老妇人期待的眼神，我实在不忍心说不，这会让我们十分内疚。于是我们跟随着她们走进了这间古老而又美丽的教堂，并与大家坐在一起祷告。我并不知道他们在说着什么，但是依然表现出一副十分虔诚的模样，因为对我们而言，这也是一次非常有意思的体验。

就在我们准备告别离去的时候，突然有位老爷爷对我们说道：“嗨，年轻人们，你们有什么事想要忏悔的吗？”

“Umm，其实……”气氛突然变得尴尬微妙起来。一阵沉寂后，老爷爷突然缓缓地说道：“那还是很多年以前，我想我吃过人肉，尽管那并不是我的错。那个味道至今还时常出现在我的睡梦中……”

遇见守林人

那时我还在林业局工作，所以时常出现在荒野丛林里。大多数时候我都是一个人工作——我是指在附近的一整片区域里，我是唯一的一个人，干些类似修修路径，砍砍杂草树木的活儿，当然也会做些防止水土流失、GIS之类的工作。短的时候我会独自工作两天左右，长的时候大概就是一个星期的样子。基本上，我是很少看见人的踪迹的，但是这对我来说完全没有任何问题，我也非常享受独自一人的时光。

正因为与外界联系不多，所以通常我只能通过收音机接收外界的信息，与此同时，如果我发生什么不幸，人们也很难及时找到我。因此，我时常会做些小标识，也不愿惹怒任何在丛林里遇见的人，因为一不小心，这可能就是你在世间的最后一眼。

横切锯和锹背单刃手斧是我时常带在身边的两件工具，当然还有一个铁铲，它们不仅是我工作时使用的工具，也是我保护自己的武器，因为有时你也会偶遇一些十分疯狂奇怪的人。

有一日，在清理完森林小径后，天色渐渐变晚。那时的森林静谧得如同一切都沉睡在死亡的恐惧中，时不时还可以听见一些令人毛骨悚然的动物嘶叫，粗壮参天的不知名植物，色泽鲜艳的无名昆虫，一切的一切看上去都是那么不同寻常。每当微风吹过，树叶都会发出簌簌的响声，冷冷的月光被密林打散，变得零零碎碎，透出一层含混的暗色光晕来。当我抵达露营地时已接近午夜时分，我赶紧准备好帐篷，清理行装，希望尽快进入睡眠中。通往我露营地的小路几乎被各种石块、树木、杂草堵塞了，外人很难从外面发现此处空地，我也不期待任何人会突然出现在这里。

“簌簌簌”，出现几声这样的声响后，夜色又归于宁静，好像什么也没有发生一样。但是就在我即将入眠之时，这个声音又突然响起。我连忙起身拿好铁锹，准备迎战这个不知道是什么的东西。是蛇？是狼？还是……诡异的夜色让我心里不由得涌起一股寒意。“嗨，嗨，嗨，是谁？”为了给自己壮壮胆，我于是大声喊起来。这时一个出人意料的声音响起。

“嗨，你迟到了。”一个低沉的男音突然响起。

相信我，独自一人在丛林里待了几天后，我真的没有期待过会有任何人类的声音响起。

“你好。”他边说着边走向我的露营地，仿佛我们相识许久一样，没有任何的不适感或是陌生感。

他一边嘀咕着些什么，一边自顾自地在离我不远处也搭建了一个帐篷。

“要不要吃点肉？”他突然十分友善地对我说道。

由于的确需要补给一些食物，我便没有拒绝，慢慢走向他的帐篷。

我们东拉西扯了些乱七八糟的东西，他慢慢拿出一些肉，并且放入煮锅里，不一会儿就扯了一大块在我的碗里。忘了告诉你，这名陌生男子还带了一条大黑狗，看起来十分凶狠的样子。那条大黑狗现在就用它那黑色的眼睛盯着我，一动不动，仿佛我就是它的盘中餐。

我吃了些，感觉怪怪的，“请问这是什么肉？”

他沉默了一会儿，然后用十分愤怒的语调回复我：“你管那么多干什么？给你吃就吃！”仿佛我说错了什么，冒犯了他一样。你知道的，我这么问并不是出于什么特别的原因，我只是想知道自己吃的是什么而已。

由于不想无礼，更是出于这阴森恐怖寒夜所散发的压迫感，我勉强吃了些。这肉非常难咀嚼，颜色看上去也有点恐怖，吃得越多，我想吐的感觉就越强烈。我试图多聊些其他的东西，慢慢转移他的注意力。

“味道怎样？要不要再多来点？”

“Umm，还行……你去了哪些地方？经常徒步旅行吗？”

“嗯嗯，是的。再多来一点儿吧。”还未等我回答，他便又切了一大块扔进我碗里：“是不是非常特别，十分美味？”

“Umm，呵呵，你在丛林里是否见过一些野生动物？有没有去过峰顶？还有你是……”

只见他埋着头，一声不吭，半点信息都没有透露。就这样过了好一会儿。他只是静静地坐在那里，吃着锅里的肉。

“实在不好意思，我非常困倦，先回帐篷休息了，再见。”由于实在无法忍受这诡异的氛围，于是我找借口想离开。

“吃完再走吧。”

我强忍着呕吐感咽下所有的肉，对他表示感谢后准备离开。

“你也可以多拿点儿，我还有很多肉，无法带上路。”说完后他还告诉我，他十分喜欢半夜徒步旅行，也十分了解周围的环境，可以带我上路。

我委婉拒绝后，迅速离开了他的露营点，回到帐篷。一整晚我都无法安稳入眠，手里一直握着横切锯以防被偷袭。

第二天清晨，当我打开帐篷时，发现他早已消失得无影无踪，找不到丝毫遗留的痕迹。就在这时，我看到了一堆头发以及一些血肉模糊的人骨。我的意思是，我不能100%肯定我吃的是人肉，但是这么多年后，我发现这是唯一合理的解释。

“后来我成了素食主义者。每当看见肉类，我就会想起当初的那个夜晚与第二天清晨的情景。”老爷爷补充道。

我们沉默了许久，不知该如何应答，于是与老爷爷挥手告别。

“假如有一天我们旅行时，迷失在深山老林，你会吃了我等待救援吗？哈哈。”堂兄突然冒出这样一句。

“……那么你呢？”

Part 11

星月王国，一部帝国的挽歌

这不是他的母国，却胜似母国
这不是他的家乡，却意蕴着更为浓烈的乡愁
记忆是回旋的舞
舞出一段星月回忆

伊斯坦布尔，辉煌与没落

伊内罕一家自画像

我叫伊内罕•瓦拉德•纳苏蒂安，来自“千岛之国”——印度尼西亚。我出生在一个极其平凡的印尼家族，有两个妹妹、一个弟弟，还有一位慈祥和蔼的母亲，而我的父亲早在多年前便安息在另一个世界。我是在Fatih Bilingual School就读的高中，那是一所土耳其语国际学校，在全世界各个国家都有校区，这也是我为什么来到土耳其念大学的原因。

不知不觉五年的时间就这样悄悄溜走，我经历了升学、毕业、实习、工作，见证了土耳其曾经的辉煌与如今的没落，也经受着土耳其大选 、游行、政变、暴乱以及恐怖袭击所带来的动荡。但是，我依然离不开它，这个让人又爱又恨，又欲哭无泪的国度。

记得帕慕克曾在《伊斯坦布尔：一座城市的记忆》这本传记一开头就提道："我出生的城市在她两千年的历史中从不曾如此贫穷、破败、孤立。她对我而言一直是个废墟之城，充满帝国斜阳的忧伤。我一生不是对抗这种忧伤，就是（跟每个伊斯坦布尔人一样）让她成为自己的忧伤。"确实如此，作为一个历史悠久的古都，伊城的辉煌与没落，富裕与贫穷，彩色与黑白无一不深入这座城的骨髓，浸透其血液。

初识伊斯坦布尔是在五年前的一个夏末秋初的午后，中老年人散坐在街边看报、下棋，抑或是悠闲地打土耳其式的麻将，有的依靠在树荫下，有的则散坐茶室外，桌上少不了一杯土耳其红茶或土耳其咖啡，有的则抽着大受土耳其人欢迎的水烟。关于水烟，初到之时倒也试过一次，味道还不差，而且各种口味任人挑选，可以满足不同顾客的需求。路边也时常会看到吆喝着的小贩，贩卖着当地的知名小吃。而一排排彩色房屋则与蓝色的大海、白色的海鸥、橘色的落日余晖相交映，让人仿佛置身于彩色糖果屋内，又似立于精美油画之外。

作为一个典型的伊斯兰国家的城市而言，当地人的生活也很带有宗教色彩，偶尔也会见到裹着头巾、身着黑衣的女士。全市的清真寺每天都会五次回响起穆斯林的音乐，伊斯兰教的信徒们便会在这个时候礼拜。这座城市是宗教与世俗、现代与历史

的完美结合，要说起伊斯坦布尔的美，大概只有阿姆斯特丹和布拉格可以与之相媲美吧！

作为三大帝国——罗马帝国、拜占庭帝国以及奥斯曼帝国首都的伊斯坦布尔，无疑是一个被上帝宠坏了的城市，同时跨越欧、亚两大洲，坐拥黑海和马尔马拉海，而举世闻名的博斯普鲁斯海峡及金角湾则横贯其中。俨然是一座充满色彩的城市；忽而亚洲，忽而欧洲，很容易让人产生一种时光与地域斑驳的交错感。无愧于世人给它的别名Vasileousa Polis（“众城市的女王”）。

那是初到伊城的第一个冬季，某日与朋友相约在伊斯坦布尔闲逛。伊城的冬天很是寒冷，有别于西伯利亚的干冷，伊斯坦布尔的冷是一种透入骨髓的湿冷。当时，阴雨连绵，天色阴暗，阴沉沉的天空笼罩了整个白昼与黄昏，让人分不清到底是黎明前，还是黄昏后。

不知不觉便走到伊城某片区域，具体叫什么名字已经没有什么印象了，只记得远远望去，可以看见Galata Tower（加拉太塔）。

有别于伊斯坦布尔南面布满众多景点的旧城区的喧嚣和北面汇集各种档次的商场、餐厅以及酒吧夜店的新城区的吵闹，此处仿佛是被上帝遗弃的孩童，抑或是伊斯坦布尔不愿揭开展露于世人面前的伤疤。

烟雨朦胧中，小巷更显忧伤与老态。灰褐色的青石路面被时光与脚印磨得锃亮，一座座沧桑的阁楼与房屋和一段段斑驳的围墙缀满青苔、涂鸦，每走数步便会遇见转角，而这些四通八达的小道则会将你带入不同的街道。不同的街道虽有不同的格调，却有同样的错乱与颓败。

是的，从第一眼开始我就知道了，它是一座贫民窟。

说到贫民窟，大家首先映入脑海的便是印度的贫民窟：位于垃圾之上，贫穷，饥饿，没有底线的恶劣卫生条件，脏乱的街道，散发恶臭的垃圾，坑坑洼洼的地面，唯一的秩序便是它的混乱无序。

有别于印度的贫民窟，此处更像是个没落的贵族，但却可以明显地感受到它所散发出的颓败与死亡气息：摇摇欲坠的房屋，废弃的百年清真寺，剥落染黑的古墙，相互缠绕的树枝，报纸糊上的窗户，被寒风吹得吱吱作响的木门，以及杂乱无章晾晒的衣物。而更为明显的是奔跑而过的赤脚孩子。

之前便提过，伊城的冬天是十分寒冷的，那是一种深入骨髓的湿冷，彼时穿上羽绒服的我仍觉得抵不住寒气的入侵，更何况衣衫褴褛，打着赤脚，或穿着木屐拖鞋在雨幕下奔跑的孩子。他们不断向路人们乞讨："一里拉，一里拉。"胆大的孩子会抓住路人的衣角跪下乞讨，腼腆的孩子则会远远看着你，待你拒绝后便转向其他行人。

而青石板路两侧则会时不时看到一双双可怜、无助的眼睛。有的是母亲带着婴儿蜷缩在门板下，已经掉落四分之三的木门其实是挡不住任何寒气的侵袭；有的则是白发苍苍的老人，颤抖地举起双手，边乞讨边说道：安拉保佑你。然而更多的还是五六岁的孩子奔跑于小巷，拿着讨来的零钱，开心地奔向回家的路。

贫民窟乞讨的孩子

这便是伊斯坦布尔的血色残阳——左手是博斯普鲁斯海峡充满生命、欢乐和幸福的吟唱：地铁、轮渡、公交汽车将神色匆忙的行人带入各种温柔乡；右手则是伊斯坦布尔贫民窟里绝望的呐喊：一双双赤脚奔跑挣扎于贫穷破败中。

我不知道该如何面对伊斯坦布尔带给我的视觉冲击以及感情碰撞，我想安拉无处不在，记录着人间的功过，自会保佑他的子民。

土耳其·“其”遇记

到过土耳其的人都应该知道，亚洲面孔在土耳其是大受欢迎的。走在街上，时常会有各种当地小孩跑过来向你打招呼，然后跟随着你小跑一路。会说英文的会兴奋地冲你喊：“Where are you from？”不懂的则会用土耳其语向你问：“日本人？”如果你摇摇头，他们便会继续问：“韩国人？”如果你依然摇头，他们便会再次呼喊：“中国人，中国人？”他们并不知道在亚洲还有一个国家叫作“印度尼西亚”，所以这些多多少少让我有些难过。

那时鸟叔的《江南Style》正红遍全球，所以每当有小孩看到我的时候都会唱起《江南Style》，跳骑马舞，因为他们误以为我是韩国人。当然也有不少人问我：“Bruce Lee（李小龙）？Jacky Chen（成龙）？”我都会非常无可奈何地摇摇头。但是对土耳其年轻一代影响最为深远的大概还是日本与韩国文化。日本的动漫深受土耳其人的喜欢，而韩剧更是感染了无数少女，每年不少土耳其姑娘都会举办类似“韩国日”的活动。

走在大街上，也时不时会有小贩给我递过来一些当地的甜品、零食，如果我摇头拒绝，他们便会很认真地对我说：“No money, no money！（不要钱，不要钱！）”大概是想告诉我不要钱的意思。起初我也不敢乱吃陌生人的东西，后来慢慢意识到这真的是土耳其的文化之一——好好招待来自异国他乡的客人，因此久而久之也便习惯，开始接受土耳其人递过来的食物。

有时买东西的时候恰巧没有零钱，店铺老板也会友善地说："没关系，没关系，有多少就给多少好了。"记得有一次我落了些东西在家，又不想拖着大包小包的行李往回赶，于是对旁边的陌生人说："能否帮我看一下？"对方毫不犹豫地答应，并且拍拍胸脯表示，你不用担心。等我两小时后回来，那人依然站在那儿等待我归来取回行李。你要知道，在很多国家里，人们为了避免惹麻烦，通常是不愿意这样做的，但是土耳其人对此从未有过丝毫犹豫。

当然，人生也不会总是一帆风顺的，偶尔也会遇见一些别的事。

记得那时我还比较年轻，并且韩国男团在亚洲风靡一时，因此我也迷恋上了他们的发型，开始留长发——当然我的意思不是指类似女生的那种长发，而是刚好到耳垂、脖颈的高度，加之亚洲人天生比较瘦小，面孔与欧美人差异较大，所以我时常被误认为是女生。有一天晚上十一点左右，我从校园走出，准备步行回家。那时我已搬离学生宿舍，与好友共同租赁一间公寓，步行大约要三十分钟的样子。

科贾埃利夜幕下的街道还是比较寂静的，平常店铺都在十点左右关门。因而在这时人们通常会分为两种，一种是宅在家里的，另一种则是泡在夜店里的，但不论哪种都不会游走在大街上。

我背着书包，拿着图纸，独自一人行走在空空的大街上，不一会儿有一位土耳其中年大叔开车从我身边经过，可是没走几步，大叔又折返回来对我说道："嗨，你好，你要去哪里？"

"××区××街，准备回家呢。"我微笑着回应对方。

"晚上一个人比较危险，我顺路，刚好载你一程，上来吧！"

"Umm，这个……这样太麻烦了，没事，我可以步行回家，真的非常感谢！"

"上来吧，上来吧，一个人太危险了，你不想早点回家吗？"土耳其大叔边说着，边打开车子前门。

想想推脱来推脱去也怪没意思的，加之土耳其人一贯过于热情，于是我也就却之不恭了："嗯嗯，那好吧，麻烦你了。"

一路上我们聊了些琐碎的话题，例如我来自哪里，多大了，学的什么专业，是否有兄弟姐妹等等。车也就这样一直开着开着，直到过了许久我才意识到什么地方不对劲儿。

"先生，先生，这条路我好像没见过，可能不是通往我家的路，您是不是走错了？"

"没有，没有，你就放心吧，走这条路也是可以的。我已经在这儿住了四十几年了，不会有问题的。"

想想也是，因此我也没过于计较。就这样又过了二十多分钟，我心里开始不安起来，周围也越来越偏僻，不像有人居住的样子。接下来发生的一切更是让我恐慌不已。

空旷无人的郊外，一个自己从未来过的地方，漆黑的车里只有我与土耳其大叔两人，这时土耳其大叔的手开始慢慢搭在我的手背上，并且慢慢移向我的大腿内侧。

"你是男生？"土耳其大叔略微惊讶地问道。

"是的，是的，我是男生，请不要碰我！"我愤怒地吼道。

"男生也没关系，男孩子我也喜欢。"土耳其大叔十分变态地说道，并且侧过身子企图亲吻我。

我赶忙躲闪，试图反击，但我的理智告诉我暴力解决对我一点儿好处也没有。我所有的亲人都在印度尼西亚，既没有来过这个地方，也不会开车，哪怕我被谋杀了，短时期内也不会有人知道。更何况，土耳其大叔明显比我强壮，我打败他的可能性几乎为零。

"先生，求求你不要这样，请把我送回我原本的地方，我的朋友们在家等我，如果我没有按时回家，他们会报警的！"

这时，我明显感觉到土耳其大叔开始有一丝的犹豫，但没过多久，他又变本加厉。

“嘿，先生，你听着，我是穆斯林，你也是穆斯林不是吗？你难道忘了我们的宗教信仰吗？你难道要违背安拉的箴言吗？”

沉默了好一会儿后，土耳其大叔慢慢将车开回到我们最初遇见的地方，并且让我下车。尽管当时内心的恐惧慢慢消散，愤怒的火焰不断上蹿，但我的理性还是战胜了各种负面情绪，告诫自己不要与对方打斗或过多纠缠。

就这样在夜晚的寒风中，我慢慢走回家，并将所有的一切告诉了同住的舍友们。一分钟的沉默后，大家哈哈大笑：“他以为你是女孩子吗？发现你是男生后他还没有停止？”

没想到两天后，周围几乎所有人都知道了这个故事，并且在此后长达三个月的时间里他们不停用它取乐，“伊内罕，伊内罕，你的大叔呢？”

也许正是因为朋友们的取乐，让我慢慢平复了所有的情绪，把它当成了人生中的一个笑点。这次经历也让我明白了“害人之心不可有，防人之心不可无”这句话在任何国家都说得通。

记忆是回旋的舞

这几年里，发生了无数的故事，经历了各种生离死别、爱恨交缠后，我也不再是那个初到土耳其的十几岁稚嫩黄毛小子了，所有的一切都让我蜕变得很快，也成长了许多，不论是身体上，还是精神上。而我的土耳其语水平也接近母语了，所以时常会有人误以为我是土耳其混血儿。

那是我在土耳其第四年的时候，我与最好的女性朋友Havva遇见了我们“三剑客”中的另一位——May。这是一位来自中国的姑娘，整天高呼着“整个儿土耳其对我怀抱着满满的恶意”，却在命运的牵引下一次又一次地回到这个令她又爱又恨的地方。她是讨厌土耳其人的，我相信；她同时也是深深爱恋着这片土地的，对此我也毫不怀疑。

伊内罕与May摄于公寓附近

记得那是一个冬天的晚上，大约在圣诞前夕。我与Havva赶着赴一个希腊朋友FoFo的约，FoFo也带上了她的新朋友，一位来自加拿大的姑娘——法比安娜，而法比安娜又约上了她的室友，也就是May，所以我们就这样相遇了。FoFo还是老样子，一开口就是“Fu*k，Fu*k”，这是一位十分漂亮的希腊姑娘，但性格异常火辣，有种让你觉得下一秒她就会跳上桌子嗨起来的感觉。

“你来自哪里？”也许是由于都是亚洲面孔的原因，因而我首先引起了她的注意。

“印度尼西亚。”我笑呵呵地回应道。

“谢天谢地，幸亏不是中国人！”她拍了拍我的肩膀笑道。

“那你呢，你是哪里来的？”我好奇地问道。

“中国，我是中国人。”她边说着边给了我一个“你竟然猜不出”的惊讶表情。

“什么？那你为什么刚刚说‘谢天谢地，幸亏不是中国人’，难道你讨厌中国人吗？”

“哦，不。我十分喜欢中国人，也非常热爱我的祖国，尽管我们的护照通行能力较弱，时常让我们有种世界二等公民的即视感，但是我依然深爱着我的国家。”

“那你为什么不愿意看到中国人？”

“Umm，因为我小半辈子都活在中国面孔的环境里，我需要新鲜的面孔，所以每当在国外的时候，我的新圈子里都不会有中国人，既是为了语言环境，也是为了更好地融入当地，呵呵。”

反正，我们就这样聊了起来，唱起了《樱桃小丸子》《叮当猫》《蜡笔小新》的主题曲。每当找到共同的童年记忆时，我们便会击掌，看得周围的欧美人目瞪口呆，不知所以然。事后，我们交换了联系方式，并且相约日后有时间再约。

“你的口袋里鼓鼓的是什么？”临走时，她突然问了一句。

“哦，这个吗？是苹果。你饿了吗？”

“不饿，但是我是不会拒绝任何礼物的。”说完，她就拿着我的苹果消失在人海中。

“呵呵，她真有意思，以后我们约她一起玩儿吧。”Havva笑着对我说道。

由于我是外国留学生，Havva又喜欢广结善缘，因此我们共同创办了一个外国人文化交流会，加入的既有留学生，也有不少在土耳其工作的人们。我们时常会举办不同国家的文化展，也时常约着一起烧烤、爬山、溜冰等等，大家就像一家人一样，会在遇到困难的时候互相倾力帮助。

“嗨，是伊内罕吗？我是May，请问你明天有时间吗？”没想到第二天便收到了来自May的Facebook私信。很久以后她告诉我，虽然互相交换了联系方式，但是她从来没有真的觉得我们会再次见面，如果不是因为这件意外的小插曲。

“我明天有课，有什么事吗？”我回复道。

“我感觉嗓子特别疼，想去医院，需要有人翻译。”

“我明天中午有一小时的午休，可以带你去药店看看。”由于May的公寓在市中心，离我的校区又仅仅只有五分钟的路程，因此我毫不犹豫地说道。

在此后的日子里，May又不断生病，时常嗓子疼痛难忍，高烧，扁桃体发炎，严重的时候连水都难以下咽，算下来两个月的时间里她竟去了五次医院，人也渐渐变得有些一蹶不振，不想参加任何活动。

“我简直在用生命给土耳其政府贡献GDP。”May时常愤愤不平地抱怨，并将所有的一切归于超负荷的劳动，“你们知道吗？我平均每天要上12节课，多的时候一天竟然有14节课！难道土耳其人都是这样工作的吗？”

这样持续的不满直到不久后的一个周五里得到彻底爆发。“你们知道吗，我认识的一个意大利姑娘每天只用工作三小时，却和我拿同样的工资！法比安娜每天也只有4节课，而我却平均每天12节课，周六还要工作！这是明摆着的民族歧视，我是绝对不会接受的！”

满怀着愤怒、不满情绪的May就这样冲进了她的老板，也就是学校校长Kran先生的办公室。

“你好，Kran先生，我需要跟你谈谈有关工作量与课表的问题。”

“你有什么问题？”Kran先生面无表情地说道。

“平均每天12节课的工作强度太大，我希望可以得到相应的调整。”

“这里所有的老师工作都很辛苦，况且你是中国人不是吗？中国人不是最擅长高负荷地工作的吗？”

听到这句话的May突然情绪大爆发：“中国人工作非常努力，非常辛苦，但并不意味着你们就可以这样奴役我们！两个月的高负荷工作导致我生病去了医院五次！”

“可是学校给你买了医疗保险不是吗？你可以拿着保险去医院。”Kran先生依然面无表情地说道。

“听着，Kran先生，我需要的不是保险，而是我不想生病，不想去医院，我需要生活！”

“这件事儿没有商量的余地，你还是好好继续工作吧。”Kran先生拿出大老板一贯的口吻说道。

“好，既然这样，那么Kran先生，我只给你三个选择：第一个选择，给我重新调整课表，严格按照合同的规定来，每周工作时长不超过四十小时。第二个选择，如果您非要让我超时工作，那么我超时工作的工资必须是正常工作工资的5倍。第三个选择，如果您不接受，那么我只好辞职，去新的学校。除此之外，我周末是坚决不工作的。”怒不可遏的May丢下这段话便离开了学校。

事实证明，适当地反抗与恰当地维护自己的正当权益是有用的，不久后学校校长便调整了May的工作时长与工作强度，May最终捍卫了自己的正当权益。其实尽管土耳其人的工作效率极其低下，但大多数人的工作都是十分辛苦的，很多时候每周也仅仅只有一天的休息时间而已。

说起土耳其人的工作效率与思维，这可能是May最为不满的地方。有一次May的朋友从波兰邮寄一个包裹给她，她从网上找到包裹的托运信息，大概第二天便可以抵达她公寓的样子。考虑到土耳其快递与中国快递的巨大差异，于是她提前致电给快递公司：“喂，您好，刚刚看了快递信息，我的包裹明天便可寄送到我家。但是我明天

需要工作，所以我可以现在直接去市中心的分部拿取吗？”

“不好意思，您的包裹目前还在伊斯坦布尔，可能后天才会抵达。”快递公司的工作人员回复道。

“可是我在电脑上查询的结果是明天下午就可以抵达。”

“那我就不知道了，我所查询到的是后天抵达。”

“好的，那谢谢。我这两天工作不在家，你们派送之前可以先给我一个电话，我好提前准备。”May之所以会这样问是因为土耳其的快递与其他国家的快递略微不同，他们不会在派件的时候给你电话，如果你恰巧不在家，他们便会将包裹撤回。当然如果幸运的话你偶尔也会收到一张小纸条，告诉你提取的地方，不幸的话，则会耽误你很多的事儿。

第三天下午的时候，May依然没有收到任何与包裹有关的信息，于是再次拨打快递的咨询电话：“您好，之前您说我的快递应该今天会抵达，可是我并没有收到任何的相关信息，麻烦您帮我再次查询一下可以吗？我的单号是××××。”

“是从波兰寄过来的吗？您的包裹昨天便抵达了，因为没有人在家，所以便撤回到波兰了，现在包裹在伊斯坦布尔机场。”

“……”挂断电话后的May怒火中烧。“我之前已经告诉过他们，我的快递昨天便会抵达，可他们偏说是今天，这也就罢了，关键是他们派送的时候竟然连电话都不打，等待不到一天便将包裹撤回到始发地。我很诧异土耳其的邮寄公司依然能够运作，要是放在中国，这样的工作效率与思维早就让公司破产了。”

类似这样的故事还有很多，这也就是为什么我在前面说：“她是讨厌土耳其人的，我相信同时她也是深深爱恋着这片土地的，对此我也毫不怀疑。”

记得送她去机场的那天，她对我们说道：“这些年来，我无数次地告别，再见，一次又一次。我以为这次我会从容面对，可是我没有。”

May离开后，我们的日子也都渐渐忙碌起来，除了毕业升学相关事宜，更重要的是为了支付来年研究生的费用，我又申请了一份新的实习，每天周转在公寓、学校、公司的三点一线之间。Havva也一样，除了工作还要忙于安排其他各种活动。直到今

年7月，土耳其政变，让我们的生活动荡起来。

记得五年前初到土耳其的时候，土耳其还是个相当富足的国家，每年都有无数的游客从四面八方赶来，美元兑里拉（土耳其货币）曾是1∶2的汇率，而如今里拉不断贬值，汇率竟到了1∶3的地步，虽不至民不聊生，但人民的生活质量与境况确实大不如前。新闻里时常播报安卡拉、伊斯坦布尔的爆炸活动，街上也时不时可以看见大规模的游行运动。不过虽然看似危险，其实也还好，尤其是靠近欧洲的这片区域里，每日依旧车水马龙，歌舞升平，仿佛这一切的一切与他们都无关似的。

然而7月15日晚上十点多的枪声彻底将这片国土震醒，也震动了每一个在土耳其的人。土耳其军方发动了军事政变。我听到了来自四面八方的枪声和飞机飞过的嗡鸣声，领事馆与留学生中心也发来短信邮件，警告我们不要外出。天上密密麻麻的直升机进行着扫射，听说是为了袭击占领警察局，透过窗户我发现原本热闹的街道此时竟连一个人都没有。这一切的一切都让我感到不安，不知道未来在哪里。

此时，坐在夜幕下的我突然想起帕慕克的一句话："渐暗的街道，甘苦与共，无论发生什么事，我随时都能漫步在博斯普鲁斯海峡沿岸。"我不禁苦笑，是的，除此之外，我们又能干什么呢？只能说，土耳其，愿你安好。

Part 12

来自“赤道国”，我的回忆里

彼时来自拉美农村的她，自卑、腼腆
如今游走在花花世界的她，冷艳、高贵
如梭的岁月，无数的破茧成蝶
酿出一段属于她的小时光

所有一切都是从这里开始的

记得那还是很多年前的时候，至于具体多久我也记不起来了，只记得高中生涯慢慢走向终点，我也即将迈入人生的新阶段。在大学里，我应该选择一个怎样的专业？我未来的职业规划又是什么？这所有一切的一切都让我茫然不知所措，于是我毫不犹豫地跑向我的母亲，向她寻求帮助。然而她一如既往地什么也没做。在我这短暂的小半辈子里，我不记得我的母亲曾为我做过任何重大的决定，每次她都只会用一句谚语作为借口："亲爱的，这是你的人生，你的人生应该由你自己做主。"这或多或少让我有些失望。

事实上，我并不是要求她为我解决所有的困惑或者难题，我只是希望她能在必要的时候给我提供一些指导或者建议，毕竟她是我在这个世界上最为亲近的人。当然，我也能理解她的处境，也许她并不想为日后的错误决策承担任何责任或者风险。但不管怎样，如今的我却非常感激她，感激她让我为自己的人生做主，让我自由地决定人生中该迈出多少步，以及每一步的方向。尽管有时我也会走些弯路，但这才是我们的人生不是吗？我们自己才是人生这场旅行的创造者与终结者。然而有一天，她突然下意识地给了我一个暗示：她告诉我，在我很小的时候，我希望有朝一日可以成为一名空姐。

当大学入学的这一天来临的时候，我离开了家，开始了新的生活。直到现在，每当我闭起双眼时，依然可以回忆起那时独自一人前往一座大城市时的复杂心情。在过往的岁月里，每次我都是同我的父母一起旅行的，例如拜见我那住在瓜亚基尔的叔父以及他们一家等等，这座城市像接待所有的外来村民那样接待了我。

初上大学时的我还未成年——因为在厄瓜多尔只有当你年满十八周岁的时候才算成年，那时的我仅仅才十七岁四个月大而已，但是已经获得离开父母，开始新生活的机会。也许你会觉得，我可能同大多数青少年一样，因为脱离父母的掌控而沾沾自喜。事实上，我并不是这样的，因为过了十五岁以后，我的父母就很少约束我了，他们选择让我自由发展。就像我母亲的另一句口头禅："我已经告诉过你生活中的各种道理与对错了，现在你要做的就是积累足够的才华去判断孰是孰非。"尽管如此，这种初尝独立的感觉依然让我兴奋不已，就像嘴里含了蜜糖一样，甜滋滋的。

对了，有一次我的同学问我：“Diana，你是不是从农场里来的？”我不禁放声大笑并且告诉他：“对啊，对啊，在我们那儿所有的人都是在河边洗衣服的。”像我们镇上的某些妇女一样，我希望饱含同情心并且富有批判精神地活着，因为这是成为一个优质女人必不可少的品质。

与我上大学所待的新城市相比，我的家乡是一个小得不能再小的地方。这座新城市很大程度上被基多同化了。基多是厄瓜多尔的首都，一个比较国际性的大都市，这里人口密集，每年都有大量的游客来来往往，十分热闹，而我的新城市则是与首都紧密相连的。当时的人们纷纷涌向大城市不仅仅是因为大城市可以提供更多的就业机会，更重要的是当时的社会存在着这样的一种思潮：如果你离开家乡，去更大的城市学习，意味着你有更好的经济条件。这也就意味着，你有更高的社会地位。

对我而言，这不仅仅是逃离原本熟悉的家乡去追寻自己的梦想，这更是一个开阔眼界、结识来自世界各地陌生人的机会，随便一个街角都可发现很多有趣的人与有意思的事儿。

从我的公寓到学校大概有一个半小时的路程，在这段路程里我每天都会发现各种未知的奇妙故事。出于对我安全的考虑，父母在这座城市的最北面为我租赁了一间小公寓，在距离机场与车站不远的一片区域。倒不是说这片区域有多么气派高档，但是与南部那些廉价的居民区相比，它相对安全得多。

我有过这样的一个未经验证的假设：就安全性而言，外地人肯定比本地人更为忐忑不安。在我去上学的巴士上，每天都有这样的一群人，他们三五成群说着些不入流的话，钱也不给就直接跳上公交。他们在巴士上来来往往，说些类似恐吓的话，例如“我失业啦，刚刚从监狱里放出来，希望在这儿讨些生活”，当然还有一些其他的，令我们心惊胆战并带有威胁性质的话。话刚说完，他们便即兴表演起了帕西约舞曲——这是一种传统的厄瓜多尔民族乐，他们边唱着边从乘客手里讨要些零钱，而我们出于害怕也不得不给。好在当我离开这座城市的时候，城市的综合交通体系也有了极大的改善，安全系数更高，也可以更快地将人们带往他们想去的目的地。

毫无疑问，瓜亚基尔在20世纪所发生的改变是令所有厄瓜多尔人民骄傲的，而我恰好是那些见证了它从20世纪90年代到21世纪蜕变的人们之一。记得当我还是一个小孩子的时候，我的父母并不愿意去这座城市。为什么？当时的瓜亚基尔基础设施十分糟糕，四处堆成山的垃圾影响了人们对美好的所有向往，然而现在它却成了厄瓜多尔发展最好的城市之一。其中变化最为显著的便是Malecon 2000。也许你并不了解这个地方，但是你知道玻利瓦尔与圣马丁吗？这两个南美历史上最为重要的自由意志主义者便是在这儿进行了具有伟大历史意义的会晤。

对那些像我这样既没有钱，也无法去其他地方旅行的穷学生们而言，Malecon 2000成了我们最喜欢的地方之一。我时常与朋友们去那儿闲逛，尤其是在那些适合晒日光浴的季节里，周末与朋友结伴去海边晒日光浴已成为我的必定行程之一，将皮肤晒成健康的小麦肤色是当时所有姑娘梦寐以求的事儿。除此之外，还有一个绝妙的地方，那就是圣安娜山脉。这里不仅夜生活丰富，日生活也十分多彩。过去在这里居住的穷苦人们将他们的房屋改建成了酒吧，所以闲来无事的时候在这儿听听音乐、喝喝鸡尾酒也是非常不错的选择。

由于还有许多工作要做，我那埋藏在心底的追寻印第安纳•琼斯的梦想只能暂搁在一边了。在我的印象里，为了在学业上赶超同学们，尤其是在英语科目上，我花费了巨大的时间与精力。除此之外，还有令我头疼不已的法语，尤其是“r”的发音，我曾向我的老师抱怨过那么几次，我想对中国学生而言，想要发出这个音可能更为艰难。记得那还是在第一个学期的时候，花费了好几个月的时间我才掌握了法语的发音，慢慢地造出了自己的第一个句子。尽管我在法语学习上缺少天分，但最终还是唱出了*La vie en rose*（《玫瑰人生》），并且懂得了Edith Piaf所有歌曲的歌词大意。

初出国门，从飞行梦到飞行

事实上，我学习英语的故事与学习法语的过程大为不同，不知道为什么，与其他同学相比，即使在付出很大的代价后，我依然很难达到他们的英语水平，这让我十分地失落与自卑，甚至有些惶恐，因为在课程中期的时候，我所有主修课的科目都将用英文进行。由于我担心语言上的不足会影响我课程的进度以及我对概念的理解，因此我开始寻求各种出国交换的项目或者机遇。

在我课业中期的时候，通过打工度假项目去美国的做法在学生们中大为盛行，当然不仅仅是为了练习英语，提升语言技能，更重要的是我们还可以赚些钱——要知道美国的工资可比厄瓜多尔高出许多倍。对我而言，这更是一个出国看世界的绝佳机会，不仅可以存钱，还可以练习英语，这对我完成学业十分重要。

申请准备的过程并不是那么容易，当然也耗费了我不少的时间，但是不管怎么说，我最终还是拿到了我心心念念的美国签证。接下来的时间里，我只需要打点好一切行装，十天后，我将会飞向我的梦想地，也就是我最终的目的地斯阔谷，而我所有的情绪只能用一个词语描述——“Yay”，兴奋之情溢于言表，尽管我对那个地方一无所知，只知道它在美国。

在各种期盼中，这一天终于来临了，我挎上我的背包，推着我的行李来到了机场。与往常充满各种乡愁情绪的厄瓜多尔机场告别仪式不同，我的告别显得简单容易得多。在厄瓜多流传着这样的一个传统，据闻那是来源于20世纪90年代的大移民活动。

20世纪90年代的时候，由于社会大动荡与政府危机，很多人选择移民到西班牙或者意大利。这时整个家族的人，甚至连远房亲戚都会赶来机场，举办一场类似生离死别的告别仪式，难过的泪水四处挥洒，痛苦的嘶喊声回荡在机场，他们呼喊着，期盼着亲人的再次回归。

然而我的离开并没有那般难舍难分，甚至可以说是十分放松与愉悦的，因为几乎所有的人都知道，几个月后我便会再次回归。毫无疑问，我的母亲多多少少还是有些担忧的，因为她担心我无法把控好自己的糖分获取量导致低血糖晕倒。记得在我小的时候，我曾数次由于这个原因导致在高纬度地区昏厥。带着父母亲与哥哥Dario的亲吻与美好的祝愿，我前往了候机室。再见，厄瓜多尔。

我四处打量并且寻找着拿取登机牌的窗口，一旦发现便立刻站到队伍中。站在我前面的是一位十分漂亮的金发妇女，大概三十多岁的样子，如果非要精确点来说，可能介于三十八岁到四十二三岁之间。我向她咨询着一切有关海关安检的程序，并且告诉她这是我第一次搭乘飞机，希望尽量避免那些因为常识性错误而带来的不便。详谈之间得知，同我一样，她也是从瓜亚基尔飞往纽约，并且早已拿到美国绿卡，这使得她在美国的身份合法化。

从她姣好的面容与渊博的学识来看，她应该出身于厄瓜多尔的上流社会。我所说的她出身于上流社会并不是指她多么有钱富裕，而是我可以十分肯定她曾在精英学院接受过良好的教育。

我并没有刻意伪装成一个腼腆害羞的姑娘，我也从来不是这样的性格，但是我依然选择让埃琳娜为我挑选食物，因为她经常乘坐飞机，知道哪种食物更加美味可口。

最终，我们选择了混合着香草的鱼以及土豆泥，并且要了一杯极好的白葡萄酒。有可能真的应验了那句话，怎样的价格对应怎样的服务。对头等舱的服务我们实在无法挑剔更多：一个极大的可躺坐座椅，十分舒适，并且有足够的空间让我们伸展身体；旁边放着几杯酒供我们挑选。于是我与埃琳娜一边喝着酒，一边闲谈着，直到后来我们困倦不已，决定在飞机降落前小憩一会儿。

像往常一样，安静下来的时候，我做了一些冥想活动。我感谢上帝的安排，与我那从未迈出国门的父母相比，我是何其幸运；我感激能拥有如此体贴的父母，穷尽一生支持我，让我发挥自己所有潜能；我甚至还花费了一分钟畅想我即将抵达的那片土地，那一定是一个井井有条的社会：干干净净的街道，没有堆放任何垃圾；不会有小偷拿着枪指着你的脑袋，让你把钱交出来；也不会有贫穷饥饿。就在这样的幻想中，我渐渐进入梦乡，直到两小时后，空姐将我们从睡梦中唤醒，并让我们填写入境单。

甲之砒霜，乙之蜜糖

中国有句古语：甲之砒霜，乙之蜜糖。

在飞机着陆前的十分钟里，埃琳娜变得十分恐慌，并且一直拉着我的手祷告，也许真的是她的祷告起了作用，我们十分安全平稳地着陆了。我想我的朋友们大概也会为这次奇妙的体验惊诧不已。生活有时就是这个样子，有些你十分热爱的东西，别人却是万分恐惧的，这让当时的我有些费解。但不管怎么说，在我二十几年的生命里，我从来没有在飞行过程中碰到劫机或者大的危险事件，因此我也无法理解为什么埃琳娜会如此惧怕坐飞机。

让我们再次回到2006年，当时的通信工具还不是非常普及，智能手机革命还未来临，电话是与人保持联系的唯一通信工具。走出海关安检后，埃琳娜拨打了我的阿姨米安的电话，米安与她的朋友正在不远处等我。

记得在我的印象里，我首先看到的是一个身材健硕、长相俊朗的男子，他站在肯尼迪机场的出口，微笑着朝我的方向走来，我看着他离我越来越近，并且突然招起手来，“嗨，亲爱的。”我回头看了看，原来他是向我背后的男子打招呼。尽管如此，我还是十分开心的，把这当作纽约对我的友好欢迎。

看着纽约来来往往、衣着整齐、身材健硕，并且拥有优越职业的人们，我突然有些不知所措，因为对当时的我而言，这在厄瓜多尔并不常见，这也就是我对纽约的初印象。

一看到我的身影，米安便迅速向我走来，接过我手上的行李，把它交给了她的朋友，然后放进车子后备厢。我们站在那儿等候了埃琳娜几分钟，希望表达我的谢意，然而在机场的时间是十分有限的，除了一句“谢谢，再见”，我并没有太多的机会去向她表达我的感激之情。我希望告诉她，在我人生第一次出国的旅途中，没有比她更好的伙伴了。

我的阿姨与她的朋友卡洛斯在看到我后是十分兴奋的，因为他们知道这并不容易。在那时，拿到美国的签证来到北美就如同完成一项巨大的挑战般，有些人甚至用

“成功”二字去形容。

我们离开机场，前往布鲁克林法拉盛大道时正是3月初的一个星期四，大约晚上九点。尽管当时的我疲惫不已，但是依然忍不住去与卡洛斯交谈，并且感激他在大晚上的前来接机。我们聊了些闲话，类似我的表兄（米安的儿子）境况如何，现在在做些什么。卡洛斯也忍不住打趣道，尽管我的表兄同我一样的年纪，但我的阿姨依然每天将他挂在嘴边。

突然间，他十分认真地告诉我，他非常珍惜与我阿姨之间的深厚友情，尤其是当你在一个新的陌生国度生活的时候，朋友就像是你的家人、你的兄弟姐妹。直到很多年后，当我离开家乡，生活在异国他乡的时候，我才突然意识到这句话的重要意义。

当我们快要抵达米安公寓的时候，我突然发现有些人穿着同样的黑色西服，正沿着街道走着，仿佛他们在同一家公司工作似的，而那套黑色的西服看起来就如同他们的工作制服。

“那些人是谁？”我好奇地问道。

“噢，他们吗？他们是犹太人。”阿姨回复道。

“啊，是的，每个周六你都会看见他们穿着同样的衣服，手里拿着一块蛋糕走在路上。”卡洛斯接着补充道。话音刚落，他们便开始哈哈大笑，关于犹太人的话题就这样结束了，然而我依然忍不住透过窗户看向窗外。

与米安阿姨住在一起的是另一位叫作胡安娜的厄瓜多尔妇女，以及她的儿子马尔科。在厄瓜多尔，当人们在你的名字后面加上“ito”或者“ita”的时候就表示他们喜爱你，至于具体加哪个后缀就要根据你的性别来定了。胡安娜像所有的厄瓜多尔人民那样热情友好地招待了我，并且对我说道：“就把这儿当成你自己的家。”

在米安阿姨的帮助下，我打开了行李，并且拿出一些从家乡带来的甜点给她，同时也给了胡安娜一些。胡安娜告诉了我一些当初她移民美国的故事，然而令我十分惊讶的是，尽管她到美国十年了，却依然不会说英语。因为在我的既定思维里，如果你来到一个新的国家生活，那么应该就可以很快地掌握当地的语言，这是毋庸置疑的。

这时，我突然想起我的父亲曾对我说过的一句话“Whatever causes you surprise,

can be your condemnation”，大概意思就是说，我们最好不要对别人的生活妄加批判断言，因为有一天你也会处于相同的境地。直到现在，当我在中国生活了好多年，却依然无法流利地用当地的语言交流沟通时，我突然理解了为什么胡安娜不会讲英文。米安阿姨礼貌地中断了我们之间的对话，并且告诉我由于第二天需要工作，她现在必须早点休息。

第二天清早，当阿姨离开公寓的时候，我也离开了家，希望好好欣赏这个世界的金融中心。再一次，我看到了那些犹太人，他们依旧身着黑色的衣服游走在社区的街道上，我开始偷偷跟着他们，倒不是因为其他的原因，只是由于好奇心的驱使。

突然间，我发现走在我前面的那名犹太人，无论是服装、姿势还是步伐都与我五分钟之前跟随的那名犹太人一模一样，这让我觉得古怪，并且匪夷所思。是的，福尔摩斯情结又开始在我心中作祟了，就这样跟着跟着，我迷路了，也不知道自己身处何处。

于是我开始将自己代入到那些旧电影的情节中，例如《辛德勒名单》。倒不是因为电影中凄惨悲凉的画面，而是在我的世界里，几乎没有人穿得那么传统、老派过。

正如你所知道的，我的家乡处于赤道地带，因此天气十分地炎热，人们通常穿得十分清凉、简便。我成长于一个穿衣打扮十分自由的国度，只要你觉得舒适就可以，即使有时看起来像是非常暴露淫秽，所以当我抵达纽约的时候，仿佛是进入了一个全新的世界，这是我从来没有见过的。不论你是年迈的妇人，还是青春靓丽的少女，大家都身着及膝的短裙，看起来相似，却各有各的韵味。

在观察了这些犹太人大约一小时后，我决定去探寻那些我原本打算探寻的东西：也就是当年那群犹太人，为了逃离纳粹党屠杀，来到美国所追寻的东西——多元文化的大熔炉，热闹的街道，精美的商铺，俊朗的少年与美丽的少女，当然还有众所周知的好莱坞电影，这些都让我兴奋不已。

乘坐地铁在曼哈顿是非常普遍的，几乎所有的纽约客每天都会在各个地铁站进进出出，今天的我早已对此习以为常，但突然意识到，我第一次搭乘地铁的时候，已经二十二岁了。

出发前，米安阿姨给了我许多的建议，例如不要盯着陌生人的眼睛看，也不要露出大惊小怪的表情，她十分明确地告诉我：“这里是纽约，没有人会真正关心你是否穿着睡衣在大街小巷乱逛。”事实是，在纽约的时候我从来没有见过任何人穿着Hello Kitty的短裤走在大街上；相反的，在中国，我时常看见各种人穿着睡衣就跑出来取快递。

纽约的地铁并没有我想象的那般精致、花哨，但是十分真实、鲜活。尽管某些车站杂乱不堪，但是各色各样的街头艺人表演会让你觉得所有的一切都是美好难忘的。

曼哈顿同我想象中的一模一样，其实曼哈顿就是纽约——我梦想中的国际化，多民族化，文明进步性都在这里可以找到。这里充满生机与嘈杂，你既可以在中央公园看见平和安详的居民，也可以在麦迪逊大道看见行色匆匆的过客。

在某一瞬间，我觉得自己仿佛化身为《欲望都市》里的Carrie Bradshaw，自由、时尚。我开始漫无目的地走着，虽然我不是一个购物狂，但是第五大道上的各种奢侈品依然成功地抓住了我的眼球。当然现实是，我的预算并不允许我购买这些东西。街上的纽约姑娘们涂着好闻的香水，提着轻便的购物袋从我身旁优雅地走过，我喜欢趴在栏杆上眺望她们时候的那种感觉。在那个时候，我还没有找到属于自己的香水，否则我一定模仿着她们的姿势，同样优雅地走过。

彼时的我与现在的我是极为不同的，那时的我还不够世故与富有经验，所以不能理解博物馆的独特魅力，仅仅只是看看那些可以吸引我目光的东西，当然我也会偶遇一些好莱坞明星在洛克菲勒中心附近拍摄电影——这就是大城市的魅力。

属于纽约的美国梦

事实上，关于我独自一人游玩的记忆已经很模糊了，只记得米安阿姨下班后带我去了一些比较有名的景点。我们首先去的便是时代广场，这是一个众所周知的地方，闪着荧光的巨大可口可乐广告牌在半空中滚动着，给我们带来一种错觉，仿佛置身于百老汇中，正在拍摄着史蒂文•斯皮尔伯格的电影。就连普普通通的我们走在大街上，都会带上一种明星光环。

一些胆大的街头艺人会向来来往往的旁观者们展示他们独特的表演，希望借此赚些零钱。当然不仅仅是纽约，几乎在世界各地，你都可以看见类似的场景。只不过与其他城市相比，在纽约干这一行的最大好处便是，你永远都不用担心缺少观众，因为

纽约是座不夜之城。

也就是在这里，我们遇见了裸体牛仔表演秀。正如你想象中的一样，一名身材十分健硕、仅仅身着内裤的男子头戴他那独具特色的帽子，身着具有西部风情的长靴站在那儿唱着西部民谣。不一会儿，他便吸引了所有人的目光，游客们纷纷涌向他，希望同他合照留念。

我们紧接着去了一些比较有名的美国百货公司，例如玩具反斗城、维多利亚的秘密、梅西百货等等，然而有趣的是我们所有买的东西都是从中国人那儿购得的。是的，这并不是一个笑话，米安阿姨最喜欢的购物区便是唐人街。

米安阿姨是我母亲的妹妹，在经济危机时期跟随着同伴们来到纽约，并且承担起供养家庭的重担。这些年来，每当我们家遭遇经济危机时，米安阿姨都会不遗余力地帮助我们。每当灾难降临时，她都是第一个站出来帮助大家的，例如她独自一人承担了祖父母所有的治疗费用，现实生活中，很少有人能做到像她一样无私的。我想，正是因为她无私与积极乐观的人生态度帮助她渡过了人生中的艰难困苦，并且努力追寻一切可以把握的机遇。

在我们的国家里，很多人都为国外名牌而疯狂，甚至到了趋之若鹜的地步。年轻的姑娘们希望看起来时髦、俏皮，但是对她们而言，购买类似香奈儿那样的国际大品牌基本是不可能的。但是中国人却可以生产出十分精美的包包，它们看起来与那些富人所使用的知名品牌别无二致，但价格却是千差万别。

米安阿姨将我带到了她平日里最喜欢的购物商场，它看起来同广州（中国南方的一座城市）的跳蚤市场一模一样。一走出唐人街的地铁站，你便会看见许多平日里被我们误以为是中国人的亚洲面孔，整个唐人街看起来就像一个迷你的上海，我甚至还看到了中国银行支行，大概是用于中美两国之间的汇款。

记得那时天还早，大约晚上七点半的样子，米安阿姨告诉我，我们必须早点赶到唐人街，只有这样才可以抢到好货。我们一边走着，一边看着周围人的生活百态。对那些无业游民而言，贩卖二手衣物的最好去处莫过于街角了。每当有类似城管的人来检查的时候，那些小贩便会迅速化身密探，一瞬间将所有的商品装入蛇皮袋中，然后泰然自若地装作什么也不知道的样子，从而避免被搜查。

就像这样，你时不时便会看见卖假货的人走向你，并且向你兜售些什么，与新德里或者上海的跳蚤市场别无二致。其实，在我的印象里，由于美国制度十分严格，应该是不会有这种大规模贩卖假货的活动的。例如，在我抵达美国前夕，他们甚至警告我，就连盗版的CD都是不被允许携带的。

接着，米安阿姨将我带到她工作的店铺。这是一家由中国人经营的店铺，平日里贩卖些珠宝首饰之类的东西。当然，我并不是指那些十分名贵的珠宝或者钻石，而是指那些廉价的手链、毛衣链之类的配饰，在南美，通过贩卖这些东西可以赚取不少的利润。

我想，对那些在美国的拉美人而言，最大的吸引力莫过于购物了，同样的东西，在美国的价格竟只是本国的二分之一而已。后来，我还收到了米安阿姨的朋友所送过来的纪念品。我喜欢购物，但也仅仅只是在我有钱的时候；没钱的时候，我宁愿只是四处走走看看。

人们往往为了追寻更多的机遇，更加美好的未来而背井离乡。然而事实上，不论他们走到哪里，都是与母国的文化传统紧密相连的，这就形成了犹太区、唐人街、拉美村等等。

夏日里的罗斯福地铁站就如同10月9日的瓜亚基尔一样，许许多多说着西班牙语的人都会聚集在那里。由于口音的不同，很多人都会误以为我们是说着不同语种的人。事实上，很多的拉美人都已在美国建立起他们的贸易圈、酒吧、汇款办事处、餐厅、移民服务中心等等。

在去秘鲁餐厅会见朋友的路上，我与阿姨先去了一趟厄瓜多尔办事处汇款，这是一种类似于西联汇款的机构。进入秘鲁餐厅后，吧台上的一种饮料Inka cola立刻引起了我的注意，这是一种金黄色的软性饮品，喝起来有点口香糖的味道。记得在我年幼的时候，这种饮料曾大为盛行，只是随着越来越多新款饮料打入市场，它逐渐退出历史舞台。因此当我在皇后区看到这种在厄瓜多尔都买不到的厄瓜多尔饮料时，我十分地惊讶。

与斯阔谷有关的一切

被挑选到斯阔谷工作的大概有三个人的样子，值得一提的是我从纽约飞往斯阔谷的时间居然同我从瓜亚基尔飞往纽约的时间一样长，好在飞机并未晚点，晚上八点一刻的时候我准点抵达。也就是在那里，我遇见了丹尼尔。他在里诺（美国著名的“离婚城市”）一个比较小的机场等待着我，面带微笑，情感丰富——他还是那个老样子，张开双臂，跳上来就抱住我：“上帝，我们在美国！”

其实作为拉美人，我们从来都不会用“America”（这个单词其中一个意思是美洲）去称呼美国，而是用United States。为什么？因为我们认为这是一种错误的表达方式，我并不是在这里想将我的故事变成历史课，而是我不得不在这里解释下。在南北美洲被巴拿马运河分离前，这里只有一个大陆，那就是美洲大陆，这是为了纪念一位意大利探险家而命名的，尽管他根本就没有到过美洲。因此，在我的章节里，你并不会发现我把美国称作“America”。

我们抵达了办公室，并且被告知我们工作的地点在山上一个滑雪胜地的餐厅，他们将为我们提供住宿，但是在此之前我们必须先去移民局办理社保许可，否则十五天的工作后，我们是无法拿到第一份工资的。

记得那还是我们去申请社保许可证的时候，我们从度假村出发去最近的站点搭车前往里诺，不幸的是由于位置过于偏僻，这里的交通不是特别发达，班车要晚一点才会出发。为了能够早点申请工作许可并且按时回到度假村，我们选择搭顺风车的方式。等了几分钟后，一名开着红色敞篷车的俊朗青年停了下来并且同意搭载我们。

普里西拉还是老样子，直接坐到了副驾驶位置，然后开始同这名男子攀谈起来。这也就是我最欣赏普里西拉的地方，尽管她的英语并不好，但是面对可以给她带来新体验的人与事的时候，她未曾胆怯过。不过由于英语好的关系，我与丹尼尔能更好地向他解释我们要去哪里，为什么，以及其他一些发生在我们身上的小故事。因此尽管坐在后座，乘车期间，我还是与那名男子隔着后视镜互相对视了几次。

我喜欢旅行的原因有很多，其中很重要的一点便是我可以遇见来自世界各地善良的人们，这样就不至于因为别人的道听途说而对某个国家产生片面的消极看法。我可以时常听见一些人用一种极其负面的口吻把美国人称作“洋基佬”，但是由于这名男子，美国给我带来的所有负面情绪都烟消云散——倒不是因为他迷人的微笑，而是由于他乐于助人的慷慨品格。

在这场短暂的旅途里，我们得知他是一名飞行员，刚好前来里诺探望他的父母。有人曾说里诺是座最小的大城市，但是事实上它一点儿也不小，早在2006年的时候便有20万常住人口。当然，我们也告诉他，由于不想耽误他的事情，他可以在任意地点让我们下车，然而他依然致电他的父亲，询问移民局的具体地址，并将我们送到。

我们就这样继续聊着，直到他突然停下来对我们说：“这里就是移民局。”他就这样看着我们抵达移民局大门才慢慢开车离开，从那之后他的音容笑貌一直印在我的心底。这就是我羡慕普里西拉的地方，要是她，早就互留了双方的联系方式，但我却不敢，也由此错过了一位我人生里最迷人的加州男孩。

在此后的日子里，我又遇见几个温文尔雅而又热情友好的小伙子，但由于同样的原因——我过于害羞腼腆，并且将所有精力都投放在工作中，忽略了他们对我投来的暗示，从而错过了他们。另一方面，普里西拉却十分善于交际，时常和同事们去爱尔兰酒吧喝啤酒，甚至有时因为玩得太晚而无法顺利回到宿舍，但这丝毫不影响她的情绪，而是让她更加肆意地享受属于她的“美国梦”。因此，她很快便找到了男朋友，一个同样在观光区工作的小伙子。

差不多在旺季快要结束的时候，很多在这里工作的人都慢慢离开了斯阔谷，所以负责人允许一些游客住到宿舍来，因为对他们而言，与住酒店相比，住在这里要划算许多。有一天晚上，我因为加班回来得比较晚，在换上睡衣后就直接在公共盥洗室开始刷牙。丹尼尔，这位时常鼓动我把握一切机会的男孩子突然对我说：“亲爱的，刚刚宿舍又来了一个小伙子，所有人都在喝着东西，准备外出。给你一个暗示：他会说法语！”

有些时候，对于某些事情的发生，我无法给出一个合理的解释，但是我知道每件事情发生的背后都有一个属于它独特的理由。当然我也从来没有想过我与法语之间“相爱相杀”的故事会拉近我与另一个陌生人的距离，并且成为我人生中重要的一章。

他在这儿大概待了三个星期的样子，比我提前两星期离开。在他离开的前夜，我们决定一同搭乘巴士，也许是为了更好地回顾这些日子以来我们所共同经历的喜怒哀乐。他开始打趣我没有拉美姑娘性感的翘臀，我也打趣他越来越稀少的头发，并且预言不久后会变成新西兰人那样的发型。当然，我们丝毫没有不尊重对方的意思，反而正是这种打情骂俏凸显了我们之间的亲密，在互相嘲弄的过程中表现出对彼此的喜爱。

我们就这样在沉默中坐了几分钟，回忆着这些日子以来所有的旅行记忆，以及那些有关人生的探讨，就这样看着巴士慢慢驶向车站，我突然站了起来，下了车——由于最近冬靴让我的脚不停地出汗，所以我决定去买双夏季单鞋。

看着渐行渐远的巴士，我突然有些难过，因为我还没有好好跟他道别。但是我心里明白，我刚刚的反应也是合情合理的，我必须尽快买好鞋子，然后赶回去工作；如果我当时不赶紧下车的话，上班肯定是会迟到的。

于是我走进了一家卖廉价鞋子的店铺。这时，我突然接到了一个电话，这让我多多少少有些惊讶，因为通常给我打电话的只有米安阿姨，而这是一个来自公共电话亭的陌生号码，原来是他。“我不知道刚刚发生了什么情况，可是我们还没有告别，也没有给彼此最后一个拥抱……所以你现在愿意来车站一趟吗？”

抱歉，我突然忘了我们这次会在不同的地点下车，也没有想过他会给我打电话，所以想都没想我便答应了。在那一瞬间，我开始往车站的方向走去，因为我也想好好拥抱他，好好感受他身上熟悉的味道。

在这三个星期的时光里，我们一起经历了太多。我几乎每个晚上都会给他从餐厅里带晚餐，这样可以帮他省不少钱；为了表示感谢，在我们晚上外出散步的时候，他也会为我支付饮料酒水钱。有时我们也会躺在宿舍外面的沙发上聊文艺而又历史悠久的欧洲，他告诉我去挪威最容易的方式就是像波兰人那样，去那儿的村庄摘草莓。就在这样的互动中，我们的关系也越来越亲密，直到有一天晚上我下班回来后发现他正与我的室友接吻。

就在去车站的路上，这个场景再次浮现在我的脑海里，于是我告诉自己不要去了。不仅仅是因为我们刚刚探讨的那个问题，而且我心里也十分清楚，我们属于不同的世界……我需要做该做的事，那就是回去工作。

我从来都没有想过我会再次遇见他，但有时世界真的就是这个样子，并没有我们想象中的那么大。唯一的不同之处便是，这次我给了他我具体的联系方式……

My wonderful angel（我的天使）：

昨晚我已安全到家，家人们十分欣喜地迎接了我的回归。在经过长达六个月的旅行后，回到家的感觉确实不错。

尽管每当我回顾旅途中发生的一切时，嘴角都会忍不住轻轻上扬，但是我依然十分开心再次回到家中。

当然，你是使这些回忆充满这么多甜蜜的主要原因之一。

我在特拉基外一千米左右的十字路口等了你近乎一小时，对于没能跟你好好告别这件事我非常遗憾。但不管怎么说，我十分高兴遇见你，并且跟你度过如此美妙的时光。

尽管有些时候我搞砸了一切，并且无意识地伤害到你，但是每当在你温暖的拉美双臂中的时候，我总是能感受到莫名的安全与舒适。

你是一位非常富有同情心，坚强且让人感觉舒适的姑娘。

愿你在美国未来的一切安好（估计你现在已经在纽约了），送上来自挪威的亲吻。

希望保持联系……明年我就会去南美！

“Ton petit prince”（你的小王子）

作者：Diana Isabel Arriaga－黄明美
翻译：Maymay-胡卉文

Part 13

意大利——来自地中海的靴子

他英俊潇洒，有着俄罗斯血统，罗马人的面容

一次偶然的出国实习

让他开启了属于自己的“意行记”

他是谁，他从哪里来

不知道你是否还记得托木斯克这座城市？没错，就是第二章节里埃斯特班遇见芙拉达的那个地方，那座美得惊艳的城市，那座因为彩色木屋而享誉世界的古城。据闻俄国伟大诗人普希金曾流放至此，从那之后托米河畔又多了一座伟人的雕像，纪念这位“俄国诗歌的太阳”。

也就是在那里的一个冬日里，我结识了康斯坦丁•伊凡诺夫，一位有着栗褐色卷发的男生，像极了古代罗马人，又像极了现代男版芭比娃娃。而今天，我要向你介绍我的这位朋友，这位出生在立陶宛，成长在俄罗斯，行走在意大利以及世界其他角落的男子——我的朋友，康斯坦丁•伊凡诺夫。

……

我的名字叫作康斯坦丁•伊凡诺夫，一名网站开发员。曾经有位姑娘这样问过我：“你平时都喜欢做些什么？”

“开发软件，研究科技。”我回答道。

“你长得这么可爱，为什么是一个没有激情的人？你喜欢阅读吗？你爱看电影吗？你知不知道《老友记》？我最喜欢的是里面的阿娜斯塔西亚，觉得自己像极了她。”只见她皱了皱眉，一股脑儿扔出一堆问题。

“没有激情的人？谁说的？我觉得自己是个十分有趣并且有激情的人。”我回答道。

“是吗？你确定你没有开玩笑？比如呢，举个例子看看。”

“我非常喜欢IT技术，对IT行业非常有激情，我喜欢看到科技对世界产生的革命性影响。倘若你要问我与IT技术有关的东西，我可以跟你说上个几天几夜，有时甚至能到废寝忘食的地步。”

“……我觉得吧……那好吧……”

至于上面那个姑娘是谁，就不用我多说了吧。话题还是回到我身上，正因为在大学时期我是主修的IT技术，因此大学毕业后，我时常给不同的教育机构、学院设计网站或者开发网络教学视频，主要工作便是启动项目，在社交网络上运用大量的数据技术进行开发、测试。但是大多时候，我还是为自己的母校——托木斯克理工大学而工作。

我出生在Siauliai（希奥利艾），是立陶宛第四大城市。那时的立陶宛还是属于苏联的一个加盟共和国，但是我所有与成长有关的记忆还是在一个叫作托木斯克的西伯利亚小镇，因为从我两岁开始，我的家庭便定居此处了。

记得第一次旅行的目的地是克里米亚，至于其他具体的细节，我已记不太清了，因为当时的我仅仅六岁而已。此后的每年寒暑假，我都会同亲朋好友结伴去些其他的城市，例如拥有众多清澈湖泊与苍翠群山的哈卡西亚，有着绝色风景的阿尔泰山脉，以及大家不太熟悉的克拉斯诺达尔一带，当然也包括因为举办2014年冬季奥林匹克运动会而闻名世界的索契。

从早年这些旅行经历中我发现，其实旅行并不需要大量的金钱开销，你只需要一个睡觉的地方，几件换洗的衬衣与短裤便足矣。如今，我们有个专门的词来形容这种旅行或是这类人，那就是“背包客”。

记得那时的我还在托木斯克理工大学研修地理信息系统与科技，由于那是我大学的最后一年，因此时常与同学们待在实验室，并且希望挑出我们的论文研究课题。然而不太理想的是，我与我的搭档Anastasia直到临近截止日期，也未能为我们的学位论文找到一个好的论题。

正在这时，我们的导师找到我们，告诉我们有一个意大利的教授即将前来我们学院做科学研究访问，如果顺利的话，我们可以同这位意大利教授一起合作研究。

在这名意大利教授正式接纳我们成为一员之前，他给我们布置了一些任务。不到两天的时间里，我们便完成了他所交托的任务，并且上交了一份完美的答卷。正是由于我们高效率的工作，这名意大利教授邀请我们前往他所在的意大利研究所进行实习，这一来，前前后后大约持续了两年之久。

第一阶段的实习大约是从2012年的4月初开始，一直持续到2012年的5月中旬，那时的主办方是Università degli studi di Cagliari（卡利亚里大学）。卡利亚里是意大利的一个自治区——撒丁区的首府。

卡利亚区风景

我们花费了大量的时间浏览与撒丁区及卡利亚里有关的网页与信息，希望在谷歌地图上找到卡利亚里大学的地理位置，同时被卡利亚里美丽的风景与悠久的历史震撼到。遗憾的是，照片并不能完全展现出这片区域的魅力。

在将近大约一个月的材料准备后，我们如期拿到签证，订好机票，并且从学校拿到一定的拨款支持。好在学校时常组织国际学生交换项目，并且有十分丰富的相关经验，因此让整个过程容易不少。

2012年4月2日的时候，我们的意大利之行正式开始。清晨我们便从托木斯克机场搭乘飞机，并且转机三次：托木斯克—莫斯科，莫斯科—罗马，罗马—卡利亚里。整个过程持续了多久我已不是十分清楚了，只记得抵达卡利亚里的时候正值当地深夜。

意大利·初探

对于意大利的初印象还是源于登入Alitalia（意大利航空）——意大利最主要的航空公司。客舱的工作人员微笑着站在登舱口，用优雅的意大利语向乘客们问好，广播里也放着经典传颂的意大利歌曲，当然与此同时还有来自意大利的飞机套餐。有别于俄航的经典套餐搭配“鱼与牛肉”或“鱼与鸡肉”，意航的套餐提供了不少具有当地特色的开胃菜，其中甚至有些我们都叫不出名儿，例如一种看起来既像奶酪又像酸乳的食物。除此之外，你也可以点些你想要的意大利红酒，从而放松心情。

事实上，在去意大利之前，我们下载了一些与意大利语有关的APP，并且学习了常用语的表达，例如你好、你好吗、你叫什么名字、再见等等。当然，在你学习这些常用语的时候，APP里通常都会有一些与之对应的意大利语发音。

坐在我附近的是一对意大利夫妻和他们年幼的孩子。飞机起飞后不久，那名意大利小朋友便哇哇大哭起来。这时，一名空姐悄悄走过来，并用着各种方式对他进行宽慰。只见她一边拿着玩具，一边对小朋友说道：“你好！你叫什么名字？你还好吗？”然而令我们惊讶的不是小孩立刻止住了哭声，而是那名意大利空姐的声音竟与我们APP里面的声音一模一样！飞机降落后，忍不住好奇的我们走向那名空姐，打算询问：“打扰一下，请问这款APP里面的录音是您的声音吗？”然而由于这种唐突的行为显得过于无礼，我们最终放弃了。

当我们抵达罗马的Fiumicino（菲乌米奇诺）机场时，我们还有四小时的时间等待下一班航班。跟所有机场的出入境口一样，都会有些来自海关的例行询问。

“你叫什么名字？”

“你来自哪里？”

“你要去哪儿？”

“你此行的目的是？”

当海关工作人员听到我们要去卡利亚里研究访问时，下意识地皱了皱眉，然后停顿了一小会儿，意味深长地说道：“哎，小伙子们，你们不该去那儿的。就待在罗马吧，罗马可比那儿好多了！”

我们疑惑不解地看了看对方：为什么他会这样说？那儿有什么不好的吗？于是在搭乘最后一班飞机飞往卡利亚里前的一段时间里，我们便坐在过境区热烈讨论了一会儿，并且做好所有最坏的打算与预想，既然已经来了我们就没有反悔的余地了。

然而更令我们诧异的是机场居然找不到免费的Wi-Fi，最便宜的选择也是10欧元两小时。要知道在俄罗斯，哪怕是最小的地方性机场也会有各种免费的Wi-Fi供往来的乘客使用，可是身为欧洲主要成员国的意大利，机场却没有免费的Wi-Fi，这实在有些匪夷所思。

不过幸运的是我的Skype账户里还有一些余额，可以使用三十分钟的网络，因此我与我的好友们共享着网络，并且给各自的亲朋好友们互道平安，就在这种交谈与等待的过程中，迎来了我们的末班航班。

经过长达四小时的等待后，我们终于再次来到安检大门，然而登机广播却迟迟不肯响起，筋疲力尽的我们又饿又困，唯一的期盼便是早点抵达目的地。直到很久以后我才知道，对Alitalia的国内航班而言，飞机晚点是十分正常的，反倒是那些廉价的航空公司，相对而言准点得多，例如瑞安航空公司。

不管怎么说，一进机舱后，我们迅速进入了梦乡，直到飞机着陆后，我们才被空

姐喊醒，并带着迷迷糊糊的大脑走向行李领取处。而我们的负责人，米歇尔早早便在出口等待我们。由于实在困倦不已，原本计划的夜间聚餐也不了了之，我们拖着疲惫的身躯走向了我们的宿舍。

尽管海关工作人员的吐槽让我们有些忐忑不安，但意大利毕竟是意大利。我们的宿舍是一座十分现代化的大楼，大约12层，通常学生都是两人一套公寓，极少情况下才会三人共用一套公寓。除了各自独立的卧室外，还有一个共用的浴室，至于厨房，每层楼都会有两间供学生们使用。

厨房用具的配备十分完善，几乎可以找得到所有你需要使用的厨具，除了两样：水壶和微波炉。而这两种却又恰巧是我们最为需要的，因为如果没有水壶烧水，第二天清早我们便无法泡茶。直到生活好长一段时间后，我才发现这群意大利人根本就不喝茶。

伊凡诺夫在留学生公寓烹饪

有别于俄罗斯超市琳琅满目的茶类制品，你很难在意大利超市找到茶，即使找得到，种类也是十分单一。据闻这里的人们不太喜欢喝茶，唯一喝茶的时候恐怕就是一些意大利老太太在寒冷的冬季深夜聚会时，她们边喝着茶，边探讨一些十分严肃或是重要的话题。相反的，俄罗斯老太太则是成天泡着茶，边喝着，边碎碎念着家长里短。

不像土耳其或中国是因“茶”而闻名的，意大利是一个典型的“咖啡”式的国家，咖啡文化无处不在。曾经有人做过这样的一个调研，将意大利所有能贩卖咖啡的场所做一个数据统计，结果表明这些店铺的数量竟然是意大利总人口数量的两到三倍！这也就意味着，基本每走一步，你就会发现一个可以买到咖啡的地方，而据我个人的生活体验，事实也的确如此。

“意”犹未尽

那么什么是咖啡文化？在俄罗斯的咖啡馆，你通常可以拿上一杯咖啡或者一杯茶，然后找个安静的位置坐下来慢慢品尝或是思考，又或者与三两好友相约在此，谈谈各自最近发生的新鲜事儿。然而意大利就显得随性很多，拿着一杯咖啡，随意地站在桌台或是吧台旁，你可以随意与店老板或店服务生闲聊数句，也可以与进进出出的其他顾客搭讪几句：“今天过得怎样？”“你好！”“最近……”然后就在这种有一句没一句的漫谈中消磨一天之中剩下的时光。

还有一点值得提醒的是，意大利人通常只会在早上喝卡布奇诺。如果在中午十二点以后，你突然向店主要一杯卡布奇诺，那么当地人会觉得非常奇怪，尤其是在晚上的时候。

记得那还是我初到意大利的时候，有一天晚餐过后，我突然向服务员要了一杯卡布奇诺。

“嗨，您好，请给我一杯卡布奇诺？”

“什么？卡布奇诺？您确定吗？”只见他略微有些吃惊，并且带着有些匪夷所思的表情对我说道。

“对的，我点的是卡布奇诺。”我微笑着回应道，并且未曾感到丝毫不妥。只见旁边的意大利人看了看我，窃窃私语起来，并且有些嘲笑的意味。由于不懂意大利文，我也就并未过多纠结。

事后回到学生公寓，我向我的意大利朋友们询问原因，他们笑了笑并对我解释道：“在意大利，卡布奇诺就像是早餐的一种，通常真正的意大利人很少会在午餐过后来杯卡布奇诺。倘若你在中午或者晚上看见人们拿着一杯卡布奇诺四处悠闲地游荡着，那么他很可能就是个游客或者外国人。因为真正的意大利人很少会做这么不‘意大利’的事儿。”

关于意大利的早餐与卡布奇诺的关系，这是一件有些复杂的事。有别于丰富多样的土耳其早餐（通常搭配着番茄、黄瓜、鸡蛋、面包、不同种类的奶酪、香肠、橄榄、土耳其红茶等），意大利的早餐显得十分简单，最为典型的便是卡布奇诺搭配一些甜点。有些人甚至是这样解释为什么只有在早上的时候才喝卡布奇诺的：因为意大利的早餐十分简单，胃里需要热热的卡布奇诺填满胃袋的空虚；然而午餐的时候，由于食物比较丰富，胃袋积食较多，就不再适合不易消化的卡布奇诺。

吃过午饭后，很多意大利人喜欢喝上一杯Espresso（浓咖啡），在那些意大利人眼里，唯有Espresso才可以算得上真正的咖啡，至于其他的，他们通常称之为咖啡饮料。然而最让我们惊讶的还是拿铁——这在俄罗斯是一种非常常见，广受大众欢迎的咖啡，然而意大利的拿铁仅仅只有牛奶在里面，完全看不到咖啡豆的痕迹。关于意大利的咖啡文化恐怕不是三言两语可以介绍得清的，倘若真要细数起来，哪怕一整本书也说不完。

另外不得不提的便是意大利饮食和厨房。许多意大利人十分喜欢食物，并且非常热衷于烹饪料理，很多时候会为了一顿晚餐而花上几个小时去准备。如果饥肠辘辘的你恰巧不幸遇上这样的主人，那么对你而言，等待可能就是无止境的。这也就是为什么我们在学生公寓没有发现微波炉的原因——他们做了多少便会吃多少，第二天又会烹饪新鲜的料理。

当然，并不是所有人都会100%这样做，有些家庭也会在厨房准备一个微波炉。例如在工作十分繁忙的时候，有些人便会提前准备些食物，以免第二天没有时间准备。尽管如此，这样的情况也并不是十分多见。

也就是跟着这群意大利人，我养成了每次做饭只做一餐的习惯，这样不仅可以保持食物的新鲜口感，也有利于自己的身体健康。我想这也就是为什么意大利人的午餐和午休时间通常长达两至三小时。但总体而言，农业相对发达的南意大利会比工业更为发达的北意大利的午休时间更长一点儿。

慵懒的快乐

当我们谈及意大利、意大利文化或是意大利厨房的时候，我们潜意识会觉得只要是在意大利国土范围内，基本就差不多，然而事实上并非如此。意大利每个不同的区域都会有与之对应的独特之处，不论是文化活动、民族传统、特色食物，还是当地方言，它们多多少少都会有些细微的差别。

每个不同的区域，都会有属于他们各自不同的奶酪、酒、比萨、意大利面，甚至是糖果与糕点。我所待的撒丁区就因Pecorino sardo芝士，以及Casu marzu而闻名。

Casu marzu又被称作意大利蛆虫奶酪，是一种故意寄养活蛆的奶酪（类似黑作坊的环境下，没有经过无菌处理生产的），在经过高度的腐烂分解后，制成这种蝇蛆钻探、不断渗水的奶酪。这种奶酪在撒丁区是美味佳肴，但是由于卫生原因被欧盟禁止。意大利政府是明文规定不允许生产这种奶酪的，但是你依然可以用昂贵的价格在黑市上购买到。

听说它的味道十分强烈，会让人的舌头一下接受不了，而那些蛆虫会未经消化地经过你的胃，引发呕吐以及严重的腹泻，偶尔你用刀叉戳一下这种奶酪，里面会流出一种被称为“拉格利玛”（撒丁语中眼泪的意思）的一种腐臭液体，引起人们强烈的视觉、嗅觉冲击，这也是我无法理解为什么还有人花费高昂价格购买的原因。除了母语意大利语外，撒丁区的当地人还有属于他们自己的语言——萨尔多语，一种地方性语言。

撒丁区同时也因它美丽的海滩而闻名。如果有一天你有机会来到撒丁区广场，你会在这儿发现许多纪念品商铺，其中首先映入你眼帘的便有一本叫作《撒丁区——200多个海滩的故事》的书。事实上，它一点也不夸张，撒丁区的确遍布海滩，并且各个海滩都有其对应的特色，看起来让人仿佛置身于天堂之中。每年夏季都会有不少游客慕名而来，因此撒丁区也成为最受欢迎的景区之一，游客络绎不绝。

至于我们的学习研究，进展得也比较顺利。在教授的指导下，我们在一个叫作城市GIS研究所的地方工作。我们设计了一个网站平台，当地居民与游客可以根据自己的喜好、兴趣给城市的各个景点做出评价，例如这个地方喜欢与否，是否值得游玩，并且可以添加详细的评价与照片。

通常我们的工作是从早上九点半到下午一点左右，然后可以根据自己的喜好挑选自己喜欢的午餐方式，午休大概三小时，下午四点的时候我们会再次开始工作。通常对我们而言三小时的午餐时间太长，所以一般下午三点左右我们便回到实验室，大约晚上七点正式下班。

哪怕就是在工作期间，意大利人也有许多空闲休息的时间。这时你便可以约上几个同事去周围的酒吧喝喝酒，或者去邻近的咖啡厅喝喝咖啡，这是意大利人典型的放松方式。

就在这样的来来往往中，我们与咖啡厅的老板安东尼奥结下了深厚的友谊，每次我们还未进门，老板就已经知道我们需要哪种咖啡以及对应的蛋糕点心。后来我发现不仅仅是对我们，安东尼奥几乎记住了所有常客的喜好，这点让我惊诧不已。

另一个让我们颇为不解的是在意大利很少有人会讲英语，说得好的更是少之又少，哪怕就是与我们同住公寓的意大利年轻学生们也很少有能说得好的，甚至可以说，能与我们进行最基本英语沟通的人都是寥寥无几。因此，每当需要与邻居沟通或者购买东西时，我们唯一的办法便是使用谷歌翻译，然而大多数时候，谷歌翻译也并不十分精准，很难将我们需要表达的意思全部传达出来。

据我们所知，英语在南欧国家并不十分流行，很多时候他们都是将德语、法语、西班牙语作为第二语言，很少学习英语，有的大学甚至根本就不开设英语这门课程，如果他们想学，要么就是报名专门的语言学校，要么就是自己买些资料自学。同样的，在法国，人们也很少说英语。曾经有人这样说过，其实法国人本身英语十分好，只是不屑于说而已。

除此之外，意大利人的生活方式与思考方式也与我们极为不同。在俄罗斯，通常我们十分善于快速做决定。有人曾经这样打趣过我们：正因为俄罗斯天气过于严寒，所以根本没有太多时间给我们思考。相反的，意大利人的效率就低得多，做决定的过程相当漫长。

记得有一次同行的两位意大利朋友讨论去哪儿吃比萨，直到两小时后他们方才拿定主意！说真的，这个问题要是放在俄罗斯，得出答案最多不会超过五分钟。

他们的处事方式也侧面反映了他们的生活态度。在意大利，人们通常有着这样的一个信条：Dolce far niente。意思大概就是说人生最美好的事情就是无所事事，不后悔过去，不忧心未来。而对典型的俄罗斯人而言，无所事事则意味着你是一个懒骨头，正一点点摧毁自己的未来。

相反的，对意大利人而言，这才是生活的意义与真谛。当然，这无关乎你是否懒惰，重点在于你是否快乐并且享受自己正在经历的一切。对他们而言，生活便是，你所做的一切都要以快乐为出发点，你应当学会享受生活，而不是整天被压力折磨得不堪重负。

对俄罗斯人而言，生活无非就是家—工作—家两点一线。清早起床，迅速吃完早餐后便赶到公司工作，忙碌一整天后再次回到家里，并为第二天做准备，如此一日复一日地循环下去。

在意大利，人们根本就不会接受这种生活方式。对他们而言，工作仅仅是赚钱的一种方式，其人生的根本目的还是在于享受生活。倘若还存在另一种赚钱方式，那么他们便一定会放弃工作，采取其他方式。但无论做出哪种选择，其目的一定是为了使自己更为快乐，或者通往幸福。

但在俄罗斯，工作更像是大学毕业后的另一种人生阶段，人人必须努力找到工作，拥有一份正当安稳的职业，并且努力赚钱。但是我们从未想过会在工作中找到幸福感，又或者工作会使我们快乐。直到数年后我们才意识到，我们并不快乐，并且十分讨厌自己的工作，人生最重要的是找到自己喜欢的东西，然后努力捍卫它，并且将之发展成为自己生存的方式或动力。倘若我未曾在意大利生活过，是很难放下一切精神负担、外界看法，从而好好享受自己的生活的。

在意大利期间，我去过许许多多的国家与城市，遇见过形形色色的人，但是都不如我学会的这一条——Dolce far niente。这两年来我学会了如何烹饪意大利料理，如何辨识不同的咖啡，以及如何安排自己完美的“意大利一日”。倘若有一天你正徘徊在人生路口，不知何去何从，那么就请来到意大利，他们会让你感知幸福与快乐的力量，并且让你知道，追梦有路可循。

Dolce far niente，学会快乐，感知，“意”犹未尽。

Part 14

致没有归期的行者

她是战乱时期逃亡的日本后裔

她是拥有亚洲面孔的巴西女郎

她是别人眼中的心理专家

于她而言，她只是一位没有归期的行者

从三岁到N岁的旅行梦

一直以来，我都是个喜欢写日记的人，记录着周围发生的一切，哪怕偶尔没有时间，无法做到真正的每天都写，我也会尽量做到写周记。拍照可以让我刻下所有美好的瞬间与风景，写作则会让我记录一切有趣的人与事，正是它们，构成了我回忆的整个篇章。

而此时，我正坐在机场，等待着我的下一段旅程。你要知道，这绝对不是我的第一次飞行，然而我却依旧兴奋得不得了，就像第一次搭乘飞机时那样激动，充满期待。这些年来，我看过不少有关不同国家历史文化的书籍，也是《国家地理》的忠实粉丝，由于这些书籍，我对外面的世界一直保持着极大的好奇心，正是这种好奇心驱使我前往世界各个不同的角落，一探究竟。

记得从儿时起，母亲就一直对我说："孩子，的确是我生下了你，然而你却是为世界而生的。"

是的，从我记事开始，我的父母亲就一直训练我用英语讲话，同时我也非常喜欢那种能同外国人自由交谈的自豪感。于是我慢慢开始在网上结交朋友，渴望遇见一些志同道合的人，说不定哪天我们便能在彼此的国家遇见对方，而这光是想想就让人觉得兴奋不已。因此，我希望待到年迈之时，我可以周游完世界上所有的国家，并且拜见我所有的朋友。

噢，不好意思，说了这么久，我竟然忘了向你介绍我自己。单从我的面庞来看，你一定会觉得我是亚洲人，然而事实上并不是这样的，我叫Julie Emy Onishi，是一个地地道道的巴西姑娘，哦不，鉴于我的年龄，应该说是地地道道的巴西女人。

在这里，我就不得不好好解释一下了。我的祖父母一辈，包括我的外公外婆都是日本人，他们在20世纪30年代由于战乱带着全家移民到了巴西，因此我的父母都出生在巴西，我也一样。而这就是我为什么长着一张亚洲面孔，但是却有着一颗巴西心的原因。

那还是37年前7月的某一天，我的母亲生下了我，并且取名为Julie，因为7月的英文是July。目前我是一名心理学家，在市政府为艾滋病患者所建立的一家服务中心工作，常常趁着不忙的时候四处旅行。在成为心理学家前，我曾辅修过旅游专业，但是我所从事的工作却一直与心理学相关的。

有人曾说过，爱旅行的人几乎都是单身的。当然在这里，我所指的是类似背包客的那种旅行，而不是观光客似的旅游。然而我想告诉你，虽然我常年游走在各个不同的国家，但是我已经结婚了，并且养了两只可爱的小猫。

我们居住在Jundiai（容迪亚伊），一个有着40万常住居民的城市，大约距离圣保罗一小时的车程。至于圣保罗就不用我多说了吧，巴西最大的城市。我第一次旅行还是在很小很小的时候——虽然我的祖父母都是移民者，但是到我父母这一辈时，经济条件已经相当不错了，所以时常会带着全家在寒暑假期间四处游玩。因此，在三岁左右的时候，我就已经有了我的第一本护照，而我去的第一个地方就是美国迪士尼。

从那以后，我去了巴西许许多多的城市，以及各个不同的国家。例如阿根廷、智利、委内瑞拉、厄瓜多尔、墨西哥、美国、加拿大、西班牙、法国、意大利、荷兰、希腊、土耳其以及日本等等。如果真要我一个个城市地去数，我都不确定自己是否能数得清。

通常在高中毕业的时候，我的朋友们都会花上一个月的时间参加各种毕业派对，

Julie Emy Onishi

穿着名贵的礼服，打扮得就像《绯闻女孩》里的瑟琳娜与布莱尔一样。而我却并不喜欢用这种方式结束我的高中生涯，于是我选择去加拿大进修一个月的语言班。

在我辅修旅游专业的班级里，我有着一群十分要好的朋友，几乎每个寒暑假我们都会结伴一起去旅行，因此，我几乎走遍了所有的巴西国家公园。但是我想告诉你，这些旅行并不贵，我们通常都是选择搭乘巴士或者用背包客的方式，即使要住旅馆，我们也是选择那种最便宜的青旅。在那个年代，我们还没有互联网与数码相机，所以与现代高科技时代相比，旅行显得更为艰难。

Julie 与朋友

正如我告诉你的那样，我是日本人的后裔，因此在我念大学的期间，我得到了一个去日本实习的工作机遇，当然也是在我暑假的时候。那时正值日本的冬季，我的工作是在滑雪场内的一个酒店当管理员。

三年后，我去了美国的佛蒙特州，在另一个滑雪场有着同样的工作经历，只不过这次我的工作是餐厅收银员。这两次工作经历对我的影响极大，倒不是说我赚了多少钱，而是我拥有了更多练习语言的机会，这两种语言（英语和日语）从儿时起，我的父母便一直教授我。在这两次工作期间，我有了更多的机会去接触不同的人种以及不同的文化，学会了滑雪，并且在工作之余去了很多当地的特色城市。

记得有一次我在日本仙台县独自旅行，由于天色较晚，寒风簌簌，因此我走进了一家料理店吃火锅。这时有一名男子从厨房的后门向我走来。“你叫什么名字？”“你来自哪里？”不一会儿他就问了我许多类似的问题。要知道，不是所有旅行中遇见的陌生男子都意味着美好的艳遇，有时也潜藏着未知的危机。因此，我告诉他的信息一半真，一半假。例如我的生日，我随便说了一个日期，没想到恰巧就是第二天。

饭后，他邀请我去隔壁的酒吧坐坐，因为那恰巧是他所经营的酒吧，因此所有食物酒水都免单。桌台上摆放着各种油炸食物以及类似烧酒的各种饮品，种类十分丰富。他所有的朋友都在那儿开着派对，大家玩得十分开心，待我回到青旅时都差不多快到凌晨了。

离开前，这群朋友又问了我一个问题：“你明天多少岁了？”

“二十三岁。”是的，我又撒了一个谎，因为我不知道日本饮酒的合法年龄是多少，而他们看起来都像是二十好几的人，因此我就随便说了一个数字。

第二天，这群人再次邀请我去酒吧，想来无事，于是顺路过去了。还是昨天的那群人，唯一的不同是他们几乎每个人的手上都捧着一个礼物！桌台上放着更多的酒水与食物，还有一个十分漂亮的生日蛋糕，蛋糕上插着23根蜡烛，大家边拍着手，边对我唱着“生日快乐”歌。

店长还送了我一套十分性感的学生制服。派对结束后，我给每个人都留了我的联系方式，以便保持联系，但是自此以后，我再也没有听到过与他们相关的任何消息。

很多年以后，有人告诉我，日本人生性较腼腆，很少会主动去联系别人，因为他们担心自己的举动会打扰到别人的生活，从而冒犯到对方。此后的年月里，日本发生过多次的地震、海啸事件，而我所能做的，唯有祈愿他们一切安好。这群友好的人们曾给在孤独中前行的我带来过无法言喻的温暖，而祈福则是我唯一能为他们做的事儿。

我所邂逅的每一个陌生人

在2010年12月的时候，我同我的父母一起前往巴塔哥尼亚旅行。那儿令人惊艳的美景在我的脑海里留下了深深的印象，至今挥之不去，此后我的新年愿望清单里又多了一项：“学会做一个好的摄影师。”

两个月后，我报名参加了我的第一个摄影班，四个月后我购买了人生中的第一台DSRL相机，此后我便深深爱上了摄影。因此，每当我去一个新的目的地前，我便会首先考虑那里是否有独特的风景或者引人入胜的历史文化。正如我之前告诉过你的，我是一名心理学家，因此我每日的工作都是与疾病、偏见、抑郁等等这些消极的东西关联在一起，拍拍自然风景照可以多多少少缓解我在工作上所面临的压力。

有时我是同父母一起旅行的，有时则是与朋友们一起，然而最多的时候还是独自一人上路。结伴旅行和单独旅行各有各的利弊。当我与人结伴旅行的时候，我会有更强烈的安全感，同时花销也更少。说句玩笑话，当你想去洗手间的时候，也有人帮你看行李。

但另一方面，独自一人旅行会有更多的空间与闲暇时光，你也能更加自由地决定自己想去的地方。我可以选择在古老的街道上漫步一整天，也可以坐在某个街角的咖啡厅选择什么也不做。当然，独自一人旅行的最大好处还有，陌生人们更加愿意与你攀谈。例如去年我在土耳其旅行的时候，每天我都会遇见来自不同国度的背包客。May，本书的作者，也就是我在那时遇见的背包客之一。

有时我觉得旅行就如同吸毒一样，是有瘾的。你旅行的次数越多，就越想旅行。在旅行的过程中，我遇见了许许多多同我一样热爱旅行的人。我们会互相交换旅行故事、旅行小技巧，回到家后，我必去的目的地上又会多加上几个新的城市名或是国家名。而我接下来要去的地方就是俄罗斯，我希望通过搭乘火车穿越整个西伯利亚，除此之外，玻利维亚的乌尤尼盐湖、智利的阿塔卡玛沙漠、冰岛、马达加斯加岛、东南亚各个国家也在我的清单上。

倘若问对我而言，旅行最大的收获是什么，那就是让我变得更加坚强与勇敢。要知道，在旅途中我们时常会遇见各种突发状况，我们将面临语言的差异、文化的障碍，我们会想家，思念我们的亲人，我们必须学会轻装上阵，因为长途旅行并不允许我们携带过多的东西。

通常，我是不会花太多的钱购买纪念品的，因为对我而言最好的纪念品就是我所拍摄的照片。我喜欢将它们发布在类似Facebook、Instagram（照片共享应用）之类的社交网站上，同我的好友们分享。更重要的是，这也是我与新朋友保持联系的一种方式。每当我得知有朋友即将来巴西时，我都会想尽办法去见他们，并且尽地主之谊。所以May，如果有一天你要来巴西，请一定要告诉我。

去年的这个时候，我独自一人在土耳其旅行。在参观完以弗所后，我来到了安塔利亚。在离开安塔利亚前的几个小时里，我独自一人在老城区的景点闲逛，试图打发时间，等待去下一个目的地的车。这时，就在一个僻静的土墙拐角处，一位穿着碎花裙子的姑娘和我撞了个满怀。

“啊，不好意思，你还好吗？”她满脸歉意地对我说道。

“没事，我很好。”

就这样，在礼貌性地点头示意后，我们走向了相反的方向。然而，不一会儿，背后再次传来她的声音：“请问你是中国人吗？”

“不不不，我来自巴西。但是我的父母是日本后裔，所以我看起来比较像亚洲人。”

“原来是这样啊……那你是一个人旅行吗？”

“是的，不过我的旅行马上就要结束了，还有最后五小时。”

“我也是一个人，要不我们一起逛吧？”

“没问题！”

她就是May。我们就这样相识了，然后在古老的街巷中穿梭着，感受那千年的历史。每当我看见一些比较有特色的东西时，例如土耳其浴、土耳其蓝眼睛，May就会向我详细介绍它们的起源与用处。

“如果你想洗土耳其浴或者购买当地的纪念品的话，把我带上，我可以帮你还价，用最便宜的价格买到最优质的东西。”果真如此，当我们想乘坐游轮时，只见船夫与几个欧美人讨价还价。船夫要价50欧元每人，这群外国人最后还价到30欧元每人，然后开开心心上了游轮。

“你也想坐游轮吗？”May问道。

“是的，可是价格太贵了。”我有些犹豫地回应道。

“你先等我两分钟。”只见她说完就跑向船夫。

“好啦，好啦。船夫说我们5里拉（2欧元不到）就可以啦。”只见她兴奋地对我说道，“这群船夫就喜欢哄骗外国人的钱，记得我初来土耳其时也是傻傻分不清，后来待久了，基本我一开口，这群人就把我当成半个本地人啦，所以根本骗不到我。”这时我才得知，原来她曾在土耳其做过实习，因此比较熟悉当地的文化习俗。

记得我们走到某个街角处的时候，看见了一些土耳其猫慵懒地躺在人行道上，由于我十分喜爱猫咪，因此兴奋地按下快门。正在这时，一些土耳其姑娘走向我，并且用她们仅会的几句英文说道：“你好，我的名字是……”除此之外，她们所能做的便是用肢体语言跟我进行交流。

正在这时，她们看见了我的单反（是的，当时我手上拿的是一个相当专业的单反，而不是那种普通式的傻瓜相机），她们问我是否愿意给她们拍照。我十分开心地应允了，因为我非常喜欢

安塔利亚老城区的孩子们

Julie 与土耳其孩子们

给人拍照，但是很多时候由于害羞，不想冒犯别人而放弃。所以当她们提议让我拍照时，我的心里忍不住笑开了花。

就在我给她们拍了几张后，她们又从不远处叫来几个姑娘，于是我又拍了更多的相片。不一会儿，有些姑娘便让我把相机借给她们用，然后开始互相拍照。这时的我还是多多少少有些害怕的，因为我不知道自己是否该相信她们。一方面，我担心她们会抢了我的相机，然后跑掉；另一方面，我又担心她们会摔了我的相机，因为她们毕竟还小，而我的单反却非常重，因此弄坏我的相机是极有可能发生的事。

有时，她们也会因为互相争抢相机而打起来。好在过了几分钟后，她们和解了，并且将相机交还给我。其中一个较为强势的姑娘让我把照片翻给她看，然后删除了那些她所不喜欢的。

于是，我就这样开心地与她们道了别。有时就是这样，即使没有共通的语言，人们一样还是可以交往。而我所选取的这张照片并没有聚焦在某个人的身上，而是展现了这次愉快的邂逅。

旅行就是不断遇见自己的过程

大约一年前的时候，我曾去攀登过罗赖马山，这是一座位于巴西与委内瑞拉交界处，圭亚那地区的山脉（当然，它的大部分区域还是在委内瑞拉）。我选择去徒步旅行绝对不是一时兴起，而是策划了许久的，这场旅行大约从两年前便开始策划了。

攀登罗赖马山的团队

我开始在互联网上收集信息，阅读相关博客，添加那些曾经去过的人为好友，并且召集志同道合、有相同计划的人一同前往。除此之外，我们还联系了许多委内瑞拉当地的旅行社，向他们打探价格，以及徒步旅行所需要的相关准备。在接下来的几个月里，不断有新的驴友加入，也有不少成员由于各种原因而退出。而我们最终决定前往的成员共有14位，有男有女，既有身体素质好的，也有身体素质较差的，年龄也从二十四岁到六十八岁不等。

这是一场长达八天的长途跋涉，而我最为担忧的无非两个问题：第一个便是旅途中洗头洗澡的问题，我无法忍受超过两天不洗头；另一个则是大小便的问题，山上并没有微生物可以对排泄物进行分解，因此我们不能把排泄物随随便便扔在山上。我们阅读过许多相关的报告，但这些并没有什么用处，然而当我们真的到了那儿后，问题就自然而然地解决了。

上厕所的地方

在这八天的时间里，我们睡的基本都是帐篷，两人一间刚刚好。除此之外，我们还空出一个小帐篷，专门解决大小便问题。对这个小帐篷，我实在感激不尽，因为大便是我每天都要进行的活动之一，然而由于处于尴尬的环境中，在来的前两天里，我只好忍住不告诉大家。事实证明，许多队友同我一样，有着相同的问题，面临着同样的窘境。

所以在小帐篷支好的那一天，我们所有人都排队站在帐篷外，准备轮流上厕所。由于天色较晚，四周黑漆漆的一片，我们唯一的方法便是一个接一个拿着照明灯来到距离队伍10米开外的特殊帐篷里解决大小便问题。

第一个女孩走了进去，所有的人都在帐篷外等着结果，然而里面什么也没有——她实在无法在众人面前大便，尽管有一个小帐篷做掩护。第二个人走了进去，出于同样的原因，依然没有成功。

而我恰巧就是队伍里的第三个人。按照事先的计划，洗澡洗头的时候，只能在户外，我别无选择，然而上厕所，我自有我的一套方法。首先，帐篷里是有一个塑料马桶的，于是我把一个黑色的塑料袋套进马桶，然后轻轻地坐了上去。起初由于尴尬与紧张，怎么也排解不出来，后来我集中精力，居然在几分钟后成功了。

于是我再次打开我的手电筒，在周围找了一些石灰撒进黑色塑料袋中，然后默默走出帐篷。这时所有的队友都欢呼起来，大声喊着我的名字："Julie！Julie！"他们一边欢呼着，一边拍手叫好。尽管有些尴尬，但是我依然十分开心解决了自己这几天来所遇到的最大障碍，瞬间轻松不少。

于是我们继续用着我的方法，将用过的黑色塑料袋系好，把它放在一边，然后把帐篷让给下一位。然而这些仅仅只是我们这趟具有挑战性的旅行中遇到的困难之一。我们毫无隐私可言，也不如平时那般逍遥快活。这期间有不少人选择退出，也有不少姑娘经常一起躲在大石头后洗澡。夜间，我们也时常听着隔壁帐篷的男人们打着呼噜入睡，偶尔也会直接睡在洞穴里。

尽管这里的河水与雨水寒冷刺骨，然而我们也别无选择，只能每天在这种环境下洗澡。事实上，我们在这期间一起分享了很多的东西，例如肥皂、防晒霜、驱蚊液、零食、毛毯还有各种药物。对所有人而言，不论是身体上，还是精神上都遭受了极大的挑战，当然与此同时，我们也学会了如何互帮互助，在帮助他人的同时，也让自己获得生存的希望。

正如我之前所提过的，我并不是一个在荒野里旅行的生手。我知道如何读懂地形图，也十分清楚如何合理使用指南针，我甚至准备好了应对一切意外事故的急救品，当然，除了应付心理上的恐惧。

事实上，我从来没有如此近距离地接触过死亡，但是我敢肯定的是，起码在我的内心世界里，我与死亡一直相隔不远，攀登的过程中，各种消极情绪与画面不断在我脑海里回旋。这样的情绪也在队伍中悄悄蔓延，越到后面几天，队友们就越恐慌，有人因为身体不适而晕倒；有人因为惊恐而张皇失措；有人担心会失足掉进河里，从而被大水冲走；有人担心因坠崖而丧生谷底；有人担心会被石块击中头部；而有人则担心扭伤自己的脚踝。更为离奇的是，有人担心麋鹿或者大黑熊的突然袭击。原本和谐整齐的队伍突然变成了一盘散沙，我也慢慢不安起来。

在听到如此多的负面谈话后，我的大脑也忍不住臆想起来：筋疲力尽而又负伤的我躺在一块凹凸不平的石块上，太阳像烤红薯一样烤着我；我嘴唇干裂，喉咙发痒，皮肤由于晒伤而起泡，而那瘫软无力的四肢更是动弹不得，腹部由于刺伤而血流不止……想着想着，仿佛死神就站在我的面前，摇晃着他那瘦骨嶙峋的双腿，等着我一步步走向他，耳边仿佛也一直回荡着：你马上就要死了，你马上就要死了。

于是我迅速走到河边，希望溪流的声音可以将我拉回现实，好在不一会儿，我便恢复正常。是的，我是一个心理学家，我需要做的是宽慰大家，而不是让大家的消极情绪影响到我。

我开始用笑话、故事激励大家，并且鼓动大家拿出所拍摄的照片一起分享，回想我们所看到的美景，我们互相点评，共同探讨，也一起讲述曾经发生过的故事。就这样，大家慢慢地从悲伤消极的情绪中走了出来，共同完成了我们的征途计划。

一年后的今天，当我再次回想起这段经历时，我不得不庆幸，还好我没放弃。如果不是因为那次旅行，我不会变得更加坚强、更加勇敢，也不会如此深深地爱上我的职业，坚定地做一名心理学家。

曾经有本书说过，人生就是寻找爱的过程，每个人的一生都要找到四个人，第一个是自己，第二个是你最爱的人，第三个是最爱你的人，第四个是共度一生的人。只可惜世间大多数人兜兜转转一辈子，却唯独找不到自己。我很庆幸在我依然年少的时候，便在路上遇见一群鲜活的灵魂，他们或多或少从不同层面上指引了我，让我在最好的年华找到最理想的自己。

好啦，今天的故事就先讲到这里，马上就要登机了，希望某日在哪个异国街角遇见同样来自远方的你。

不如归去

人类所能感受到的最强烈的感情是什么？于我而言，大概是离别。无数次分分合合，我以为自己终于可以坦然面对，可是我没有。

“回家”“告别”可能是对所有行者而言最为痛苦的两个词，因为这不仅仅是对一段旅程的告别，更是对那个闪闪发亮的自己的告别。告别过去，回归现在，以及面对忐忑不安的未来。

躺在久违的松软床上，一切显得熟悉却又陌生：我是谁？我又属于哪里？

……

家人与朋友们像每次返家时那样热情而又兴奋地迎接了你，看着人潮中的他们，你觉得陌生而又格格不入：虽没有语言障碍，却根本弄不清他们在说些什么，仿佛自己根本不属于这个群体；你不再是从前的你，可周围的一切却跟你离开前一模一样。

有人结婚、有人搬家、有人晋升、有人生子，然而他们的生活方式并没有很大的改变。人们低着头走进地铁，全神贯注地关注着手中的手机或电子产品；那些曾在异国他乡收到的温暖问候、“你好”却已不复存在。

事实上，也许你早已发现，对于你在这段时间经历了什么，遇见了谁，对未来又有怎样的期待，其实大家并不十分感兴趣。他们单纯地为你的平安归来开心不已，焦急地询问着你未来的职业规划，并想尽办法将你拉回这断层的N年，而你却觉得“I lost one piece of my heart somewhere（心中的某个角落早已遗失在了远方）。”

看过更大的世界，你拥有了更为广阔的心胸，不再拘泥于生活中的琐碎，学会了更加温柔地对待这个世界。但与此同时，难过、焦虑以及深深的不确定感游走在你的每个脑细胞里，你开始质疑你目前生活的方方面面。你尝试通过抱怨周围的环境、周遭的人群来消散这种消极的情绪，而事实证明这一切并未有丝毫改变。那么旅行的意义到底是什么？

于我而言，所有的出走都是为了更好地归来，用一种全新的面貌归往你该归往的地方。找到自己，然后活出更好的自己，你比以前更勇敢。

致谢辞

在本书付梓出版之际，本公司向下列人士致以诚挚的谢意：

首先，特别感谢广东旅游出版社，感谢他们对本书价值的认可，在内容编审、排版设计方面给予的建议与意见，以及在文字校对上的严格把关。正是由于他们高水准的专业建议，才使得本书中的每个细节变得精准。

其次，感谢书中主人公们在这半年的时间里为完成《我们都是旅行家》这本书所提供的所有帮助。你们中有的是与作者相识多年的旧友，而有的则是才结交半年的新朋友，但你们都表现出极大的慷慨，在此向大家再次说声“谢谢”。

正如你们所知，《我们都是旅行家》是一本纪实旅行文学，它通过不同的叙述方式，讲述来自全球15个不同国家的背包客行走30多国的纪实旅行故事。

在书稿完成的过程中，每位主角参与的方式都不同。有的是通过网络访谈，有的是通过提供照片，而有的则是通过提供文字稿与素材。但我们想告诉所有读者的是：每位主人公的人生都是一本翻不完的书，本书的章节仅仅是他们人生的一个小片段而已。

虽然作者本人并不是这本书的主角，但是作为一个人物线索，几乎贯穿所有章节。关于她是如何与这些主角们相遇、相知、相交的，你会从一些零碎的线索引子中，找出蛛丝马迹。

在这里，公司转达作者Maymay的心意，想特别分享她与几位主角的交往故事。第二章节，《众山之国的星辰（“晨”）里，你是人间四月天》里的陆晨与星之，以及第十二章节，《来自“赤道国”，我的回忆里》里的Diana Isabel Arriaga。

事实上，May本人与星之未曾谋面。但是一直以来，都十分欣赏这位姑娘，她胸怀征服狮子的勇气，为了心中的梦与音乐，曾独自生活在印度与非洲，离开土耳其后，又因为同样的原因前往伊朗。疾病的侵扰，天公不作美，都从未让她却步。

关于陆晨，她是作者一位十分暖心的朋友。记得那时May刚回国，夜晚的航班。一离开出境口便听到身后传来陆晨的声音：“May！还好我没错过。”车后座放着她为May准备的礼物，那是很久以前作者在朋友圈中提过的一本书。而那次，其实是她们第一次见面。相信这个曾在12月寒夜里给May带来温暖的姑娘，日后也一定能将她的心意送往她想送达的地方。

而Isa是一位来自拉美的女子，同作者一样，热爱写作，也正是由于这个原因她们走到一起，成为搭档。关于Isa的章节，是由她本人执笔，May翻译的。她们曾梦想成为一个写手组合，共同创作，又或者双方的作品互相翻译，从而引进彼此的国家。她们拥有一个共同的想法：一起踏遍欧洲！

最后，感谢所有阅读本书的读者。如果你曾经去过书中的某个地方，希望本书成为我们共同的回忆与纪念；如果你即将开启书中某个地方之行，希望本书能够对你深入了解和感知该地有所帮助；如果你向往书中某个地方，但暂时没有机会前行，那么希望本书可以成为直达该地的一条捷径。此外本公司愿公布几个主角的联系方式，若有兴趣了解更多故事细节，可以联系他们本人。我们相信他们也一定乐意将他们的故事与你分享。

王星之　微博：忆往昔淡今朝
星之的专辑《On my mind 梦恋非洲》: http://music.163.com/album/3091323/

Diana Isabel Arriaga（黄明美）目前生活在中国；微博：黄_明美；Instagram: quevedia

Evan Scott Lemay 目前生活在中国；Instagram: evanlemay
Email: evan_lemay@hotmail.com

Dahye Jeong（多惠）：Facebook ID：https://www.facebook.com/Dahye0306
Instagram: https://www.instagram.com/ally_jeong/

神州华章（上海）文化发展有限公司